王太子妃殿下の
離宮改造計画 1

斎木リコ

Riko Saiki

レジーナ文庫

登場人物紹介
ルードヴィグ
スイーオネースの王太子。
杏奈の夫となる。
愛人ダグニーを寵愛しており、
杏奈との政略結婚には
納得していない。
エンゲルブレクト
王太子妃護衛隊の隊長。
伯爵位を持つ貴族でもある。
杏奈とは不思議な縁があり、
彼女のピンチを何度も
助けることになる。
杏奈《あんな》(アンネゲルト)
日本人と異世界人のハーフ。
ノルトマルク帝国の姫でもある。
就職活動に失敗したせいで、
他国の王太子と政略結婚
させられる。

奈々
杏奈の母。日本人でありながら異世界人のアルトゥルと恋に落ち、結婚した。
アルトゥル
杏奈の父。ノルトマルク帝国の皇帝の弟で、公爵位を持つ。
ダグニー
王太子ルードヴィグの愛人。男爵令嬢でありながら、周囲の圧力にも負けず王宮に住み続けている。果たしてその真意とは――?
リリー
アンネゲルトの侍女。研究者の一門に生まれた魔導の専門家でもある。
ティルラ
アンネゲルトの侍女。頭が良く有能な女性。元軍人なので体術にも優れている。
ザンドラ
アンネゲルトの侍女。常に眠そうだが、実は護衛としても役に立つらしい。

目次

王太子妃殿下の離宮改造計画 1

一　賭けの行方

「終わった……」

春とはいえ、まだ肌寒い日が続く三月頭。若狭杏奈《わかさあんな》が通う大学の卒業式は、何事もなく終了した。

そこかしこで卒業生同士が談笑している。彼女達にとって、これからの生活は明るく希望に満ちたものになるのだろう。

それを横目に、杏奈は一人渋面《じゅうめん》を作った。終わったのは、卒業式だけではない。彼女の人生も、この式と同時に終わったようなものだ。

溜息を吐《つ》く杏奈の背後から、誰かが飛びかかってきた。

「杏奈！　まーた、そんなしけた顔して」

「篤子《あつこ》か……就職が決まった奴はいいよね、先行き明るくて」

「何よ、その言い方。あんただって、お母さんの仕事を手伝うんだから、就職浪人って訳でもないじゃない」

中等部からの親友である篠崎《しのざき》篤子は、地方銀行に就職が決まっている。それはもちろん篤子が努力した結果なのだが、今の杏奈にはそんな彼女の姿が眩《まぶ》しすぎた。

「これから謝恩会に出ない子達と、どこかに行こうって話してるの。杏奈もどう？」

「あー……行きたいんだけど、早く帰って荷物の整理をしないといけないから」

「そっかー。仕事の都合で引っ越さなきゃいけないなんて、大変だよね。じゃあ、落ち着いたら連絡ちょうだい。引っ越す前に、一回ご飯でも食べに行こう」

「うん……じゃあね」

残念そうな顔で別の友達のところへ行く篤子の背中を見ながら、杏奈は一言呟《つぶや》く。

「もう、会えないんだけどね」

卒業に際して、母の奈々《なな》と一つの賭けをした。その賭けは、杏奈の就職活動が始まった頃に、奈々から言い出したものだ。

『ねえ、アンナ。一つ賭けをしない？』

『は？　賭け？』

夕飯時、いきなりそんな事を言い出した奈々を、杏奈はきょとんとした表情で見つめた。

奈々と賭けをするのは、別に珍しい事ではない。些細《ささい》な賭けなら、日常生活の中でもよくやっている。負けた方が食事や掃除の当番になったり、コンビニまでスイーツを買いに行かされたりするのだ。

『ほら、あんた今就活中でしょ？』

『うん』

就活は始まったばかりで、いくつかの企業の説明会に出たり、資料を見比べたりしている最中だった。

『一社でも内定取れたらあんたの勝ち。このマンション、あんたの名義にして譲《ゆず》るわ』

『え⁉　マジ⁉』

分譲マンションであるここは駅から近く、その駅からは短時間で複数のターミナル駅に行ける。電車の本数も多く、なかなかの好立地と言えた。

『もちろん本気よ。で、内定取れなかったらあんたの負けね。その時は……』

『その時は……？』

これだけおいしい「賞品」を提示してくるのだ、負けた時の条件がかなり厳しいものであるのは目に見えている。思わず身構えた杏奈に、奈々はいい笑顔で言い放った。

『私と一緒に、お父さんのところに帰ろうね』

杏奈の目は、限界まで見開かれた。父のもとへ行く。それはつまり――

『それって……』

『向こうに渡って、もうこっちには戻ってこないって事。あ、ちなみにこの賭け、あんたに拒否権はないからね』

にこやかにだめ押しする奈々とは対照的に、杏奈の表情は凍っていた。

卒業式の会場から自宅のマンションまで戻ってきた杏奈は、玄関の扉の前で盛大な溜息を吐《つ》いた。母との賭けに負けた彼女は、これから最後の荷造りをして、明日にはここを立ち去るのだ。

しばし扉を見つめた後、意を決して取っ手に手を掛ける。そして玄関に一歩入ると、そこには満面の笑みを浮かべた奈々が立っていた。

「お帰りー！」

「お、お母さん？　何でそんなところに立ってんの」

答えを聞くまでもなく、母は杏奈を待ち構えていたのだろう。来るなという杏奈の言葉に従い、母は卒業式を見に来なかったのだ。

その仕返しがこのサプライズ出迎えか？　二十歳を越えた娘の卒業式が、そんなに見たかったのか？　そう思うと、八つ当たりも含めてつい苦い顔になってしまう。

すると、とっくに四十を越えているはずの母は、ぷうっと頬を膨《ふく》らませた。どういう反応を期待していたのかは知らないが、少なくとも杏奈の反応は、母にとっては期待外れだったようだ。

「何よう。可愛い娘を出迎えてあげたっていうのに」

思わずげんなりした表情をした杏奈は、着替えるべく自室へ引っ込む。

母とのこんなやりとりには慣れている杏奈だったが、本音を言うと今日だけはやめてほしかった。

本日何度目かわからない溜息を吐《つ》く杏奈の耳に、その母の声が届く。

「荷物はちゃんとまとめなさいよ。この部屋に残していく物は、全部処分してもらう事になってるからね」

その声を聞きながら、改めて自室を見回すと、そこには段ボールの山が築かれていた。

今日までに少しずつ荷造りしていた、杏奈の私物だ。

向こうに持っていくのは、必要最低限の物だけでいいと言われている。それでも服だの日用雑貨だの本だのを詰めれば、あっという間に箱の山が出来た。その山を見ながら、杏奈はまたげんなりした顔になる。

杏奈には、誰にも言えない秘密があった。日本人の母親を持ち、日本国籍を有しているが、半分は別の国の血が流れているのだ。

いや、別の国どころの騒ぎではない。杏奈の父アルトゥルは、ここととはまったく違う世界にある国、ノルトマルク帝国の人間なのだ。

父親は異世界にいるなどと、他人に言えるものではない。もちろん戸籍に記載する事も出来ない為、杏奈は奈々の私生児という事になっていた。おかげで色々と苦労してきたが、それも今となっては過去の話だ。

幼い頃はそこら辺の事情が理解出来ず、父は外国に住んでいると思い込んでいた。それは間違ってはいないが、正しくもなかったのだ。

「こんな事、篤子にも言えないよねー……。連絡せずに引っ越すなんて、薄情な奴と思われるんだろうなー」

荷造りする手をふと止めて、過去に思いをはせる。杏奈の記憶の中のアルトゥルは、娘を溺愛《できあい》する普通の父親だ。今は離れて暮らしているが、両親の仲も良好そのものだった。

そんな父親と、どうして離れて暮らす事になったのか。それは杏奈を日本で養育したいという奈々の意見を、アルトゥルが受け入れたからだ。

「おとーさんは、おかーさんに甘いから……」

いつだったか、奈々に聞いた事がある。何故日本国籍にこだわったのか、何故杏奈を日本で育てようと思ったのかを。

『選択肢を残しておきたかったのよ。将来、あんたが日本で生活したいって思った時、戸籍がなかったら困るでしょう？　それに、日本の生活様式を知らないと苦労するだろうから、あんたは日本で育てる事にしたのよ』

逆の場合は考えなかったのだろうか。

『もし私が帝国で生きていくって決めたら、どうするつもりだったの？　向こうで育たなかった事って、ハンデになるんじゃないの？』

杏奈が素朴な疑問をぶつけると、奈々はちっちっちと人差し指を横に振った。

『向こうなら、どうにかなるわよ。こっちよりあらゆる面で緩《ゆる》いもの。向こうからこっちに来るより、こっちから向こうに行く方が早く順応出来ると思うわよ』

これ経験談ね、と奈々は笑った。こちらからあちらに渡って父と出会い、一緒になって杏奈を産んだ人だけあって、その言葉には説得力があった。

まとめた荷物を運送屋が運び出すと、部屋には奈々と杏奈の数日分の着替えが入った二つのバッグが残された。それを手に、二人は近場のビジネスホテルへ向かう。そこに一泊し、明朝、異世界へ出発する予定になっていた。

杏奈は神経質というほどではないが、枕が変わると熟睡出来ないタイプだ。どこでも寝られる奈々がうらやましい。

当然、泊まったホテルでもろくに眠れず、翌日は寝不足の重い頭を抱える事になった。

「やだ杏奈、ひどい顔色よ。ちゃんと寝たの？」

朝食の席で奈々にそう言われ、ブルーな気分がさらにブルーになる。おまけにおいしそうな朝食も胸のむかつきのせいで、ヨーグルトを少し食べただけで終わらせる事になってしまった。

ホテルで朝食を取った後、奈々は仕事の時に着ているスーツ姿になり、杏奈はシンプルなワンピースの上からデニムジャケットを羽織《はお》った。それぞれ少し大きめのバッグを手に部屋を出る。

ホテルからはタクシーでの移動だ。車窓《しゃそう》から景色を眺めながら、杏奈はぽつりとこぼす。

「ここらはあんまり変わらないねー」

「土地や建物の持ち主が変わらないからじゃない？　……ああ、そこの角で停めてください」

奈々がそう言ってタクシーを停めたのは、古めかしい洋館の前だった。この付近は表通りから一本入ると、こうした昔ながらの洋館や、いかにも高そうな高級マンションが、そこかしこに存在している。緑も多く、住環境としてはいい場所だ。

杏奈は小学校に上がる前から週三回程度、この館《やかた》に通っていた。主にノルトマルク帝国の事を勉強する為だったので、杏奈にとってはちょっとした塾のようなものである。

洋館の前でタクシーを降りた二人は、門から入ってすぐのところにある玄関ドアを開けた。今日二人がここに来る事は、前もって報《しら》せてある。

「こんにちはー」

奈々が元気よく挨拶《あいさつ》すると、奥の方から「はーい」と応える声があった。玄関ホールの正面には階段があり、その脇に廊下が伸びている。廊下の奥の扉が開き、そこから人が出てきた。

「いらっしゃいませ、奈々様。杏奈様もお久しぶりです」

二人の目の前まで来て、日本式のお辞儀《じぎ》をしてみせたのは、どう見ても日本人には見えない顔立ちをした若い女性だ。年の頃は杏奈より二つか三つ上だろうか。

女性の服装は、オフィスカジュアルに該当するものだ。白のカッターシャツに、丈の短いネイビーのジャケットを合わせている。ライトブラウンのパンツを穿《は》いており、足下は普通のパンプスだ。栗色の髪を綺麗に整えている。

そんな彼女に、奈々はにこやかに話しかけた。

「久しぶりね、ティルラ。あなたがこちらに来てるって事は——」

「はい、今回の案内役は私です。責任を持って、お二人を帝国までお送りいたします」

ティルラのように、帝国と日本を行き来している人間は少なからずいる。見た目は普通の白人と同じなので、外国籍の人間として振る舞っているらしい。

ちなみに、日本で働く帝国人は、皆日本語を扱える。日本に来る前に、帝国で叩き込まれてくるのだ。

異世界の言語や風習を日本に持ち込む事は、混乱を招きかねないので絶対にするなというのが奈々の持論であり、それが反映された形だった。

「すぐ移動されますか？」

玄関ホールのすぐ右手にある扉を開けながら、ティルラが奈々に確認する。奈々は少し硬い表情でそれに答えた。

「そうね。のんびりしている暇はないでしょうから」

「お母さん？」

——暇はないって、どういう事？

杏奈は疑問に思ったものの、口にはしない。何故かはわからないが、奈々とティルラの間には妙な緊張感がある。

三人はいくつかの部屋を通り抜け、奥にある小部屋へと入った。

四畳半ほどの広さの小部屋には窓がなく、調度品も何もない。そのせいか、狭い割にがらんとした印象だった。天井が高い為、余計にそう感じるのかもしれない。

部屋の奥には、とても大きな扉があった。幅は杏奈が両手を広げてもまだ足りず、高さに至っては杏奈の身長の二倍以上はある。

「少しお待ちください」

ティルラはそう言って、扉の脇にある四角い鏡に右手を押しつけた。彼女の手の平より少しだけ大きいその鏡は、縁《ふち》に繊細な細工が施《ほどこ》されている。

彼女が手の平を押しつけてすぐ、まるで水面に波紋《はもん》が広がるかのように、鏡像の手が波打った。鏡面が波打っているのではなく、鏡像のみがそうなっているのである。

いつ見ても不思議な光景だな、と思いながら杏奈は眺めていた。この鏡に然《しか》るべき人間が手を触れると、扉が開く仕組みになっているという。

詳しい事はわからないが、この扉が父の国に繋がっているという事だけは、杏奈も知っていた。

——出来れば、ずっと日本で暮らしたかったなあ。

それが彼女の偽らざる本音だった。それもこれも就職に失敗した自分が悪いので、愚《ぐ》痴《ち》の一つも言えないが。

二、三秒後、扉は自動的に開かれた。

「どうぞ」

扉の向こう側にも、殺風景な小部屋がある。それだけ見ればまだ日本の洋館にいるようだが、扉の向こう側は紛《まご》う方なき異世界の国だった。

何だか物足りないな、と杏奈はいつも思う。別にタイムマシンのような乗り物を使えだの、魔法陣を描けだのとは言わないが、あまりにもあっさりしすぎていると感じてしまうのだ。

奈々と杏奈は無言のまま扉を潜《くぐ》り、異世界側の小部屋に入る。その後ろにティルラが続くと、背後で静かに扉が閉まった。これで異世界間の移動は終了だ。

「いつも思うけど、なーんか物足りない感じよね」

奈々が杏奈と同じような感想を口にする。親子だから感性も似ているのだろうか、と複雑な気持ちになる杏奈だった。

「業者がマンションから運び出したお荷物は、日本の館《やかた》に保管しております。後ほどお届けいたしますので、まずはお屋敷の方へ参りましょう」

ティルラはそう言うと、先程潜《くぐ》ったのとは別の扉を開く。ここから玄関ホールまではすぐだ。

この建物は帝都クレーエスブルクの南東の端に存在する。多くの建物が建ち並ぶ帝都中央に比べれば閑散《かんさん》としていて、人より動物の方が多いくらいだ。おかげで人目につきにくい。

「お屋敷から迎えが来ますので、それまで玄関ホールでお待ちください。さすがに、この格好で表を歩く訳にはいきませんから」

ティルラはそう言って苦笑する。

これも、杏奈がこちらにあまり帰りたくなかった理由の一つだった。こちらでは身分の上下にかかわらず、女性はスカートを穿《は》くのが普通で、しかも裾《すそ》がかなり長いのだ。動きにくい事この上ない。

元々、杏奈はスカートよりパンツを愛用している。今日も本当はティルラのような格好で来たかったのだが、奈々に言われて渋々ワンピースを着ていた。

『誰に見られるかわからないんだから、スカートにしておきなさい』

帝国では女性のパンツ姿が容認されているが、他の国ではそうではない。帝都には多くの外国人が滞在しており、彼らにパンツ姿を見られるのは都合が悪いのだそうだ。

『お父さんの立場もあるんだから』

そう言われては、我《が》を通す事も出来ない。ワンピースもマキシ丈のものを着るように言われたのだが、春物の中に該当するものがなかったので、今着ているのは膝丈だった。

杏奈の父アルトゥル・ローレンツ・ヴィルヘルムは皇帝ライナーの弟で、フォルクヴァルツ公爵家の当主を務めている。つまり杏奈は公爵令嬢にして、皇帝の姪姫《めいひめ》でもあるのだった。

異世界の公爵である父と、日本の庶民である母が、どうやって結婚にまで至ったのかは謎だ。杏奈は幾度となく二人に聞いてみたのだが、その度に『運命だよ』の一言で誤《ご》魔化《まか》されている。

今なら真実が聞けるだろうか。杏奈は玄関ホールで迎えを待ちながら、隣に座る奈々に聞いてみた。

「ねえ、お母さん」

「日本語を使うのはおやめなさい。もう帝国にいるのよ？　あなたの名前もアンネゲルトに戻しますからね」

奈々は日本人なので名前は一つしかないが、帝国人でもある杏奈は帝国風の名前を持っている。アンネゲルト・リーゼロッテ。それが異世界での彼女の名前だった。

今母が使ったのは、帝国の公用語だ。この館《やかた》は、帝国でも日本でもない緩衝《かんしょう》地帯として存在している。なので、この中でならどちらの言語を使ってもいいのだが、今のうちにきちんと頭を切り替えておけという事なのだろう。

一瞬面食らった杏奈――いやアンネゲルトだが、めげずに帝国の言葉で聞いてみる事にした。

「お母様、お父様とのなれそめをお聞きしてもよろしくて？」

アンネゲルトはあまり自覚していないが、こちらの言語を使うと大分口調が変わる。帝国で受けた教育は、どれも上流階級の子女の為のものだからだ。

生まれは日本だが、彼女は三歳になるまで帝国の父のもとで養育されていた。もちろん母の奈々も一緒である。つまりアンネゲルトは幼い頃だけは、両親のいる家庭で育っていたのだ。

それ以降も長期休暇の度に帝国に連れてこられては、公用語の習得のみならず、公爵令嬢としての淑女《しゅくじょ》教育も施《ほどこ》された。

そのおかげで今すぐ社交界に出ても、通用するだけの教養は持ち合わせているのだ。

「何度も教えたでしょう？　運命よ」

「運命の一言で片付けるのは、手を抜きすぎていると思いますけど」

「手抜きとは何よ」

「お母様、日本語になっていますよ。お気を付けください」

アンネゲルトがお返しとばかりに窘《たしな》めると、奈々は苦い顔で押し黙った。その様子に、ティルラがくすりと笑いを漏らし、奈々がじろりと睨みつけている。

「申し訳ございません」

帝国公用語で謝罪はあったものの、形だけというのが丸わかりだ。といっても、そこに突っ込むほど奈々も野暮ではない。

仕切り直しとばかりに、奈々は軽く咳払いをしてから口を開いた。

「とにかく、お父様との出会いは運命だったの。その後は色々あったけど、仕事ぶりで周囲の人達を納得させる事を条件に、彼のご両親とお兄様に結婚を許していただいたのよ」

ここまでは、アンネゲルトも何度か聞いている。彼女が知りたいのは、もう少し細かい事情なのだ。

「それは存じています。そうではなくて、その、お父様には婚約者とか、いらっしゃらなかったの？」

「……どうしてそう思うの？」

「だって、お父様はお母様と出会った時は、もう公爵だったのでしょう？　それでなくとも皇帝の弟ですし、政略結婚の話くらいあってもおかしくはないんじゃないかと」

奈々に神妙な顔で見つめられ、アンネゲルトは怪訝《けげん》に思う。何かおかしな事を言っただろうか？

「お母様？」

そう尋ねると、奈々は首を横に振った。

「あなたも、そういう事を考えるようになったのね……。その事については、お父様にお聞きなさい」

そう言ったきり、奈々は目を閉じて椅子の背もたれに身を預けた。

そんなに話したくない事なのだろうか。アンネゲルトは首を傾げながら、自分も椅子に深く座り直す。

まさかこの後、自分の身に政略結婚という名の災難が降りかかる事になろうとは、予想だにしていなかった。

公爵家から遣わされた迎えの馬車は、日本の車ほどではないが、そこそこの乗り心地だった。アンネゲルトは小さな窓から外を眺める。

道には石が敷かれており、建物の高さはせいぜい四階建て程度。石造りや煉瓦《れんが》造りの素朴な建物が立ち並ぶ中、漆喰《しっくい》で装飾されたカラフルな建物もある。

「この景色を見ると、帝国に戻ってきたと感じるわね」

奈々はそう言いながら、窓の外の景色を優しい表情で見つめている。だがアンネゲルトとしては帝国に来る度に、まるでテーマパークに来たような気分にさせられるのだ。今乗っている馬車だって、彼女にとっては非日常的な乗り物である。

とはいえ、実はこの馬車は日本で作られたものだ。あちらではあまり需要のない馬車を、誰にどうやって作らせたのか。アンネゲルトはその辺りの事は知らないが、一部の貴族と皇帝が所有している馬車は日本製である。日本から持ち込まれる品の中でも特に高額である為、手に入れられるのは特権階級だけだそうだ。

帝国製の馬車にはない乗り心地から、『日本製の馬車に一度乗ると、もう帝国製の馬車には乗れなくなる』とまで言われているのだが、これもアンネゲルトは知らなかった。

「お母様、この馬車、どこに向かっているのかしら？」

「アロイジア城よ」

てっきりすぐに皇宮《こうぐう》に挨拶《あいさつ》しに行くのかと思っていたが、どうやら違うらしい。

アロイジア城は、帝都にある公爵邸だ。皇宮《こうぐう》から程近い、貴族の邸宅が建ち並ぶ一角にある。周囲の邸宅と比べると、その敷地面積も建物の壮麗さも群を抜いていた。

道なりに進んでいた馬車が一つの角を曲がった途端、いきなり視界が開ける。その先には広大な敷地と、その中にぽつりと浮かぶように存在するアロイジア城があった。

石造りのアロイジア城は、中央にドーム型の屋根を持つ左右対称の建物だ。無骨な印象の建物が多い帝国にあって、その優美さは目を引くものがある。口さがない者などは、皇宮《こうぐう》よりも優美だと当てこすりを言うほどだ。

城をぐるりと囲む堀を越えて門を潜《くぐ》り、玄関前の広場へ入る。玄関へと伸びる階段の両脇には、使用人達がずらりと並んでいた。

馬車から降りた三人を、使用人達が頭を下げて出迎える。そこへ城の方から声がかかった。

「母上！　姉上！　お帰りなさい」

アンネゲルトの五歳下の弟、ニクラウスである。帝国風の衣装を身にまとった彼は、馬車から降りたばかりの母と姉のもとへ大股で歩いてきた。

彼もアンネゲルトと同じく日本の産院で生まれたのだが、公爵家の跡取りという事で、その後はずっと帝国で育っている。整った顔立ちは父親譲《ゆず》りで、姉より彫りが深かった。髪と瞳の色はアンネゲルトと同じだが、ニクラウスには日本人っぽさがあまりない。

生粋《きっすい》の帝国人だと言っても通るのではないかと、アンネゲルトは常々思っていた。

「ただいま……ってニコ、あんたいつの間にそんなに大きくなったの？」

驚きのあまり、アンネゲルトは日本語で言ってしまい、隣にいる奈々に肘《ひじ》で小突《こづ》かれた。

今年十七歳になるニクラウスは、いつの間にかアンネゲルトの背丈を追い越し、見上げるほどの長身になっている。この前会った時は自分より背が低かったのにと、アンネゲルトは不満に思った。

「今が一番伸びる時期だそうです。それと姉上、いい加減、『ニコ』と呼ぶのはやめてもらえませんか？」

ニクラウスは綺麗な帝国公用語を使っている。姉に対しても堅苦しい言い方をするところは、相変わらずだった。

家族の中でも、ニクラウスを「ニコ」と呼ぶのはアンネゲルトだけだ。父も母も他の親族達も、彼の洗礼名である「アルノルト」から取って「アル」と呼ぶ。

アンネゲルトは小さく咳払いをして、何事もなかったかのように帝国公用語を口にした。

「別に構わないでしょう？　愛称だもの。それに、この愛称をつけたのは皇后陛下なのよ？」

その姉の言葉に、ニクラウスは軽い溜息を吐《つ》く。早々に諦《あきら》めたのだろう。

アンネゲルト達が玄関ホールに入ると、待ち構えていた家令が恭《うやうや》しく頭《こうべ》を垂れた。

「お帰りなさいませ、奥様、姫様」

アンネゲルトは公爵令嬢だが、皇帝の姪でもあるので、「姫」と呼ばれる。これは公爵邸の外でもそうだった。宮廷に行けば、そこでもこの称号がつきまとう。もっとも、まだ社交界デビューしていないので、宮廷に行く事自体あまりないのだが。

「お疲れでしょうが、すぐにお支度ください。旦那様から急いで皇宮《こうぐう》へいらっしゃるようにと、報《しら》せが届いております。軽くつまめるものをご用意いたしましたので、支度の合間にお召し上がりください」

そう家令に言われ、奈々とアンネゲルトは休む間もなく、侍女達によってそれぞれの部屋へと案内された。

部屋に用意されていたドレスを見て、アンネゲルトは思わず二、三歩後退《あとずさ》る。

今アンネゲルトの目の前にあるのは、スカート部分が釣り鐘型に広がるロマンティックなドレスだった。博物館か美術館にでも陳列されていそうな、古いデザインのものだ。

これはこれで好きな人もいるだろうが、アンネゲルトはこういったドレスをどうしても好きになれない。これを着る為にウエストを締められる事を考えると、単純に綺麗だとは思えないのだ。

怯《ひる》む彼女とは対照的に、侍女達はとてもやる気に満ちている。固まるアンネゲルトが着ているものをとっとと脱がせ、風呂へと放り込み、上から下まで磨き上げた。

あっという間にウエストを締め上げ、靴を履《は》かせ、ドレスを着付けて髪を整える。アンネゲルトが拒絶の言葉を発する暇《いとま》もなかった。

用意されていた軽食を軽くつまんだが、コルセットで締め上げられた胴には、あまり入らない。結局、小さなサンドイッチを二切れ食べただけで終わってしまった。

四人の侍女によってたかって着せられたドレスは見た目こそ綺麗だと言えるが、階段では足下が見えず転がり落ちそうになるし、トイレだって行きづらい。

――だから嫌なのよ！

とはいえ、これから皇宮《こうぐう》に行って皇帝に謁見《えっけん》する以上、正装をしない訳にもいかなかった。アンネゲルトの口から、また重い溜息が漏れる。

「出来上がりました」

そう言って、侍女達が大きな姿見を持ってきた。その姿見には、時代がかったドレスを身につけ、げんなりした表情のアンネゲルトが映っている。

髪は一部だけ結い上げ、残りは自然に流してあった。今の帝国ではこういう髪型が流《は》行《や》っているのだと、支度中に侍女達が教えてくれる。

「支度は出来て？」

部屋の入り口から声がかかった。アンネゲルトがそちらを振り返れば、同じようなドレスに着替えた奈々が立っている。

「あらあ、綺麗じゃない」

そうはしゃぐ奈々に、アンネゲルトは無言で眉間《みけん》に皺《しわ》を寄せた。帝国に帰ってきてからというもの、母と娘の間には明らかな温度差が存在している。

奈々もそれに気付いているはずなのに、決して触れようとしない。下手に触れて逆ギレされたら面倒だとでも思っているのだろう。

「さて、じゃあ行きましょうか」

はしゃいだ様子から一転、どこか神妙に見える表情で奈々は告げた。

皇宮《こうぐう》は、帝都の脇を流れる川の中州《なかす》に存在する。川という天然の堀に囲まれた皇宮《こうぐう》へは、帝都から一本だけ伸びる橋を通っていくのだ。

その橋の上を、公爵家の馬車が走っていた。乗っているのは奈々、アンネゲルト、ティルラの三人である。

アンネゲルトとは違い、奈々の方は髪をきっちり結い上げていた。彼女曰《いわ》く、今流行《はや》りの髪型は若者向けなのだという。

よく見れば、ドレスの色もアンネゲルトのものより暗めだった。こちらも若者向けの色とそうでない色があるそうだ。

「若くない方が派手な色を着て、気持ちだけでも若くした方がいいのでは？」

そう口にしたアンネゲルトは、奈々に扇《おうぎ》で手をはたかれた。頭や頬にしなかったのは、皇帝に謁見《えっけん》する際、見苦しくならないようにという奈々なりの配慮らしい。

「だったら、叩かなくてもよろしいのに」

「口が過ぎる子には、お仕置きが必要でしょう？」

しれっと言う奈々に、アンネゲルトは「子って年でもないわよ……」と、ぶつぶつ呟《つぶや》く。すると、またしても扇《おうぎ》で手をはたかれた。馬車の中とはいえ、愚痴《ぐち》を言うのはマナー違反になるそうだ。

目の前に座るティルラはくすくすと笑っている。アンネゲルトは納得のいかない思いで、はたかれた手をさすった。

皇宮《こうぐう》の名はメヒティルト宮殿という。アロイジア城とはまた違う様式の建物で、高さはあまりないが、横に広がる巨大な建物には人を圧倒する力がある。

馬車から降りた三人を、皇帝の侍従が出迎えた。案内に従って進む廊下にはそこかしこに花瓶や彫刻が飾ってあり、壁を埋め尽くす絵画や天井画など、アンネゲルトにとっては完全に非日常の世界だ。

世界遺産系の番組にでも出てきそうな宮殿だが、ここは今も皇帝の住居として使われている。日本でたとえるなら、指定文化財に住んでいるようなものだろうか。

——いやいやいや、この宮殿の方がもっとすごいんだよ……ね？

そんなくだらない事を考えながら歩いていると、横合いから聞き慣れた声がかかる。

「奈々！」

「まあ、アルトゥル！」

現れたのはアンネゲルトの父である、フォルクヴァルツ公爵アルトゥルだった。濃い金色の髪に真っ青な瞳。整った顔には口ひげを蓄《たくわ》えている。四十をとうに越えているが、今でも十分に美丈夫《びじょうふ》と言えた。

公爵という地位と帝室の血筋、加えてこの容姿とくれば、花嫁候補など星の数ほどいただろう。それなのに、何故異世界人である奈々を選んだのか。アンネゲルトとしては本当に謎だった。

夫婦はお互いの存在を確かめるかのように、その場でがっしりと抱き合う。

結婚してもう四半世紀が経とうとしているのに、この二人はともすると新婚夫婦のような甘い空気を醸《かも》し出す。一応、時と場所をわきまえてはいるが、今日は久しぶりの再会とあって、少したがが緩《ゆる》んでいるらしい。

妻との感動の対面を果たしたアルトゥルは、その隣にいる娘にようやく気付いた。

「アンナも久しぶりだな」

「ごきげんよう、お父様」

アンネゲルトは父に対して淑女《しゅくじょ》の礼を執《と》った。ここは皇宮《こうぐう》であり、相手は父親とはいえ公爵なので、それなりの対応をする必要があるのだ。

アルトゥルはそんな娘に頷くと、再び腕の中の愛妻《あいさい》に目を向ける。奈々は仕事の都合でよく帝国に戻っていたのだが、やはり夫婦一緒に暮らせないのは寂しいのだろう。

ちなみに奈々は、帝国が日本に置く商会の代表を務めていた。その商会を通して、様々な品を日本から輸入している。今回帝国に戻るに当たって、奈々は代表職を別の人間に譲《ゆず》っていた。

そんな訳でアルトゥルとは別に暮らしていたが、彼はアンネゲルトにとっても、幼い頃から愛情をかけて育ててくれた大切な父である。忙しい人なのに、アンネゲルト達が帝国に滞在している間は、なるべく一緒に過ごしてくれていたのだ。

「やっと戻ってきたわ、アルトゥル」

「奈々、この日をどれだけ待ちわびた事か」

またもや夫婦二人の世界に入ってしまうのかとアンネゲルトは危惧《きぐ》したが、その心配は無用に終わる。

「あのう、そろそろよろしいでしょうか？」

普段は余計な口を挟まない案内役の侍従が、絶妙な間合いで先を促《うなが》したのだった。

謁見《えっけん》の間は、意外にこぢんまりとしている。広さとしては、アンネゲルトの通っていた大学の教室と同じくらいだ。

その最奥に二段ほど高くなっている場所があり、そこに玉座が置かれている。

アンネゲルト達が謁見《えっけん》の間に入ってすぐ、皇帝ライナーが侍従や護衛を引き連れて入ってきた。

久しぶりに見る伯父は相変わらずがっしりとしていて、質実剛健《しつじつごうけん》を体現したような人物である。同じ血を分けた兄弟でも、細身で優美なアルトゥルとはあまり似ていない。

その見かけ通り、ライナーは武術に長《た》け、アルトゥルは学問に秀《ひい》でていると聞いている。ライナーが行った改革の半分以上は、アルトゥルが進言したものだそうだ。

ライナーが玉座に腰を下ろすと、謁見《えっけん》が始まった。

「長らく帝都を離れていた妻と娘が帰還いたしましたので、ご挨拶《あいさつ》に参りました」

そのアルトゥルの言葉に続き、奈々とアンネゲルトは無言のまま礼をする。ここで発言権を持つのは、一家の長であるアルトゥルだけなのだ。

「うむ、ご苦労であった」

弟からの形式的な報告に、兄の皇帝も形式的に返す。

——とんだ茶番だよね。

アンネゲルトはそう思ったが、当然口には出さない。面倒だったりばかばかしかったりしても、形式が大事な場面もあるという事は、彼女も知っている。

「これまでの国に対する不忠を正し、忠義を尽くす所存にございます」

母の祖国で生活していただけで、この言われようなのか。アンネゲルトは少しだけ不満に思ったが、これも形式的な言葉に過ぎないとわかっていた。

これからこの国で生活する以上、父の立場とそれに付随する自分の立場を自覚しなくてはならない。これは、幼い頃から帝国に戻る度に言い聞かされてきた事だった。だが、そこまで深刻に受け止めてはいなかったというのが本音である。

だから、続く皇帝の言葉に、アンネゲルトはその場で固まってしまった。

「そうか。では早速だが忠義を見せてもらおう。フォルクヴァルツ公爵の娘には、スイーオネースの王太子のもとへ嫁いでもらう」

アンネゲルトの目が驚愕に見開かれる。まさに、寝耳に水であった。

謁見《えっけん》の後は、場所を皇帝の私室に移して歓談の予定となっていた。私室の用意が整うまであてがわれた部屋に入った途端、アンネゲルトは父親に食ってかかる。

「さっきの話は何!?」

興奮している為か、つい日本語で叫んでしまっていた。激高《げきこう》する娘を前に、アルトゥルの方は泰然《たいぜん》としている。

「少し落ち着きなさい」

「これが落ち着いていられるかー!!」

何せ、突然政略結婚を命じられたのである。アンネゲルトも年頃の娘として、結婚に対してそれなりに夢を持っていた。それは、親族に押しつけられる政略結婚などでは決してない。

「どうして会った事もない相手のところに、私がお嫁に行かなくちゃならないのよ!?

大体、王太子って何⁉　それって未来の国王なんじゃないの⁉　どうしてそんな人のところに私が嫁に行かなきゃならないのさ‼　まさか、これも賭けの一部だとでも⁉」

「お前の立場ならば当然の事だ。それと、言葉を直しなさい」

父から冷静に言われて、アンネゲルトは自分が日本語を使っている事にようやく気付いた。怒りを気合でねじ伏せて、帝国の公用語で父に反論する。

「当然の事と仰《おっしゃ》いますけど、お父様達は違いますよね？」

娘に冷ややかな目で見られ、さすがのアルトゥルも言葉に詰まっていた。

「お父様達がその事で責任を感じているのは知っていますし、理解もしております。ですが、それを私に押しつけるのはやめてください」

そこで、見かねた奈々が口を挟む。

「アンナ、言いすぎですよ」

「でも！」

そこへ案内役の侍従がやってきて、この話は一時中断となった。

これから皇帝の私室に向かう訳だが、両親が断ってくれないのなら、直接自分で断ろう。アンネゲルトはそう腹をくくった。

皇帝の私室は狭くはないが、そう広くもない。調度品はさすがに一級品ばかりだが、その中に散見される日本製品に、アンネゲルトはどう反応していいのかわからなかった。何故金細工の豪奢《ごうしゃ》な時計の隣に、無機質な目覚まし時計が置いてあるのか。しかもあの手のタイプは、かなりの音量が出るはずだ。

——あれで毎朝起きてるとか？　まさかね……

アンネゲルトは今、両親に挟まれる形でソファに腰を下ろしている。正面には皇帝ライナーが座っていた。案内役の侍従は部屋を出ていったので、完全に私的な空間となっている。

「さて、一応聞いておこうかな」

そう言って、皇帝がにやりと笑った。その視線がアンネゲルトに向けられているのを見ると、どうやら愚痴《ぐち》を聞くだけは聞いてやろうという事らしい。

この伯父はいつもそうだ。確かにアンネゲルトの意見は聞いてくれるが、結果的には伯父のいいように進めてしまう。

それでも、言うだけは言っておきたかった。

「何故私なんですか？」

「何故、とは？」

「政略結婚なら、他に私より相応《ふさわ》しい姫がいるはずですよね？」

残念ながら、ライナーに娘はいないが、姪ならばアンネゲルトの他にもいる。

政略結婚させるのであれば、帝国との結びつきが深い姫の方がいいはずだ。その点、半分日本人のアンネゲルトは候補から外れてもおかしくはない。

アンネゲルトは、頭の中で必死に反論を組み立てていた。就活でさえ、ここまで必死にはならなかっただろう。だから内定が取れなかったのだというツッコミはなしだ。

「私はこの国で育っていませんし、母は異世界の庶民の出です。国内ですら色々と言われる立場ですのに、それを国外に嫁に行けというのはいかがなものでしょうか」

自分や母を卑下《ひげ》したくはないが、貴族社会において片親が庶民だというのは嘲笑の対象になる。いくら父親が皇帝の弟であってもだ。

それに、そうした血筋のよくない姫を嫁がせたら、相手の国は軽んじられていると思うかもしれない。下手をすれば、国同士の問題に発展しかねないのではないか。アンネゲルトはその辺りを突いてみた。

「ふむ、よく勉強してきたようだな。感心感心」

ライナーがのんびりした口調で言ったので、アンネゲルトは思わず椅子からずり落ちそうになる。今はそんな事に感心している場合ではないだろうに。

だが続く言葉に、アンネゲルトは目を見開いた。

「実はな、そなたが戻らなければ、この結婚話は持ち上がらなかったのだよ」

「え？　それはどういう事ですの？」

「言葉通りだ。異国で生まれ、異国で教育を受けたそなただからこそ、嫁がせる事が出来る」

伯父とはいえ皇帝の前だというのを忘れて、アンネゲルトは口をぽかんと開けてしまった。隣に座る奈々が、咄嗟《とっさ》に肘《ひじ》で小突《こづ》いてくる。

アンネゲルトには、ライナーの言いたい事が理解出来ない。マイナス材料だと思った事柄こそが、今回の話の決め手になっているとは。

アンネゲルトは混乱して言葉が出てこなかった。そんな彼女を見つめていたライナーの表情と口調が神妙なものに変わる。

「つい一月《ひとつき》ほど前に、リヒテンベルク伯爵家の娘が死んだ」

「は？」

これまた寝耳に水だった。リヒテンベルク伯爵は先代皇帝の甥で、ライナーとアルトゥルにとっては従兄弟《いとこ》に当たる。その娘も当然帝室の姫の一人だが、皇帝との縁が遠すぎて政略に使われる可能性は低かった。

「確か、名前はハイディ・ゲルデ……でしたよね？　私より一つか二つ年下だったと記憶していますけど……病気か事故ですか？」

どちらにしても早すぎる死だ。だが実際の死因は、アンネゲルトの予想の範疇《はんちゅう》をはるかに超えるものだった。ライナーは苦い表情で口にする。

「他殺の痕跡があった。もっとも、表向きは病死としてあるがな」

「他殺……」

日本でも殺人事件は毎日のように報道されていた。だが、それらは全てテレビや新聞などのニュースの中だけの話で、自分に関わる事だという認識はアンネゲルトにはない。ハイディの事も、それに近かった。親族とはいえ、一度も会った事のない相手では他人に等しい。

「あの、どうしてそれを私に？」

殺されたハイディは気の毒だと思うが、彼女の死が自分とどう関わりがあるのか、アンネゲルトにはわからなかった。

「ハイディが殺されたのはな、一つの噂《うわさ》のせいなのだ」

「噂《うわさ》？」

ライナーの言葉に、アンネゲルトは眉をひそめる。

「そう。ハイディがスイーオネースの王太子に嫁ぐという噂《うわさ》が、まことしやかに流れた事がある。それが原因だ」

アンネゲルトは頭が真っ白になった。たかが噂《うわさ》一つで、何の罪もない娘が殺されたというのだろうか。しかも、噂《うわさ》の内容は今回のアンネゲルトにも大きく関わっている。

ライナーの説明によれば、実行犯と依頼主は既に捕縛されているそうだ。彼らは帝国とスイーオネースの結びつきを阻止したくて、犯行に及んだという。

そして厄介な事に、スイーオネースとの結婚を快《こころよ》く思わない人間は、他にもいるらしい。

「それって、私も危険って事じゃ……」

「当然だ。帝国とスイーオネースが結びつく事で不利益を被《こうむ》る連中はどんな手を使っても結婚を邪魔したいと思っているだろうよ」

苦い顔をするアンネゲルトを見て、ライナーは軽く溜息を吐《つ》いた。

「別に、お前なら殺されても構わないと思っている訳ではないぞ？　それどころか、お前の安全を守る為に、出来る限りの手を打っておく予定だ」

「……何が何でも、お嫁に行かせようっていうんですね？」

「無論だ。あの国とは、今のうちに手を組んでおきたい。その為の政略結婚だ」

いくら血筋がよろしくないとはいえ、皇帝の姪姫《めいひめ》を嫁に出すのだ。それ相応の「旨《うま》み」がなければ、この伯父は動くまい。

だが、アンネゲルトは「スイーオネース」などという国は聞いた事がない。そんなに重要な国ならば、一度ならず耳にした事があってもいいはずだ。

「……そのスイーオネースとやらは、そんなに大事な国なんですか？　そもそも、私が戻らなければこの結婚話は持ち上がらなかったって、どういう事なんですか？」

これは本来、アンネゲルトが聞いていい内容ではない。それはわかっているが、聞かずにはいられなかった。

怒られるのを覚悟で聞いたのだが、ライナーからはもちろん、両親からも何の叱責《しっせき》もない。それどころか、ライナーは懇切丁寧に説明してくれた。

「今現在、余の姪の中で婚姻可能なのはお前だけだからだ。そしてスイーオネースとの政略結婚で、我が帝国が得られるものは大きい。一番大きいのは、北回りの航路の情報だ」

ライナーの姪はアンネゲルトを含めて四人いるが、そのうち二人はまだ十歳にも満たないので、さすがに結婚は無理だった。残る一人は十六歳で年齢的には問題ないものの、虚弱体質なので長時間外を出歩くのは難しいらしい。

それには納得したアンネゲルトだが、聞き慣れない言葉に首を傾げる。

「何ですか？　その『北回りの航路』って」

「読んで字のごとく、北回りで東へ向かう航路の事だ。現在、我が国と周辺国が東との交易に使っているのが、南回りの航路だというのは知っているな？」

ライナーに問われて、アンネゲルトは記憶の棚を必死に探った。

「えっと……陸路を使うのは危険なので、海路を使って東の国と交易しているんですよね。その時に使っている航路が、南回り……だったかと」

「そう。東の国々との間には、長大な山脈が横たわっている。その為、行き来が難しいのだ。南回りの航路は航海の期間が長く、また海賊が横行しているので、安全とは言い切れない。そこで、スイーオネースの持つ北回り航路の出番という訳だ」

北回りの航路も海賊が出ない訳ではないが、数が極端に少ないのだという。

「しかも、南回りの航路の約三分の一の日数で東へ行ける」

帝国は西の国々の中でも北東に位置している。そこから南回り航路に出るには大陸をぐるりと迂回《うかい》しなくてはならず、その分だけ時間が掛かって費用もかさむのだそうだ。

「その点、北回りの航路は我が国から出やすい。これを利用しない手はないだろう」

「スイーオネース以外の国は、その北回りの航路を使わないんですか？」

「長年、北の海は航海に適さないと思われてきたからな。その考えを覆《くつがえ》すのは、簡単ではないのだよ。それにスイーオネースは、航路の情報を国外に漏らさないよう管理を徹底しているらしい。隣国もあの国に接触しようとしたらしいが、なかなか思うようにいかないようだ」

帝国の隣には、広大な国土と独特の魔導技術を持つ大国がある。その国も、スイーオネースに政略結婚を持ちかけているらしい。

「しかし、あちらが嫁がせようとしている姫はまだ十二歳と聞く。それでは結婚はまだしも子を作るのは無理だ。だが、安心はしていられない。隣国以外にもあの国に近づこうとする国があるかもしれん」

「……だから、先にお近づきになっておこう、という事ですか？」

疲れた口調でアンネゲルトが問うと、ライナーは無言のまま満足そうに頷いた。

アンネゲルトには、これ以上の反論材料はない。感情論ならいくらでも言えるが、それで考えを変える伯父ではなかった。

「今回の結婚によって、我が国は北回りの航路を、スイーオネースは我が国の魔導技術を手に入れる。どちらにも利益のある大事な結婚だからこそ、余と縁が遠い娘は出せんのだよ」

帝国の魔導技術は、地球世界の技術との接触によって、近隣諸国では類を見ない代物になっている。それを欲して、スイーオネースは帝国の申し入れを呑んだという事か。

アンネゲルトは観念して重い溜息を吐《つ》いた。その様子を見たライナーは、人の悪い笑みを浮かべる。

「そうそう、お前が嫁ぐ王太子だがな。とある男爵令嬢を愛人として囲っているらしい」

「はあ!?　何ですか、それ！」

――結婚前から愛人がいる!?

気落ちしていたはずのアンネゲルトは、怒りに目をつり上げた。

「お前が異世界育ちだからこそ、嫁がせる事が出来ると言ったな？　お前が育った国では、夫婦の離婚は日常茶飯事だと聞く。だからな、相手が気に入らなければ離婚すればいい。いや、うまくすれば半年で婚姻無効を申請出来るぞ」

「はい？」

伯父とはいえ皇帝の前だという事も忘れて、アンネゲルトは間の抜けた声を上げた。

◆◆◆◆

スイーオネース王都クリストッフェションにある王宮、エールヴァール宮。その中にある広い議場では、会議が淡々と進められていた。

玉座には国王が座している為、静かな中にもわずかな緊張を孕《はら》んだ会議は、そろそろ終わりを迎えようとしている。

「さて、では本日の分はこれにて――」

「失礼いたします」

議長が会議を締めようとした時、ドアの脇に控える侍従が声を上げた。

「何事か」

「は。急ぎの報《しら》せが届きました」

その侍従の言葉に、議場は騒然となった。いい内容にせよ悪い内容にせよ、会議中の議場に届くという事は、相当な内容なのだろう。

侍従は議長の側《そば》へ行き、彼の耳元で何やら囁《ささや》く。すると、議長の目が大きく見開かれた。

「それは真《まこと》か？」

侍従は無言のまま頷く。議長は席を立ち、国王の隣まで行くと、自らも小声で耳打ちをする。国王がそれに頷いたのを受け、議長は侍従を振り返り、はっきりとした声で命じた。

「案内せよ」

侍従に案内されて議場に入ってきたのは、海を挟んだ大国・ノルトマルク帝国の貴族だった。彼はスイーオネースに駐在する大使で、この国における帝国関連の全てを取り仕切っている。

「会議中に失礼いたします、陛下」

大使は国王に恭《うやうや》しく礼をした。まだ三十代後半だが、その歳に見合わぬ見識の持ち主として、スイーオネースの宮廷でも知られている。

「いい報《しら》せを持ってきたと聞いておる」

その国王の言葉に大使は頷き、懐《ふところ》から一通の書簡を取り出した。侍従を介してそれを受け取った国王は、早速書簡を開いて中を確認する。

「……ふむ。ご苦労であった」

「もったいないお言葉にございます」

二人の会話を聞いて、周囲の貴族達はお互いの顔を見合わせる。中には満足そうに笑む者もいれば、逆に苦虫を噛みつぶしたような顔をする者もいた。

「陛下、一体何事でございましょう」

貴族達を代表して質問したのは議長だった。

「おお、そうだったな。この書簡はノルトマルク皇帝からのものだ。王太子の相手として、アンネゲルト姫に結婚を申し込んでいたのだが、ようやく承諾《しょうだく》してくれたようだ」

「おお、では」

「うむ。王太子の結婚が決まった。これからは忙しくなるな」

その場にいた貴族達から、口々に祝いの言葉が上がる。そんな中、一人の伯爵が国王に質問した。

「はて、アンネゲルト姫と申しますと？　王太子殿下のお相手は、リヒテンベルク伯爵家のハイディ嬢ではなかったのですか？」

国王は手にした書簡を畳みながら、鷹揚《おうよう》に答える。

「はて。その名前に聞き覚えはないが、伯はどこからその話を？」

国王から逆に聞かれて、伯爵は一瞬怯《ひる》んだ。だが宮廷での権力闘争を勝ち抜いてきただけあり、肝だけは据わっていた。彼はすぐに何食わぬ顔で国王に返答する。

「懇意《こんい》にしている筋より、耳にいたしました」

「さようか。いや、その筋が間違っていたようだな」

そう言いつつ、国王は元通りに畳んだ書簡を封筒に戻した。

「我が国が王太子妃にと望んだのは、最初からアンネゲルト姫ただ一人だ。皇帝の姪姫《めいひめ》で、フォルクヴァルツ公爵令嬢でもある。国内でもなかなか公式の場には出ない姫だぞうだから、伯が知らなくとも無理はない」

フォルクヴァルツ公爵。その名が出た途端、議場の中はにわかにざわついた。彼の妻が異世界の庶民だというのは、遠く離れたこの国にも知れ渡っているからだ。

そのような血筋の娘を王太子妃に据えるのかと、否定的な貴族が半分。この国も異世界の恩恵を受けられるのではないかと期待する貴族が半分。

場内のざわつきを無視して、国王は大使に向き直る。

「そういえば、帝国では一月《ひとつき》前に、皇帝の遠縁の伯爵令嬢が亡くなったとか。もしや、先程名の挙がった令嬢だろうか？」

「御意《ぎょい》にございます。まだ若い身空《みそら》で、痛ましい事です」

沈痛な面持ちで答える大使に、年頃の娘を持つ何人かの貴族は同情的な視線を送る。

「とにかく、会議の最後にいい報《しら》せが届いたものだ。皆の者、大義であった」

国王の一言で、その日の会議は締めくくられた。

◆◆◆◆

薄暗い部屋で大きな椅子に座る男は、つい先程聞いた情報にどう対処すべきか悩んでいた。どうやら計算違いが生じたらしい。

このままでは、彼が望まない筋道になってしまうおそれがある。

彼が手近にあったベルを鳴らすと、部屋の外で待機していた人物が入室してきた。その小柄な人物は、男の忠実な部下だった。

「お呼びでしょうか？」

「例の件は、どうなっている？」

「順調に進んでおります」

「そうか……少し筋書きを書き換える必要があるらしい」

部下は一瞬驚きの色を浮かべたが、無言で次の言葉を待つ。余計な事を口にしない有能な部下を、男は気に入っていた。

彼が新しい命令を与えると、部下は訝《いぶか》しむ様子を見せた。だが、やはり何も聞いてこない。与えられた命令は絶対だと、よくわかっているのだろう。

「では、行って参ります」

「ああ」

男が頷くと、部下は入ってきた時と同様、静かに部屋を出ていった。

◆◆◆◆

翌日の王宮内は、王太子の結婚話で持ちきりだった。そんなめでたい話で沸き返る中、一人の男性が謁見《えっけん》の間へと足を運んでいる。

きっちりと着込まれた軍服、なでつけた黒髪、鋭い眼光、引き締まった体躯《たいく》。彼が実力の伴《ともな》った軍人であるというのは、誰の目にも明らかだった。

「第一師団副師団長サムエルソン准将《じゅんしょう》、入室！」

侍従に名を呼ばれた男性は、玉座の前まで歩を進め、国王の前で頭《こうべ》を垂れた。准将《じゅんしょう》という肩書きには不似合いなほど若い。実際まだ二十八歳の彼は、軍の中でも異例の出世を遂げていた。

彼は一礼した後、よく通る声で名乗る。

「エンゲルブレクト・ロビン・カール・サムエルソン、お召しにより参上つかまつりました」

「うむ。楽にせよ」

部屋には国王の他、エンゲルブレクトが所属する第一師団の師団長と、全軍を統括する元帥《げんすい》、それに国王の側近の一人であるヘーグリンド侯爵がいた。何事かと訝《いぶか》るエンゲルブレクトに、国王が呼び出しの理由を告げる。

「そなた、王太子の結婚が決まったという話は聞いたか？」

「耳にいたしました。心よりお祝い申し上げます」

エンゲルブレクトは、型通りの祝辞を口にした。あの王太子のもとに嫁いでくる花嫁は、相当苦労するだろう。だが帝国の甘やかされた姫ならば、そのくらいの苦労は当然か、と思い直す。

その姫に会った事はないが、身分の高い女性というのは、誰もかれも同じように感じる。だから、帝国の姫もそうだろうと予想しているだけだ。

エンゲルブレクトは国家に忠誠を誓ってはいるが、王家というものには忌避感《きひかん》を覚えている。国が存続出来るのなら、別に今の王家でなくともいいのではないかという考えだ。もちろん口に出した事は一度もない。

国王はエンゲルブレクトの言葉に、鷹揚《おうよう》に頷いた。

「話というのはな、伯に王太子妃の護衛をやってもらいたいのだ」

「護衛……ですか」

通常、王族の護衛は近衛が行う。近衛連隊も師団も元帥《げんすい》の下についている点は同じだが、師団の方は前線に出る事もある為、実力主義の世界だ。身分は関係ないので、平民出身の者も多くいる。

対して近衛は王宮に詰めている事が多く、貴族出身の者でなくてはならない。確か容姿も選考基準に入っていたはずだ。これは見苦しい者を王族の側《そば》に置く訳にはいかないという理由からだった。

そのせいか、軍の中では近衛に対する陰口が横行している。実力もないのに見かけだけ着飾った、おもちゃの兵隊だというものだ。まさか、国王はそんな部隊に移れと言うのだろうか。

エンゲルブレクトは亡くなった父から家督を継いだ為、伯爵位を有している。おかげで、近衛入隊の絶対条件は揃っていた。

「それは、近衛への配置換えという事でございますか?」

声に不満の色が滲《にじ》んでしまったのも致し方あるまい。これまで第一師団という最も危険度の高い場所でそれなりに武功を上げてきたつもりだ。それを近衛に移すとは、今までの全てをなかった事にされたようで気分が悪い。

彼の様子に気付いた元帥《げんすい》と師団長が、苦笑しつつ答えた。

「ああ、いや。准将《じゅんしょう》を近衛へ移すという事ではない。まだ公表はされていないが、近衛連隊とは別に、王太子妃殿下専属の護衛部隊を作る予定なのだよ」

「その部隊長を准将《じゅんしょう》に任せたいというのが、陛下のお考えだ」

二人の言葉を聞いて、エンゲルブレクトはようやく理解した。だが、納得はしていない。新設の部隊など、ただの寄せ集めになるのは目に見えている。大体、何故他国から来る王太子妃に、専属の護衛部隊をつけるのか。

そこまで考えて、つい先日聞いた噂《うわさ》を思い出した。帝国からの書簡が議場に届いた際、『王太子妃候補は伯爵令嬢だったはずでは？』と発言した貴族がいるらしい。

そして件《くだん》の令嬢は、一月《ひとつき》前に亡くなっているとか。病死との事だが、時期が時期だ。それを頭から信じる者はいないだろうし、エンゲルブレクトも他殺を疑っていた。

「昨今の宮廷での騒ぎは、そなたも知っておろう」

その国王の一言で、エンゲルブレクトはここしばらくの宮廷での騒動を思い出す。

革新派、保守派、中立派の三派に分かれて、貴族達が争い合っている。表沙汰になっている諍《いさか》いはまだ可愛い方で、裏ではかなり悪辣《あくらつ》な手段が横行しているようだ。

なるほど、宮廷貴族の一部が、嫁いできた姫に危害を加える可能性があるという事か。

エンゲルブレクトはようやく納得した。

「つまりは、いかなる敵の手からも王太子妃殿下をお守りせよ、という事ですか」

「そうだ」

国王の返事を聞いて、エンゲルブレクトは内心にやりと笑った。国王が公認したのだから、貴族相手でも手加減はいらないという事だ。

「引き受けてくれるか？」

「御意《ぎょい》。ですが、私の権限はどこまであるのでしょうか？」

あくまでただの護衛隊長なのか、それとも王太子妃を守る為ならば、ある程度の越権行為も許されるのか。それによって動き方が変わる。

これに答えたのは、国王ではなくヘーグリンド侯爵だった。

「王太子妃護衛隊は通常の軍組織から離れ、国王陛下直属となる。報告などは全て陛下に直接申し上げよ。また護衛に関する一切の権限は、陛下より准将《じゅんしょう》に全てを委任される。これは公的な文書に明記する事となる」

これには、さすがのエンゲルブレクトも目を剥《む》いた。越権行為どころの騒ぎではない。

「それは――」

「聞いての通りだ。王太子妃の護衛に関して、そなたが余の代理人となるのだ」

そう。全ての権限を委任するという事は、エンゲルブレクトが国王の代理人になるという事だ。彼より身分の高い貴族に対しても、令状なしの捕縛が許され、その場で即決裁判を行い極刑に処す事も出来る。

「……よろしいのですか？」

「余は、そなたを信じる」

そう言い切った国王の表情を、エンゲルブレクトはしばし見つめていた。それから深く礼をし、承諾《しょうだく》の意思を示す。

これが王命であれば、拒否は許されない。だが国王は命令ではなく要請をした。エンゲルブレクトには拒否する余地が残されていたのだ。

話がついたところで、元帥《げんすい》から今後の予定とやるべき事が告げられる。

「アンネゲルト姫の輿入《こしい》れの日が迫っている為、急ぎ護衛隊を編成するように。それと――」

「それと？」

「帝国まで姫を迎えに行ってもらう」

意外な事を命じられ、エンゲルブレクトは一瞬固まってしまった。本来ならば、それは夫となる王太子の役目である。とはいえ、断る事など出来なかった。

国王との謁見《えっけん》を終えたエンゲルブレクトは、自分の執務室へ戻った。

「お帰りなさい、副師団長」

執務室で彼を出迎えたのは、副官を務めるヨーン・クート・グルブランソンだ。スイーオネース国内においてエンゲルブレクトは高身長の部類に入るが、彼よりさらに背が高いのがこのヨーンだ。そのせいで、いつも扉で頭をぶつけそうになっている。

「配置換えになった」

「は？」

上司の言葉に、ヨーンは目を丸くした。それも当然だろう。普通、こういった辞令は秋に出るものだ。

「王太子が結婚するという話は聞いているな？」

「はい。おめでたい話ですね」

ヨーンの言葉には、まるっきり感情がこもっていなかった。実際、彼は少しもめでたいなどと思っていないのだろう。

「嫁いでくる王太子妃の護衛を命じられたのだ」

「つまり、配属先は近衛という事ですか？」

自分と同じ事を考えたらしい副官に、エンゲルブレクトは苦笑しながら教えた。

「いや、新しく護衛隊が設立される。そこの部隊長に就任するのだ」

「そうでしたか。おめでとうございます」

今度の言葉には、きちんと感情が込められていた。そんな副官に、エンゲルブレクトはまた苦笑する。

「めでたい事かな？」

「一組織の長になられる訳ですから。副師団長として人の下にいるより、よろしいのでは？」

ヨーンに内心を見抜かれて、エンゲルブレクトは驚いた。どうしてこの副官は、こうも自分の考えを正確に捉える事が出来るのか。

人の下にいる事に息苦しさを感じていたエンゲルブレクトは、たとえ小部隊とはいえ上に人のいない環境で解放感を味わいたかった。しかも今回は国王直属の部隊で、その代理人をも任されている。文句のつけようがない配置換えと言えた。

「しばらくは忙しくなるぞ、グルブランソン」

「は。人員でしたら、いくつか目星をつけてあります」

「随分用意がいいんだな」

自分もある程度は目星をつけているが、この副官は、一体いつの間にそんな事をしていたのか。

「将来有望な人材は調べ上げてあります。いつ何時《なんどき》必要になるかわかりませんから」

そう言うと、ヨーンは自分の執務机から数枚の書類を取り出し、エンゲルブレクトに手渡した。

この副官は表情こそ乏《とぼ》しいが、命じられずとも動く事の出来る人間だ。しかもエンゲルブレクトの目の届かないところをしっかりと補足してくれる。

ヨーンから手渡された名簿を見て、自分の頭の中に描いていたものと類似している事に、またしても苦笑した。こういう時、この男を副官に選んだ過去の自分に感謝したくなる。

エンゲルブレクトが目指す場所へ到達する為には、味方は多い方がいい。だからといって味方に依存する訳にはいかないが。それを心に戒《いまし》めつつ、彼は不敵に笑った。

「では早速取りかかろうか。まずは妃殿下を帝国まで迎えに行かなくてはならないから、その時の人選だな」

こうして王太子妃護衛隊は、その第一歩を踏み出した。

◆◆◆◆

王太子ルードヴィグ・ベルンハルドは朝から荒れていた。今朝いきなり父親に呼び出され、他国の姫と結婚するよう言い渡されたのだ。

「冗談じゃない！」

手近にあったクッションを殴りつけ、側《そば》に控えていた侍女を震え上がらせる。ここ最近増えた乱暴な振る舞いのせいで、彼付きの侍女の多くが配置換えを希望していた。陰では『これもあの性悪女《しょうわる》に引っかかったせいだ』と言われている。ルードヴィグとしては、それもまた癇《かん》に障《さわ》るのだった。

「私は、自分で結婚相手を選ぶ事も出来ないのか！」

書類の決裁などを休んだ事はなく、王太子としての責務はきちんと果たしている。社交に関しては多少手を抜いているが、それでも結婚相手を選ぶ自由を奪われるほどではないはずだ。

結婚相手は、ノルトマルク帝国皇帝の姪姫《めいひめ》だという。この結婚によって帝国から魔導技術が供与《きょうよ》されると、父王は言っていた。

「技術を得る代わりに、私を売るのか」

ルードヴィグが婿に入る訳ではないので、売るという言葉は不適切なのだが、彼の心情としては同じようなものだ。

ルードヴィグには、身分の低い恋人がいる。近い将来、彼女を妻にするつもりでいた。

周囲は反対するだろうが、構うものか。教会の司祭を味方につけて秘密裏に結婚してしまえば、父王とて口出しは出来まい。そう思っていたのに。

たとえ一国の王であっても、教会組織にはおいそれと口出し出来ない。一度神の御前で誓いを立てれば、簡単に覆《くつがえ》す事は出来ないのだ。それが出来るのは、教会組織だけである。

ルードヴィグの恋人はホーカンソン男爵令嬢で、名をダグニー・ブリギッタという。祖父の代に商売で国に貢献して男爵位が与えられた、成り上がり組と呼ばれる下級貴族の娘だ。

爵位を得てから六代以上続いている家を世襲《せしゅう》組、それ以外を成り上がり組と呼ぶ。これはスイーオネース独特の呼び方だ。

世襲《せしゅう》組の貴族は、成り上がり組の貴族を疎《うと》んじていた。はっきりと口に出す者は少ないが、陰でこそこそと嘲笑する。ルードヴィグは、彼らのそうした陰湿さが嫌いだった。むしろ、自身の努力で爵位を得た成り上がり組の方こそ、貴族と呼ぶに相応《ふさわ》しいのではないかとさえ考えている。

爵位と領地を世襲《せしゅう》した貴族には、努力を怠《おこた》る者が多い。大貴族と呼ばれる家の子弟ほど遊びにばかり興じて、勉強はおろか剣の腕さえ磨こうとはしなかった。

そのくせ、他者に対する批判だけは一人前。そんな唾棄《だき》すべき連中しか、ルードヴィグの周囲にはいなかった。彼がうんざりして彼らを遠ざけても、仕方がない事だろう。

ダグニーとの出会いは、三年前のある夜会でだ。

彼女は世襲《せしゅう》組からのあからさまな侮蔑《ぶべつ》にも、決して怯《ひる》む事がなかった。それどころか、逆にそうした連中を嘲笑ったのだ。

『あら、品のない事。先祖代々貴族だなどと言っても、所詮その程度ですのね』

傲慢《ごうまん》にも見える彼女の姿から、ルードヴィグは目が離せなかった。人目のあるところでそんな言動をすれば、下級貴族などあっという間につぶされるというのに。

興味を持ったルードヴィグは、彼女をダンスに誘い、こう尋ねてみた。

『あのような言い方をして、家をつぶされるのが怖くないのか？』

その発言も、ダグニーは鼻で笑った。王太子たるルードヴィグにも尊大な態度を崩さず、ばかにした表情で言い放ったのだ。

『まさか！　あの人達が我が家に何かしでかせば、私の発言を認める事になりますでしょう？　自尊心だけは高いあの人達に出来る事といえば、せいぜい私の発言を聞かなかった事にする程度でしょうよ』

貴族の世界においては、その自尊心こそが何よりも大事なのだ。それを少しでも傷つけられれば、相手の命をもって贖《あがな》わせようとする者も多い。ルードヴィグがそう言えば、ダグニーはさらに笑う。

『今この国でそこまでの矜持《きょうじ》を保っている貴族が、一体どれだけいるとお思いですの？』

その一言に、ルードヴィグは衝撃を受けた。確かに、今この国にいる貴族は、どれもこれも間違った方向に自尊心が肥大した連中ばかりだ。

まさか自分より年下の、しかも女性から指摘されるとは。ルードヴィグは目の覚める思いだった。

あの日から、ルードヴィグの寵愛《ちょうあい》はダグニーが独占している。何より彼女の考えは、ルードヴィグのそれにとても近い。側《そば》にいて意見を交わす度に、一緒に高みに上《のぼ》っていくように感じられた。

ルードヴィグの彼女への傾倒ぶりは、日に日に大きくなっていく。彼にはこれまで浮いた噂《うわさ》一つなかったからか、周囲は大いに慌てた。

その立場上、愛人を持つ事自体は問題ないが、まずはきちんとした妃を迎える事が先だと説教される羽目になったのだ。

『おそれながら、男爵家の娘では王太子妃には出来ませんぞ』

苦り切った顔でそう言ったのは、ルードヴィグの教育係を務める伯爵だった。彼は謹《きん》厳実直《げんじっちょく》な人柄で知られ、国王アルベルトとも親交が深い。

『何故だ⁉　ダグニーは素晴らしい女性だ。彼女とならこの国をよりよい方向へ導いていけるはずなんだ。身分が問題だと言うなら、もう少し上位の家に養女に出せばいいだろう？　よくある手ではないか』

そう言いつのるルードヴィグを前に、伯爵は額《ひたい》に手を当て、深い溜息を吐《つ》いた。

『目をお覚ましください、殿下。国の為に然《しか》るべきお相手と結婚なさるのも、王太子たる殿下のお務めにございます』

国の利益となる相手との政略結婚。ルードヴィグも幼い頃からそれを覚悟してきたし、両親もそうだった。だが——

『別の形で国に貢献すればいいだろう⁉　ダグニーを妻に出来るのなら、いくらでも国の為に努力してみせる！』

『殿下……』

『お前も彼女の出自だけを見て、彼女自身を見てはくれないんだな』

憎々しげに言い放つルードヴィグに、伯爵は失望の色を隠さなかった。彼は悲しげな表情で溜息を吐《つ》く。結局、教育係である彼も、ルードヴィグを理解してはくれない。

『もういい。下がれ！』

ルードヴィグが怒鳴ると、伯爵は礼をして部屋を辞した。

もはや何もかもが煩《わずら》わしい。ルードヴィグは手近にあった花瓶を、床に向かって叩きつけた。


その後も、伯爵からは事ある毎にダグニーを遠ざけるよう進言された。そんな中、急に決まったのが今回の結婚話である。

顔も見た事のない相手といきなり結婚しろと言われて、誰が受け入れるというのか。

「どうせ、ドレスと宝石と菓子の事しか頭にない女なのだろう」

この国の社交界に溢《あふ》れている、つまらない女達と同じだ。ルードヴィグは苛《いら》つくままにクッションを壁に投げつけた。

「泣いて国へ逃げ帰るように仕向けてやる」

決して夫婦になどなるつもりはない。人から愛人と言われようと、自分の妻になるのはダグニーだけなのだ。ルードヴィグはそう改めて己に誓った。

二　盛りだくさんの嫁入り支度

皇宮《こうぐう》はきらびやかな夜を迎えていた。例年、春先には皇帝主催の大舞踏会が開かれる。帝都での催《もよお》し物の中で、最も華やかだと言われるのがこの大舞踏会だ。年若い貴族の娘達は、ここで社交界デビューを飾る。

今年はその中に、デビューというにはいささかとうの立った令嬢がいた。フォルクヴァルツ公爵令嬢アンネゲルト・リーゼロッテである。

スイーオネースへ嫁ぐ前に帝国の社交界でデビューしておけ、という皇帝の一声で今夜の出席が決まった。要は、付け焼き刃でいいから社交界に在籍していたという実績を作れという訳だ。

急だったので、エスコート役は弟のニクラウスが務める。彼は去年のうちにデビューしており、この大舞踏会に参加するのは二度目になる。

「きつい……」

ぎゅうぎゅうに締めつけられたウエストに手を当てて、アンネゲルトは愚痴《ぐち》を漏らした。今夜のコルセットは、いつも以上に念入りに締められている。

「姉上、お気を確かに。舞踏会場で倒れたりしたら恥ですよ」

対するニクラウスは落ち着いたものだ。コルセットを締める必要のない弟がうらやましいのと憎らしいのとで、アンネゲルトは恨みがましい目で彼を睨《にら》みつけた。

「その表情もいただけません。会場に入ったら、せいぜい愛想を振りまいてください。姉上の為にも、父上と母上の為にも」

したり顔で言う弟はこれまた憎らしいが、正論なので言い返せない。こうした場での愛想がいかに大事かを、アンネゲルトは身に染みて知っている。

ただでさえ向こうでは私生児、こちらでは半分庶民と、周囲から陰口を言われやすい身なのだ。少しでもつけ入る隙《すき》をなくす為、振る舞いには気を付けなくてはならない。

家族は一蓮托生《いちれんたくしょう》。そう心の中で唱えながらアンネゲルトは背筋を伸ばした。

ちなみに今夜のアンネゲルトの装《よそお》いは、若々しい薄緑色のドレスである。巻き毛の黒髪を一部だけ結って、あとは自然に流していた。宝石は使わず生花のみで飾ってある。

既婚の女性は宝石のついた髪飾りをしないと、夫の財力が低いと見なされてしまう。つまり生花だけで髪を飾るのは、未婚の身だからこそ許される装《よそお》いだった。

若い二人が会場に入ると、場内の視線が一気に集まった。

「まあ、あのご令嬢はどなたかしら？」

「お隣にいらっしゃるのはヒットルフ伯爵ですわよね？」

「ええ、フォルクヴァルツ公爵のご子息の」

「ではあの令嬢は、もしや公爵閣下《かっか》の……」

「まあ、あの噂《うわさ》の」

いきなり周囲の視線を浴びて、アンネゲルトは気後《きおく》れしそうになる。

「……気のせいかしら。何だか随分と見られているような気がするのだけど」

アンネゲルトは扇《おうぎ》で口元を隠しながらニクラウスに耳打ちした。こんなに注目されてしまっては、ほんの些細《ささい》な粗相《そそう》も許されそうにない。

そんな姉とは対照的に、ニクラウスは冷静に会場を見渡す。

「気のせいなどではありませんよ。皆が我々に注目しています。姉上、扇《おうぎ》越しで構いませんから、あちらに微笑みかけてみてください」

彼は比較的善良な人々の集団を目線で示す。

アンネゲルトは意味がわからなかったが、扇《おうぎ》で口元を隠しつつ目だけで微笑んだ。こうした仕草が出来るのも、これまでの教育の賜《たまもの》である。

微笑みかけられた集団は感嘆の溜息を吐《つ》き、二人を見ながら何事かを話し続けていた。

「ニコ、これでよかったのかしら？」

「上出来です。後は彼らがいい噂《うわさ》を流してくれますよ」

その言葉通り、彼らは「美しく礼儀正しい公爵令嬢」という、本人が聞いたら目玉が飛び出るような噂《うわさ》をあっという間に広めてくれたのだった。

その後もニクラウスの指示に従い、アンネゲルトはあちらへこちらへと愛想を振りまく。いい加減、頬の筋肉が引きつりそうだ。

二人の両親である公爵夫妻が会場入りして程なく、皇帝夫妻と皇太子が会場入りした。

「皆の者、今宵《こよい》はよく集《つど》ってくれた。存分に楽しんでいってくれ」

開会の言葉を短くまとめた皇帝のもとへ、出席者が順に挨拶《あいさつ》しに向かう。

「行きましょう、姉上」

「ええ」

そう言って、二人は両親の後ろに並んだ。挨拶《あいさつ》は身分が高い順に行われる為、公爵家の人間であるアンネゲルト達の順番は比較的早いうちに回ってくる。

並んでいる間も、アンネゲルトは周囲からの視線を痛いほど感じていた。中には刺々《とげとげ》しい視線も混じっている気がするが、一体どういう事だろうか。

そんな事を考えている間に両親の挨拶《あいさつ》が終了し、アンネゲルト達の番になった。

「本日はお招きいただき、心より感謝申し上げます」

「うむ。婚礼の準備で多忙な中、大儀である」

その皇帝の一言で、瞬時に周囲がざわめく。頭を下げていたアンネゲルトは、そのままの状態で固まってしまった。この場でその話が出るとは思っていなかったのだ。

ニクラウスに軽く小突《こづ》かれ、ようやく頭を上げると、皇帝としっかり目が合う。にやりと笑った伯父の顔を、アンネゲルトは終生忘れてなるものかと心に刻んだ。


やがて貴族達の挨拶《あいさつ》が終わり、皇帝夫妻のダンスが始まった。最初のダンスだけは、身分が高い順に踊る。アンネゲルトとニクラウスも、中央に出ていった。

今宵《こよい》の舞踏会は盛況だ。そこかしこで人が集まって話しているのは、先程の皇帝の発言についてだろう。

「あれって、わざとよねえ？」

アンネゲルトは思わず日本語で呟《つぶや》いてしまった。

「姉上、言葉」

「わかっています」

ちらりと両親の方を見れば、何食わぬ顔で踊っている。最初のダンスは、絶対に参加しなくてはならないのがマナーだった。

一曲目が終了したら端に避《よ》けてもいいのだが、アンネゲルト達はそのまま中央に残る。これはニクラウスの提案だった。

ダンスから抜けたが最後、話を聞きたい連中に囲まれて身動き出来なくなるというのだ。

「丁度、今の皇帝ご夫妻や父上達のようにですよ」

ニクラウスに目で促《うなが》されて、アンネゲルトも踊りながらそちらを見てみる。四人は早くも十重《とえ》二十重《はたえ》に囲まれていて、姿が見えないほどだった。

ああなりたくなければ、ここで踊り続けなくてはならないらしい。

「何、この赤い靴」

「何ですって？」

「童話よ。赤い靴を履《は》いたばかりに、足を切り落とすまで踊り続けた女の子の話」

有名なのに、とアンネゲルトは思ったが、よく考えたらニクラウスは帝国で育っている。異世界の童話に触れる機会は、ほぼなかったのだろう。

十曲ほど踊った頃、アンネゲルトはとうとう音《ね》を上げた。

「ニコ、そろそろ疲れたのだけど……」

「そうですね……では、あの方に助けていただきましょう」

丁度曲が終わり、会場の中央で踊っていた人達が、順番を待っていた人達と入れ替わる。あわよくば、アンネゲルト達に近づき詳しい話を聞こうとする人達の間を抜けて、ニクラウスはある人物の前まで姉を誘導した。

その人物を見て、アンネゲルトはなるほどと納得する。

「いい夜ですね、殿下」

「ご無沙汰しております、皇太子殿下」

二人が挨拶《あいさつ》をした相手は、皇太子ヴィンフリートだった。

身分社会である社交界にあって、皇太子を差し置いて、アンネゲルト姉弟に声をかける人間はいない。その証拠に、先程までにじり寄ってきていた人々が、今は遠巻きに見ていた。

「久しいな、従姉妹《いとこ》殿」

そう言って微笑むヴィンフリートは、秀麗な面差しの貴公子だ。目元や口元は母親の皇后に似ているが、全体的な印象は叔父のアルトゥルに近い。

短い金髪を綺麗になでつけていて、全体的に理知的な雰囲気がある。童話の中の王子様というよりは、凛々《りり》しい騎士といった風情だ。実際、体は鍛えられていて、広い肩幅と厚い胸板を兼ね備えている。

しばらく見ない間に一段と男ぶりを上げた年上の従兄弟《いとこ》は、その地位とも相まって、引く手あまたなのだろう。先程からアンネゲルトの背中に突き刺さっているのは、おそらく嫉妬の視線と思われる。

ヴィンフリートは無骨な印象のライナーと外見こそあまり似ていないが、性格は酷似していた。優しそうな外見に惑わされると痛い目を見ると、帝国国内では有名だ。

「ニクラウス、君も姉君が戻って嬉しかろう」

「おかげさまをもちまして……」

明言を避けたニクラウスを、アンネゲルトは横目で睨《にら》む。大方、面倒な姉など戻ってこなくてもいいと思っていたのだろう。

姉弟仲は悪くはないが、べったりするほどいい訳でもない。学校の友達の中には弟が欲しいと言う子もいたが、実際に弟を持つアンネゲルトや他の女子は、『夢は見ない方がいい』とよく言っていたものだ。

「しばらく姉君を借りても構わないか？」

突然のヴィンフリートの申し出に、当のアンネゲルトは驚いた。だが、ニクラウスは姉の手を皇太子に渡して「お願いします」とだけ告げると、すぐに人波の中へ消えてしまった。

ニクラウスも噂《うわさ》に飢えた人々の餌食《えじき》になってしまうのではなかろうか。そう心配するアンネゲルトに、ヴィンフリートは穏やかな声をかけた。

「捨てられたような顔をするな、従姉妹《いとこ》殿」

「……そんな顔、しておりません」

「そうか」

薄く笑う辺り、やっぱりあのライナーの息子だな、とアンネゲルトは実感した。


「久しぶりの帝国はどうだ？」

ヴィンフリートに誘われるまま、アンネゲルトは皇宮《こうぐう》の庭園に出ていた。あちらこちらに配置された外灯のおかげで、夜でも暗がりはほとんどなく安全と言える。もっともアンネゲルト達からは見えないだけで、そこかしこに護衛の騎士が控えているのだが。

「一度にあれこれ起こって、正直混乱しそうです」

「だろうな」

ヴィンフリートはよく手入れされた庭園を抜けて、東屋《あずまや》へ向かった。ドーム型の屋根をした、白い大理石の東屋だ。簡素な造りだが、季節の花が咲く生け垣に囲まれており、その場にしっくりと馴染《なじ》んでいる。

「父上から、話は聞いたのだろう？」

「はい。断れない話……なんですよね？」

「そうなる」

舞踏会場でも話題にされて完全に公《おおやけ》となった話を、アンネゲルトの我《わ》が儘《まま》で断る事は出来ない。先を考えると、溜息も重くなろうというものだ。

「随分と冷静なのだな」

ヴィンフリートは、薄い笑みを浮かべて言った。その意外な一言に、アンネゲルトは目を見張る。

「冷静？　私が？」

「ああ。急に降って湧いた結婚話だというのに、随分と落ち着いている」

そうなのだろうか。アンネゲルトとしては、今も十分取り乱していると思う。

だが振り返ってみると、家族の前では怒鳴ったりもしたが、公《おおやけ》の場では粛々《しゅくしゅく》と受け入れているかのような態度を取っていたかもしれない。

「十分取り乱していますす。家族の前では、ですけど」

「なるほど。だが今は？　落ち着いているように見えるが何故だ？」

いつもは従姉妹《いとこ》に甘いヴィンフリートだが、今日に限って曖昧《あいまい》な返事は許してくれないらしい。

アンネゲルトは答えに詰まった。決して納得している訳ではないものの、心のどこかで仕方ないと受け入れてしまっている気もする。でも本当は――

「実感が湧いていないんです。いきなり言われたというのもありますけど、お相手は顔も知らない方ですもの」

そう、どこか他人事のように感じている。しかも皇帝からは、嫌なら半年で帰ってきてもいいと言われているのだ。

ヴィンフリートは辺りを注意深く窺《うかが》った後、幾分か声を落とした。

「あちらの男爵令嬢の件も聞いたか？」

男爵令嬢？　とアンネゲルトは疑問に思ったが、すぐに気付く。王太子の愛人の事だろう。

「ええ。私としては助かりますわ」

そう言って微笑むアンネゲルトに、ヴィンフリートは驚いた表情を見せた。だが、次の瞬間には柔らかい笑みを浮かべる。そこには、アンネゲルトを案じる彼の思いが滲《にじ》み出ていた。

「なるほど、そういう事か。いや、従姉妹殿《いとこ》が納得しているのならいいのだ」

全てを言わずとも、アンネゲルトの考えが伝わったらしい。王太子妃として行くというよりは、同盟の形《かた》として行くのだ。相手がこちらに無関心でも構わないし、むしろそれを望んでさえいた。

結婚が神の御前で誓い合う神聖な儀式である以上、離婚は許されない。だが、条件さえ整えば、教会に婚姻無効を申請する事が出来る。それには婚姻後の半年間、夫婦生活がなかった事を立証しなくてはならない。

故《ゆえ》に王太子が愛人に夢中になり、アンネゲルトには目もくれないという状況は、願ってもいない事だった。

何にせよ、今は心配してくれた従兄弟《いとこ》に礼を述べるべきだろう。

「ご心配いただきありがとうございます、殿下」

愛想笑いとは違う笑みを浮かべたアンネゲルトだが、ヴィンフリートの方はいささか不満顔だ。

「殿下？」

「以前のように、兄とは呼んでくれないのか？」

そこか、とアンネゲルトは目を丸くした。

三歳まで帝国で養育されていた彼女にとって、四歳年上のヴィンフリートはいい遊び相手だった。

ヴィンフリートの方も、弟皇子はまだ赤ん坊だったたし、親の用意した遊び相手は「将来の側近の卵」という感じでつまらなかったようだ。

その点、アンネゲルトは女の子とはいえ、従姉妹《いとこ》なので遠慮がいらない相手であった。二人は兄と妹と呼び合い、悪戯《いたずら》をしては守《も》り役の大人を振り回していたのだ。

お互いが分別のつく年頃になると、さすがに遊ぶ事はなくなったが、アンネゲルトはヴィンフリートの事を変わらず兄と呼んでいた。だがそれも、彼が正式に皇太子の座に就くまでの話だった。

ヴィンフリートも納得しているものと思っていたのだが、今夜に限っては「兄」と呼んでほしいようだ。ヴィンフリートにも、嫁ぐ「妹」に対して何かしら思うところがあるのだろうか。

「相変わらずですのね、お兄様」

「お前はいつまでも私の可愛い妹だよ、ロッテ」

家族は日本名にちなんで「アンナ」と呼んでいるが、ヴィンフリートだけはアンネゲルトの事を「ロッテ」と呼ぶ。これは自分だけが使う特別な愛称なのだと常々言っていた。

従姉妹《いとこ》を懐かしい愛称で呼んだヴィンフリートは、アンネゲルトの額《ひたい》に軽く口づけた。


二人が庭園から会場へ戻ると、気付いたニクラウスがすぐに近寄ってきた。

「悪いな、ニクラウス。長々と姉君を借りてしまって」

「いえ、お気になさらず」

ヴィンフリートからニクラウスへと、アンネゲルトの手が渡される。

アンネゲルトは舞踏会が終了するまで、弟の側《そば》を離れまいと思った。一人になった途端、噂《うわさ》に飢えた禿鷹《はげたか》共の餌食《えじき》になりかねない。

それから何曲か踊った後、ニクラウスは休憩所まで姉を案内した。公爵家に割り振られたその場所は、皇帝の玉座に程近い。

壁のくぼみにソファとテーブルが置かれ、カーテンがかけられている為、外からは見えにくくなっていた。さらに音を遮断する魔導が使われていて、この空間での会話は外には漏れない。

アンネゲルトは用意されているソファに座って、ようやく一息吐《つ》いた。

「何だか、この会場にいるだけで疲れるわ……」

「今日は初めてだからここに逃げ込んでも許されるけど、次回からはちゃんと会場にいないとだめだよ？」

姉弟二人だけという気安さからか、ニクラウスも日本語を使っていた。

「わかってる……ねえ、ちょっとあんたも知恵を貸してくれない？　王太子を半年間寄せつけない為には、どうすればいいと思う？」

「半年って……？　ああ、本気でやるんだ……」

詳しい事を言わなくても、ニクラウスは察してくれたようだ。もしかしたら、両親から皇帝とのやりとりを聞いているのかもしれない。

「当たり前でしょ⁉　せっかく帰ってきてもいいって言われたんだから、最短の半年でとっとと帰ってくるわよ」

しかも奈々曰《いわ》く、スイーオネースから戻ったら、日本に戻っても構わないという。さらに、日本のマンションをアンネゲルト名義にして譲《ゆず》ってくれるらしい。

「とにかく！　日本に帰る為にも、半年間は王太子を寄せつけないようにしなきゃ。婚姻無効に持ち込むには、やっぱり初夜も逃げなきゃだめよね？」

「……そういう事を弟に聞くの、やめてくれないかな」

ニクラウスはそう言って、疲れた表情をする。何故弟がそんな顔をしているのか、アンネゲルトにはわからなかった。

大舞踏会の後、アンネゲルトは連日のように社交行事に参加させられていた。これまで一切顔を見せなかった公爵令嬢が、ようやく表舞台に出てきたのだ。今のうちに繋ぎをつけておこうという貴族が多く、アンネゲルトのもとには山のような招待状が届いていた。

社交の場にいるのは、友好的な人物ばかりではない。とある夜会の最中、休憩に出たバルコニーで、アンネゲルトは見知らぬ男に声をかけられた。何事かと思えば、彼は言葉巧みに庭園に誘い出そうとする。アンネゲルトが一向に乗ってこないと見るや、男は彼女の腕を掴んでバルコニーから降りようとしたのだ。

悲鳴を上げかけたアンネゲルトの口を塞いだ瞬間、その不埒者《ふらちもの》はバルコニーの床に這《は》いつくばる事となった。男を取り押さえていたのは隠れて様子を見ていたティルラである。彼女はアンネゲルトの側仕えであると同時に、護衛役でもあった。

どうやら男はとある貴族に手引きされて入り込んだ役者だったらしい。その顔と口先で女を騙《だま》し、金を巻き上げる詐欺師《さぎし》でもあった。その腕を買われて、アンネゲルトを誘惑する役に選ばれたという。

「何だってそんな真似を……」

呆れるアンネゲルトに、ティルラは苦笑まじりに教えた。

「この時期に醜聞《しゅうぶん》を立てられては、スイーオネースとの結婚話に支障が出かねません。相手はそれを狙ったのでしょう」

命を狙われなかっただけましという事か。

それにしても、今回の政略結婚は相手が既に醜聞《しゅうぶん》だらけなのだ。今更こちらの醜聞《しゅうぶん》が少し増えたところで、どうという事はないのではないだろうか。

そのアンネゲルトの疑問にも、ティルラは苦笑しながら答えた。

「女性の醜聞《しゅうぶん》の方が、男性のものより重く見られるのですよ。特に結婚前は」

男尊女卑《だんそんじょひ》か！　とアンネゲルトは叫びたかったが、ティルラに言っても意味がないので黙っていた。その後も同様の事件は続き、アンネゲルトの精神力を地味に削っていく。

他にも彼女の精神力を削る事柄があった。それは嫁入り支度である。

マリッジブルーという言葉があるように、結婚の準備とはただでさえ大変なものだ。

今回は二つの国が関わる政略結婚なのだから、さらに大変になるのは当然だろう。

アンネゲルト自身がやるべき事といえば、スイーオネースに持っていく荷物の確認作業くらいなのだが、その量が半端ではない。

何せ、ドレスだけで何百着という数だ。これに下着や小物、装飾品が加わる。それらを収納する家具も、全て新調したというのだから驚きだ。

箪笥《たんす》はもちろん、椅子にテーブル、食器棚、小物入れに鏡台などが、どこの家具売り場かと言いたくなるほど用意されている。しかも全ての家具に、アンネゲルトのイニシャルを図案化したものが入れられていた。一人の姫の為に、ここまでするものなのだろうか。

「確認作業がこんなに大変だなんて、思ってもみなかったわ……」

アンネゲルトがそう呟《つぶや》くのも無理はないだろう。それでも、全てが嫁入り道具として目録《もくろく》に記載されている以上、アンネゲルト自身が確認しなくてはならなかった。

これらとは別に、形のない支度もある。それはスイーオネースに関する知識だ。言語や地理、歴史はもちろんの事、王族の名前や爵位、主立った貴族の名前、その役職なども含まれる。

言語に関しては、あまり苦労していなかった。スイーオネースの言語は文法が帝国のものとよく似ている。単語も綴《つづ》りと発音が少し違っている程度なので、まったく別の言語を身につけるよりははるかに楽なのだ。

また、ダンスや楽器演奏も習わされていた。ダンスはまだしも、慣れない楽器演奏は指が動かず、教師に怒られる毎日である。おかげでアンネゲルトのストレスは、日に日に膨《ふく》れ上がっていた。

唯一ストレスを感じないのは、体を動かす避難訓練だ。いざという時、護衛の指示通りに避難出来るよう、今のうちから訓練している。

だが精神的なストレスはなくとも、肉体的に厳しいものがある。特に、ドレス用の靴の走りにくさには閉口した。

「どうせドレスを着ちゃえばわからないんだから、スニーカー履《は》いてちゃだめかなあ?」

とうとうそんなぼやきまで出てきた。もちろんティルラに即却下されたが、それでもこの走りづらい靴については、どうにかしなくてはならない。

その結果、アンネゲルトにあるアイデアが浮かんだ。こっそり実行したそれは、後にアンネゲルトを助ける事になる。

◆◆◆◆

『アンネゲルトの身が危ない』

奈々とアルトゥルがその情報を聞いたのは、二年前の春だった。皇帝ライナーによれば、帝国内でアンネゲルトの誘拐計画が発覚したらしい。

アンネゲルトを日本から誘拐し、無理矢理他国へ嫁がせる計画だったという。相手は帝国の東に広がるガリシア王国の国王だ。その国と手を組みたい一部の貴族が暴走した結果である。

奈々とアンネゲルトを認めない貴族は、今でも一定数いる。異世界から来た下賤《げせん》の女から生まれた娘など、どう扱っても構わない。どうせなら自分達の役に立つように使おう、と考えたようだ。

これには奈々だけでなく、アルトゥルも怒りで拳《こぶし》が震えた。

『今回は未然に防げたが、捕縛出来たのは末端の連中だけでな。主犯格まではたどり着けなかった』

ライナーは残念そうに言ったが、その表情は獲物を見つけた肉食獣のようだった。

元々好戦的な性格の彼だが、帝位に就いてからは内政や外交に力を入れ、小競《こぜ》り合い程度の戦《いくさ》も起こしていない。だからこそ、密かに欲求不満を抱えていたのだろう。

『では、主犯格が捕まるまでアンネゲルトを保護せよと？』

『いや、他にいい手がある』

そう言ってライナーが提示してきたのが、スイーオネースとの縁組みであった。ガリシア王国の王家には、結婚経験者との婚姻を許可しないという法がある。それを逆手にとって、アンネゲルトを他国に嫁がせ、妃としての価値をなくそうという計画らしい。

当然、公爵夫妻は反発した。ガリシアに嫁にやらない為とはいえ、他の国に嫁がせるのでは意味がない。大体、アンネゲルトを政治の駒には使わないと約束していたはずだ。

『その約束を、お忘れですか!?』

奈々に激しく詰め寄られ、ライナーは若干腰が引けていた。

『忘れてはおらんとも。とにかく相手の事を知れば、何故私がこの話を用意したか理解出来るはずだ』

結婚相手となる王太子には、現在愛人がいる。それも大分ご執心《しゅうしん》のようで、周囲からの忠告も耳に入らない状態らしい。

どうだと言わんばかりのライナーだったが、奈々はさらに激高《げきこう》した。

『結婚前から愛人がいる男のところになんて、なおさら嫁に出せますか!!』

怒り狂う奈々を宥《なだ》めたのは、皇后だった。

『落ち着きなさい、奈々。この人も、その辺りの事は考えていますよ……一応は』

かばっているのかけなしているのかわからない物言いだが、皇后はさらに続ける。

『それだけ入れ込んでいる相手がいるのなら、結婚したとしても夫婦生活はないでしょう。そうなれば、教会法に則《のっと》り半年で婚姻を無効に出来ます。陛下はそれを狙っているのよ』

皇后の説明に、ライナーは無言で頷いた。だが、そんなに都合よくいくだろうか。

その奈々の不安は、続くライナーの説明によってあらかた払拭《ふっしょく》された。

こちらの世界の教会組織は、神の名の下《もと》に大きな権力を持っている。教皇を首長とする教皇庁領を中心に、周辺諸国にその教えが広がっていた。

無論、帝国もスイーオネースも教会の教えに従っており、特に帝国と教皇庁は昔から浅からぬ仲にある。帝国の姫が婚姻無効の申請を出せば、すんなり通るだろう。

さらに王太子ルードヴィグは、父王アルベルトとうまくいっていないらしい。その上、宮廷を嫌っていて、あまり顔を出さないようだ。親しく付き合う貴族もほぼいないと聞いているという。

また、ルードヴィグの愛人は新興貴族の男爵令嬢で、その出自もあって宮廷で受け入れられていないそうだ。それもルードヴィグの宮廷嫌いに拍車を掛けているという。

そこへ今回の結婚話だ。不仲の父や貴族から押しつけられた妃を、果たして王太子は受け入れるだろうか。

『私はないと踏んでいる。あの小僧《し》はまだまだ青いからな』

おそらくは、望まぬ結婚を強いられた自分と愛人を哀れみ、悲劇の主人公を気取るだろう。ライナーはそう考えていた。

『ですが、万が一という事もありますよ』

『その時はその時だ。アンネゲルト本人に乗り越えてもらおう。少なくともガリシア王家へ嫁ぐよりは、スイーオネースへ嫁ぐ方が万倍もましだ』

ガリシア王家は近隣諸国に悪評が轟《とどろ》くほど、妃の扱いが悪い。それが原因で、幾度も結婚話が流れているほどだった。

奈々はスイーオネースという国を知らないが、近隣諸国と同程度に常識的な国なのであれば、確かにガリシアに行くよりはましだと思う。

だが、どうしても決断出来ない。悩む奈々に、ライナーはだめ押しした。

『このまま警護を固めるのもいいかもしれない。だがな、今のうちに面倒な連中を一掃しておく方が、アンネゲルトの為にもいいと私は思うぞ。それに、これはニクラウスの為でもある。あれがアンネゲルトの二の舞にならないと、どうして言える？』

男だからといって安心する事は出来ないらしい。結局、子供達の安全の為にも、ここで災厄の芽を摘んでおくのが最善という訳だ。

奈々はとうとう、今回の政略結婚に同意させられた。

それでも、最後の望みを掛けてライナーと賭けをする。奈々がアンネゲルトとした賭けは、実際はライナーとしたものだったのだ。

その結果、アンネゲルトは内定を取れず、スイーオネースへの輿入《こしい》れが正式に決定した。

これも娘の運命だと腹をくくった奈々は、率先して結婚準備に取りかかった。送り出す側が沈鬱《ちんうつ》な顔をしていては縁起が悪い。

せめて笑顔で送り出してやりたいのだ。たとえ形だけになろうが、大事な娘の結婚なのだから。

◆◆◆◆

アンネゲルトの出立《しゅったつ》は、六月下旬に決まった。三月頭の卒業式からわずか三ヶ月半で、嫁に行く事になる。とはいえ、嫁入り道具に関しては一年前から支度していたらしいので、問題はなかった。事実を知った花嫁本人はもちろん荒れたが。

スイーオネースまでは船で行くらしい。帝都から川を下り、外海に出るルートだ。使うのは今回の為に特注で造られた船で、これもまた嫁入り道具だそうだ。

元々は別の目的で造っていた船を流用したので、本来ならば数年かかるところを、わずか一年と二ヶ月ほどで完成させたそうだ。

船の名は「アンネゲルト・リーゼロッテ号」という。花嫁の名を冠したその船は優美な木造帆船《もくぞうはんせん》で、細身の船体もどこか女性的に思えた。

しかし、その大きさは決して女性的とは言えない。木造帆船《もくぞうはんせん》でよくぞここまで、と誰もが驚くほど巨大だった。

本日は、その船の完成披露《ひろう》の日である。アンネゲルトとその家族はもちろん、贈り主である皇帝夫妻と皇太子も駆けつけていた。

「うわあ……」

アンネゲルトがそんな声を上げるのも無理はない。外見は大きさを抜きにすれば一般的な木造帆船《もくぞうはんせん》であるのに、一歩中へ入ると、そこには豪華客船ばりの設備が整っているのだ。

甲板から船の後方にある船尾楼《せんびろう》へ入り、奥にある船室の扉を開けて一度閉める。その扉の脇にある鏡に手を当ててからもう一度扉を開くと、そこに別の入り口が表れた。これは異世界を結ぶ扉と同じ原理らしい。

入り口から伸びる廊下を進むと、六階分の吹き抜けとなったアトリウムが出現した。ラウンジと小さなステージ、そして奥には四基のエレベーターが見える。

「驚くのはまだ早いぞ」

にやりと笑う皇帝の後について、一行は進んだ。口をあんぐり開けて周囲を見回すアンネゲルトの目に、奈々が苦笑しているのが映る。

船の中は、ちょっとした街のようになっていた。長い航海を退屈せずに過ごせるよう、あらゆる娯楽が用意されている。実際に使用する機会があるかどうかはわからないが、芝居を上演出来る劇場もあるそうだ。

「これが船の中だなんて……」

アンネゲルトが半ば呆然としながら見上げる先には、作り物の青空があり、そこから眩《まぶ》しい日の光が降り注いでいた。ちなみに本日は外が晴れだから青空なのであって、雨の日には暗い空になるそうだ。雨も降るらしい。

今、アンネゲルト達がいるのは公園だ。船の中に緑豊かな公園が作られ、乗客や乗務員の為の憩《いこ》いの場となるらしい。

公園内には二本のボードウォークが交差するように走っている。七階層上の空からは、明るい日の光が差し込んでいて、歩くのに丁度いい。

この公園の下にも、二十以上の階層があるのだそうだ。縦にも横にも巨大な空間は、とても帆船《はんせん》の中に収まるとは思えない。

「すごい……としか言えないわ」

「そうでしょうね」

アンネゲルトの後ろにいた奈々は、笑いながら言った。この船を建造するに当たって、あれこれとアイデアを出したのは奈々である。モデルにした船は、奈々がテレビで見た巨大クルーズ船だ。

「隣国にだって、これほどの船はないと思うわ。帝国の魔導技術の粋《すい》を集めて作られた船だもの」

見た目よりずっと広い船内も、人工的に作り出された青空も、全て帝国の魔導技術の賜《たまもの》である。その一部は今回の政略結婚によって、スイーオネースに渡る手はずになっていた。

「この他にも各種小売店や飲食店、バーにメインダイニング、プールにジャグジー、フィットネスクラブにエステ、それに子供の為の遊び場なんかもあるのよ」

「至れり尽くせりですのね」

正直、ただの乗り物だと思っていたアンネゲルトは、溜息しか出てこない。どれだけの金と手間を掛ければこうなるのだろうか。

「同型の船を陛下がお持ちでいらっしゃるけど、そちらは陛下の外遊時だけでなく、諸外国からのお客様をおもてなしする際にも使われるの」

この船は、皇帝の二隻目の御座船《ござぶね》になる予定だったそうだ。

皇帝の御座船《ござぶね》でもてなされた客は、自国に帰ってこう伝えるという。帝国の技術は他に類を見ないものであり、戦《いくさ》をしても我が国は決して勝てないだろう、と。

船一つで国力を示し、無用な戦を避ける事が出来る。それは長い目で見れば安上がりなのかもしれない。戦争とは、とかく金がかかるものなのだ。

「つまり、あなたも向こうでおもてなしに使う手があるという事よ」

そう言うと、奈々はどこか悪戯《いたずら》っぽい表情で笑った。


船内から一歩外に出れば、そこはごく普通の木造帆船《もくぞうはんせん》の甲板である。船内とのあまりの落差に、アンネゲルトは目眩《めまい》を起こしそうになった。

「これだけの大きな船、一体何人で乗るっていうのかしら……」

外観も十分に巨大だが、その内部は見た目の何十倍という広さがある。スイーオネースへ行く為だけに使うのはもったいないと思ってしまうのは、アンネゲルトの感覚が庶民的すぎるのだろうか。

「実際に乗るのは、あなたと側付きの侍女達と小間使い、乗務員に警護担当……それくらいかしら」

今奈々が言った全員を乗せても、この船の最大収容人数には遠く及ばない。この分ではせっかくの施設も、その多くが利用されずに終わるだろう。

「船は気に入ったか？」

奈々と話していたアンネゲルトの背後から、そんな声がかかった。二人が振り向くと、そこには皇帝夫妻と皇太子が立っている。

「帝国の姫の嫁入り道具としては、申し分なかろう」

そう言っておおらかに笑う皇帝に、アンネゲルトは顔が引きつりそうになってしまう。むしろ大仰《おおぎょう》すぎます、とは口が裂けても言えない。

「大変立派なものを頂戴《ちょうだい》し、感謝の念に堪《た》えません」

「おお、そうかそうか。何しろ向こうは北の海洋国家だからな。船で侮《あなど》られては、そなたの沽券《こけん》に関わる」

スイーオネースは北の海を事実上支配する、一大海洋国家だ。例の北回りの航路を使おうとする国は他になく、結果彼らの独占状態が長く続いている。

南周りの航路と違って、北回りの航路は波が荒いという。その荒い海を渡る航海術を持つのがスイーオネースという国だ。彼らは百年以上前から北回りの航路を使い、東の国々と交易しているらしい。

「当日は賑々《にぎにぎ》しく送り出してやろう。楽しみにしているがよい」

満面の笑みでそう言うと、ライナーは苦笑する皇后と共に船を降りた。甲板には、皇太子ヴィンフリートだけが残る。

「お兄様は、お戻りにならないの？」

例の舞踏会以来、アンネゲルトはヴィンフリートの事を再び「兄」と呼ぶようになった。これはヴィンフリート本人の希望でもある為、文句を言う者は誰もいない。

「ロッテと顔を合わせられる機会も、残り少ないからな」

「まあ」

こんな軽口を言い合えるのも、兄と妹と呼び合う間柄だからか。昔に戻ったような気がして、アンネゲルトは温かい気持ちになった。

ヴィンフリートは、どちらかと言えばニクラウスと一緒にいる事が多い。同性だからという事もあるが、将来ニクラウスはヴィンフリートの弟達と共に、彼を支える役目を担《にな》う。

そんな従兄弟《いとこ》と弟の関係を、長期休暇の度に見てきたアンネゲルトは、男の子は男の子同士の方がいいのねと納得して、自分も親戚の女の子と一緒に過ごしていた。

「あと七日か」

不意にヴィンフリートがぽつりと漏らした。七日後、アンネゲルトはスイーオネースへ出立《しゅったつ》する。

「もう用意は全て終わったのだろう？」

「はい。両親や城の者達がよく動いてくれました」

アンネゲルト自身も、ここ数週間は目の回るような忙しさだった。思い出すだけで気が遠くなりそうなので、極力思い返さないように努めている。

「ロッテ」

「はい？」

ヴィンフリートがアンネゲルトに向かい合い、いやに真剣な表情をした。アンネゲルトが何事だろうと思っていると、彼は周囲を窺《うかが》ってから、そっと耳元で囁《ささや》く。

「決して船から遠く離れるな。いざとなったら周囲が何を言っても構わん、すぐに帰ってこい」

「お兄様……」

そう言ったきり、アンネゲルトは二の句が継げなくなる。皇太子たる彼が、そのような事を口にするとは思いもしなかった。

だが考えてみれば、この結婚にまつわる噂《うわさ》が元で親族の娘が一人殺されている。それもあっての発言だろう。ここにきて命の危険というものが、自らの身にじわじわと迫ってくるようだ。

ヴィンフリートは言うだけ言うと、アンネゲルトから離れて船を下りていった。

出立《しゅったつ》の日は快晴となった。皇族の面々と共に、多くの貴族達が見送りに来ている。

「体には気を付けるのよ」

「向こうへ行ったら、駐在大使のエーベルハルト伯爵を頼りなさい」

最後に両親から一言ずつもらい、アンネゲルトはついに船上の人となった。

船は川を北へと下り、まずは北の玄関口であるオッタースシュタットという街を目指す。そこでスイーオネースからの出迎え組と合流し、外洋に出てさらに北上する。

船は皇宮《こうぐう》の側《そば》にある皇族専用の港から、定刻通りに出航した。

アンネゲルト・リーゼロッテ号の周囲を、護衛船団が囲んでいる。彼らには、アンネゲルトをスイーオネースまで送り届ける役目があるらしい。

アンネゲルトは甲板に立ち、徐々に小さくなっていく皇宮《こうぐう》を眺める。それがマストや護衛船団に隠れて見えなくなるまで、アンネゲルトはその場から動かなかった。

「アンナ様、そろそろ中にお入りください」

いつまでも帝都の方を見ているアンネゲルトを心配して、ティルラが声をかけてくる。

「船内で今回の随員と、お側付きとなる者達を紹介いたします」

「……わかりました」

ティルラに促《うなが》され、アンネゲルトは船内へと入った。

メインダイニングに、随員と側付きになる者達が集められている。この船の船長と、護衛船団の団長もいた。その団長の顔を見て、アンネゲルトは驚く。

「エーレ将軍、あなたが団長なの？」

「はい。姫を無事に王国まで送り届けます事を、ここにお約束いたします」

エーレ将軍は、皇帝の近衛連隊副隊長を務める人物である。常に皇帝の側《そば》にいる彼とは、アンネゲルトが幼い頃からの顔見知りだった。

続いて、ティルラが他の者達を紹介し始める。

「後ろに控えるのが随員です。後ほど名簿をお見せいたしますね。そしてこちらが――」

「側仕えとなりました、リリー・ウラ・ゲルトラウト・フォン・ランガーと申します」

にこやかに自己紹介したのは、若い女性だった。誰が見ても美しいと評するであろう外見をしている。

「……リリエンタール男爵令嬢で、本人も魔導研究においては高名な女性です。アンナ様より二つ年上の、二十四歳になります」

ティルラがリリエンタール男爵と口にした瞬間、周囲がざわめいた。

リリエンタール男爵家は、初代当主が魔導研究により目覚ましい成果を上げた事で、男爵位を賜《たまわ》った家系だ。以降、代々魔導研究家を輩出《はいしゅつ》している事で知られている。

だが彼らが真の意味で有名なのは、研究の為なら法と常識から逸脱する事をも厭《いと》わない、その姿勢にあった。

――マッドサイエンティストの家系、って感じなのよね。

アンネゲルトも無論知っていたが、まさか、その家系の者が側付きになるとは。一体どういう基準で選んだのか。

――人選は、伯父さんとうちの両親がしてくれたはずなんだけど……

彼らに聞いたところで、正直に教えてはくれないだろう。リリーは魔導研究のエキスパートという事だから、ティルラ同様、側仕え兼護衛として選んだのかもしれない。

「その、少し聞いてもいいかしら？」

「何なりと」

そう言って微笑むリリーは、とてもマッドサイエンティストには見えなかった。蜂蜜色の髪に青い瞳。全体的に清楚《せいそ》な印象で、立ち居振る舞いも美しい。

「どうして側仕えとしてスイーオネースに行こうと思ったのかしら？」

魔導研究を続けるつもりなら、帝国にいた方が何かと便利だ。スイーオネースは、魔導に関しては後進国だと聞いている。

それを押してまで北に行く、その理由は何なのだろう。

「簡単な事ですわ。スイーオネースへ同行すれば、皇帝陛下があちらでの研究の後見をしてくださるそうですの」

つまり、リリーにスイーオネース行きを承諾《しょうだく》させる為に、皇帝がパトロンになったという事か。そこまでして彼女を側付きにしたかった理由が、皇帝にはあるらしい。

「それに、万が一襲撃者が現れた場合、払い下げてくださるともお約束いただきました」

一瞬、アンネゲルトの頭が理解を拒否した。今、目の前の清楚《せいそ》な女性は何を言ったのだろうか。

にっこりと微笑むリリーの横で、ティルラが額《ひたい》を押さえている。

「あの、払い下げというのは……」

よせばいいのに、アンネゲルトはつい聞いてしまった。

「本物の人間を実験台に出来る機会など、そうそうございませんから」

にこやかに言うリリーと対照的に、アンネゲルトの方は青くなった。

リリエンタール男爵家の者は、人間をも平気で研究材料にするつもりか。というより、「本物の」とはどういう事なのだろう。聞いてみたいが、これ以上は恐ろしくて聞けない。

帝国内において、人体実験は禁止されている。あちらの世界での「人権」に近い概念があり、それが尊重されているのだ。

だが、人体実験を禁止していない国もあると聞く。金で買い集めた人間や、罪人を使うのだとか。

――ああ、だめ。想像がどんどん膨《ふく》らんで、ホラーな展開になってる……

アンネゲルトはホラー映画が嫌いだ。それでもテレビや周囲の人の話などから、情報が耳に入ってくる事はある。

目の前のリリーと、頭の中で繰り広げられるホラー映画。その乖離《かいり》具合がまた妙にシュールで、アンネゲルトは胃の底が冷たくなるような感じがした。

「そ、その、もし襲撃がなかったら……どうするのかしら?」

「その時は諦《あきら》めます」

意外にもあっさりとした答えが返ってくる。

――よかった……代わりの実験台を寄越せとか言われなくて。

アンネゲルトは胸をなで下ろしながら、もう一つの問題点がある事に気付いた。皇帝がスイーオネースでの研究の後見につくという事だが、もし半年で帰ってきた場合はどうなるのか。

「ティルラ、私が半年で帝国に戻った場合、リリーの研究って……」

「無論、帝国に戻ってきてからも、陛下が後見を続けるとの事です」

アンネゲルトが小声で確認すると、ティルラはそう返答した。

それなら安心して戻ってこられる。自分の事情に他人を巻き込んで振り回すのは、さすがに気が引けた。

ティルラはリリーを下がらせ、別の人物を呼び寄せる。

「ザンドラ・アガーテ・フォン・ゼッキンゲンです。騎士位の家の娘で、リリー同様、アンナ様の側仕えとなります」

そう紹介されたのは、小柄な少女だった。歳は十四、五といったところか。

「随分若いのね」

「いえ……ザンドラはアンナ様と同じ歳にございます……」

「え!?」

ティルラの言葉に、アンネゲルトは思わず声をあげて、目の前のザンドラを凝視してしまった。藁色《わらいろ》の髪をお下げにし、長めの前髪の奥に見える瞳はアリスブルーだ。そばかすの散った顔も、とても二十二には見えなかった。

ザンドラはアンネゲルトが穴が空くほど見つめているのも気にせず、眠そうな表情で立っている。

「ザンドラ、あなたからもきちんとご挨拶《あいさつ》なさい」

「ザンドラと申します。よろしくお願いいたします」

ティルラに促《うなが》されて機械的に自己紹介をすると、ザンドラは淑女《しゅくじょ》の礼を執《と》った。

「え、ええ。よろしくね」

アンネゲルトにそう声をかけられている間も、ザンドラはどこかふらふらとしている。見かねたティルラから、下がっているようにと言われるほどだ。

リリーといい、このザンドラといい、アンネゲルトの側仕えは個性的という言葉だけでは表現しきれないのではないだろうか。

「ティルラ、今回の人選って一体どうなってるの？」

アンネゲルトは思わず小声で聞いてしまった。ティルラは人選には関わっていないだろうが、アンネゲルトに仕える者達を統括する立場にある。

「諸々の条件を考慮し、陛下と公爵ご夫妻でお決めになりました。彼女達の実力は、おそらくあちらについてから発揮される事になるでしょう」

その一言で、リリーだけでなくザンドラもまた、ただの側仕えではないと知れた。

「もっとも、彼女達が実力を披露する機会などない方がいいのですが」

苦笑しながら、ティルラはそう付け加える。

彼女達の実力を披露する機会、それはすなわちアンネゲルトが窮地に立った時だろう。

そういう危険性のある場所へ行くのだと、アンネゲルトは改めて思い知らされた。じわじわと不安を感じ、無意識に自分の肩を抱いてしまう。

「アンナ様、ご安心ください。我らの命に代えましても、アンナ様のお命はお守りいたします」

そのティルラの言葉に、彼女の背後に立つ全員が頭《こうべ》を垂れた。

三　港街での邂逅《かいこう》

帝国の北の玄関口オッタースシュタットは、ヘルツシュプルング侯爵領の街である。

港に入ったアンネゲルト・リーゼロッテ号は侯爵家の者に出迎えられ、アンネゲルト達は馬車で領主の館《やかた》まで案内された。

オッタースシュタットにある領主館は、港に関わるあらゆる業務が集まる場所でもある。領主の住む館《やかた》というよりは、行政の建物という方が相応《ふさわ》しい。

ただし見た目は領主館らしく、美しい装飾が施《ほどこ》されている。

「綺麗な館《やかた》ね」

門を潜《くぐ》り、館《やかた》の全容を目《ま》の当たりにしたアンネゲルトは、素直に感嘆した。

「数代前の当主が建築を趣味としていて、設計から施工までご自身の手で行われたそうですよ」

ティルラの説明に、アンネゲルトは怪訝《けげん》な顔をする。

「……当主が設計を？」

「ええ、ヘルツシュプルング侯爵ですから」

にっこりと微笑むティルラの言葉で、アンネゲルトはかつて勉強した内容を思い出した。

リリーの実家であるリリエンタール男爵家同様、ヘルツシュプルング侯爵家もまた、帝国内では有名である。

数代前に皇后を輩出《はいしゅつ》した名門でありながら、代々変わり者が当主になる事で知られていた。一口に変わり者と言っても種々様々《しゅじゅさまざま》だが、権力欲が薄い事は共通している。

物流の要《かなめ》である大きな港を有し、財力では帝国内でも一、二を争う。その財力を使えば中央での出世も思いのままだろうに、それを実行した当主はただの一人もいなかった。どの当主も仕事はしっかりこなすが、それ以上に己の趣味に勤《いそ》しむのだという。おそらく今の当主もそうなのだろう。

「ようこそおいでくださいました、姫」

そう言ってアンネゲルトを招き入れたのは、現侯爵夫妻だった。帝都は社交行事で賑わっているというのに、彼らは早くも領地に戻ってきているらしい。

もっとも、ヘルツシュプルング侯爵は例年、帝都での社交行事に半分も出ないと言われている。普段から領地にこもりきりな事でも有名なのだ。

アンネゲルトは夕食の席で夫妻と歓談したが、一番盛り上がったのは、当主の趣味である釣りの話だった。

「川釣りも風情がありますが、海釣りの豪快さはまた格別です」

「そ、そう……」

聞けばこの当主、侯爵という身分にありながら、そこらの漁師が裸足《はだし》で逃げ出すほどの腕前なのだという。既に趣味の域を越えている。

——さすがヘルツシュプルング侯爵家の当主だわー。

彼の話を右から左に聞き流しながら、アンネゲルトはそう思っていた。

だが巧みな当主の話を聞いているうちに、ここしばらく抱えていた緊張が少しは消えた気がする。釣り話もばかにしたものではないな、と思うアンネゲルトだった。


オッタースシュタットには二泊する予定だ。その間に傷《いた》んだ帆やロープを交換して物資を補給し、乗組員を陸の上で休ませる。また、スイーオネースから来る迎えの船団と待ち合わせてもいた。

空き時間を使って街へ出てみようと言い出したのは、リリーだ。最初の挨拶《あいさつ》の時こそエキセントリックな一面を見せたが、それ以降は有能な側仕えとしての顔しか見せていない。

そんな彼女に「いかがでしょうか？」と提案され、アンネゲルトもすぐにその気になった。

「もう、この先こんな事は出来ないでしょう？　だから最後の息抜きに。ね？」

ティルラと交渉したのはアンネゲルト本人である。リリーが交渉するよりは通りやすかろうと、ダメ元で頼み込んでみたのだ。

その他にも、アンネゲルトには企《たくら》んでいる事があった。それは、庶民に変装して一人で街へ出る事である。

無論、ティルラに許可を得なくてはならない。彼女はアンネゲルトの警備の責任者でもあり、何かが起きれば全てティルラの責任になってしまうからだ。

「いくらこの街が安全とはいえ、お一人では危険すぎます」

オッタースシュタットは昔から治安維持に力を入れており、帝国内でも特に安全な街と言えた。

「でも、下手に護衛をぞろぞろ引き連れていく方が、目立って危険だと思うの」

公爵令嬢がお忍びで街へ出る事はあっても、庶民に変装して出るとは誰も思うまい。貴族の令嬢というのは、おしなべてプライドが高いものだ。そうした令嬢方が、庶民の服を着る事はまずない。アンネゲルトの命を狙う結婚反対派の貴族も、同じように考えているはずだった。

また、オッタースシュタットの防犯意識は、街の住民に染み渡っていると聞く。警邏《けいら》隊の詰め所も街の各所にあり、隊員達は日頃から地元の住民との関わりを強くしていた。そのおかげか、この街で騒動を起こすのは大概余所者《よそもの》なのだそうだ。

さらに言えば、ヘルツシュプルング侯爵家は、昔から皇帝の忠実な臣下だという。権力欲のないこの一族は、間違っても皇帝に逆らい、結婚反対派に与《くみ》する事はない。変わり者と言われる一族ではあるが、曲がった事が大嫌いな事でも有名だった。

それらの事実を材料にティルラを説得した結果、無事アンネゲルトは街へ繰り出す許可を得た。ただし、一つだけ条件をつけられたのである。

「では、ザンドラをお連れください」

「ザンドラを？　どうして？」

「万が一の時の為です。彼女は、お役に立ちますよ」

そう言われて、アンネゲルトは部屋の隅であくびをするザンドラを見た。自分と同い年には見えないほど小柄で幼い印象の彼女が、本当に役に立つのだろうか。

半信半疑ながらも、アンネゲルトはティルラの出した条件を呑んだ。ここでごねれば、外出さえままならなくなる。

てっきりリリーも同行するのかと思いきや、彼女は領主館の書庫で一日中過ごすのだと言う。言い出しっぺは彼女なのに。

「珍しい蔵書がたくさんあるんです!! 侯爵閣下が閲覧《えつらん》の許可をくださいました!」

興奮した様子のリリーに、一緒に街へ行こうとは言い出せなかった。

アンネゲルトは簡素な服に身を包み、髪をおさげに結ってボンネットをかぶった。顔にはそばかすを描き、眉を太めにして伊達《だて》眼鏡をかける。鏡の中には、ちょっと野暮《やぼ》ったい田舎娘がいた。

ちなみに今彼女が着ている服は、他国に留学しているという侯爵の娘の服だ。侯爵令嬢がどうして庶民が着るような服を持っているのかは謎だが、ヘルツシュプルング侯爵家の令嬢だからと思えばすんなり納得出来てしまう。

「じゃあ、行ってきます」

「行って参ります」

アンネゲルトとザンドラは、領主館で働く小間使い達と共に館《やかた》を出た。今日は休みだという小間使い達は、街へ買い物に出かけるのだそうだ。

見慣れないアンネゲルト達の事を、最初は怪訝《けげん》な目で見ていたが、「私達はフォルクヴァルツ公爵令嬢の小間使いです」というザンドラの言葉に納得して、仲間に加えてくれた。

アンネゲルトにとっては久しぶりの陸、そして久しぶりの自由な外出である。

小間使い達とは、領主館から出て間もなく別れた。その際、アンネゲルト達に街の歩き方を教えてくれる。

「道に迷ったら、建物の角をご覧なさい。広場までの道筋が必ず表示されているから。広場まで戻れば、領主館はすぐ目の前よ」

この街は拡張に次ぐ拡張によって狭い路地があちこちに伸びているそうで、慣れない人間は迷いやすい。そんな人達の為に、広場までの道順が表示されているのだとか。

「さて。じゃあ、どこへ行きましょうか」

アンネゲルトはそう言って隣にいるザンドラを見たが、彼女の方はアンネゲルトに丸投げするつもりらしい。相変わらず眠そうな目をして、「お任せいたします」と言うだけだった。

とりあえず、その辺の店をひやかしながら歩く事にする。

港街であるオッタースシュタットは、活気に溢《あふ》れた街だった。そこかしこから威勢のいい声が上がり、道行く人々の表情も明るい。

北の玄関口と呼ばれるだけあって、大きな港を抱えた貿易都市だ。帝都には出回らない異国の品なども扱っていて、そうした品は見るだけでも楽しめる。

「いい街ね。それにとても綺麗だわ」

街の造りも建物も美しい。よく見れば建物の様式も、帝都やフォルクヴァルツ公爵領とは微妙に違っていた。

アンネゲルトは本当に田舎から出てきたばかりの娘のように、辺りをきょろきょろと見回す。そんな彼女に、ザンドラは無言のまま̇ついてきていた。

「何だか私ばかり楽しんでいるわね。ザンドラ、あなたが見たい場所はあるかしら？」

無理に付き合わせてしまったのではないかと、アンネゲルトは少し申し訳なくなってきた。

だが、ザンドラの方は表情を変える事なく、淡々と答える。

「私の仕事はアンネゲルト様をお守りする事です。そうティルラ様より命令されました。お気遣いは無用です」

「そう？」

こっくりと頷くザンドラを見て、それ以上は聞かない事にした。今一つ感情の読めないザンドラだが、これも仕事と割り切っているのなら、アンネゲルトが口出しするべき事ではない。

道の両脇に立ち並ぶ店を見て回るうちに、気付けば港近くまで来ていた。それはわかるのだが、自分達の現在地がわからない。港近くといっても、オッタースシュタットの港は広くて大きいのだ。

どうやら完全に迷ってしまったらしい。道を聞こうにも、周囲には誰もいなかった。

「あの子達に言われた通り、本当に迷子になってしまったわね……」

「一度、広場へ戻りますか？」

「そうね。もう十分見て回ったから、そろそろ帰りましょう」

朝から歩き続けて疲れているし、昼時にさしかかって空腹感もある。街で何か食べてもいいのだが、まずは広場へ戻るのが無難だろう。確か広場には、食べ物を売る店もあったはずだ。

道しるべを探してきょろきょろする二人に、見知らぬ男達が近寄ってきた。格好などを見るに、船乗りのようである。

「おいおい、お嬢ちゃん達、こんなところに何の用だい？」

にやにやと笑う五人の男達は、あっという間にアンネゲルト達の前を塞いだ。ザンドラはアンネゲルトを背中にかばうように立つ。すぐ目の前にあるザンドラの頭を見下ろしながら、アンネゲルトはティルラの言葉を思い出していた。

——万が一の時に役に立つって、もしかしなくても腕が立つって意味だったの!?

こんなに小さい彼女が？　と信じられない思いだ。年齢はアンネゲルトと同じだと聞いているが、見た目は十歳下と言っても通りそうなのに。

「何だあ？　口が利《き》けねえのかよ」

「ちっちゃいのが前に出るたあ、根性あるな」

「何、二人まとめて可愛がってやるよ」

その赤ら顔を見るまでもなく、男達は酔っていた。こんな昼間から……と思わないでもないが、船乗りと酒は切っても切れない関係だと聞いている。

周りを見回してみても、助けてくれそうな人はいない。三方を建物に囲まれたここは、丁度死角になっているようだ。

「そこをどいてください。邪魔立てするなら、力ずくで通ります」

ザンドラが、相変わらず眠そうな声で告げる。その内容と彼女の外見があまりにかけ離れていたせいか、酔っ払い達は面白い見世物を見ているかのように笑い出した。

そんな彼らに構わず、ザンドラは両手を一振りして袖口から得物《えもの》を取り出す。アンネゲルトの目には小さなナイフに見えた。

「おいこら、子供が刃物なんて持つんじゃねえぞお」

「そうそう。おとなしくしてりゃあ、怖い事はないからなあ」

そう言って酔っ払いの一人が手を伸ばしてきた。アンネゲルトが思わず目を瞑《つぶ》ってしまったその時、第三者の声が響く。

「何をしている?」

深くて、とてもいい声だ。アンネゲルトがそちらを見ると、建物の陰から人が出てきた。ゆっくりとした足取りでやってくるのは、仕立てのいい服を着た、二十代後半くらいの男性だった。顔立ちは美形というよりは男前と表現した方がいいだろう。思わず「いい男」というフレーズが、アンネゲルトの脳裏に浮かんだ。

黒い髪に緑の瞳。長めの前髪は下ろされていて、髪質は少し硬めのようだ。背は高いが、ひょろりとした印象はない。しっかりと鍛えているのが服の上からでも窺《うかが》えた。

彼の雰囲気に気圧《けお》されたのか、酔っ払い達の腰が引けている。アンネゲルトの目にも、格の違いは明らかだった。

「な、何だ、おめえ」

「聞いているのはこちらだ。聞こえなかったのなら、もう一度聞く。このような場所で、少女二人を相手に何をしている？」

酔っ払い達は言葉に詰まる。だが、すぐに元の威勢を取り戻し、男に食ってかかった。

「関係ねえだろ！　余所《よそ》もんは引っ込んでろ‼」

――余所者《よそもの》とか関係ないでしょうが、この酔っ払いが！

そう叫びたかったが、状況が状況なので、アンネゲルトは口を閉じておく。ザンドラの背にかばわれた状態で言ったところで、相手にとっては痛くもかゆくもないだろう。

一方の男は、冷静なまま酔っ払い達に対応していた。

「そうもいかん。女子供が犯罪に巻き込まれようとしているのを見過ごせるか。このまおとなしく立ち去るならよし、そうでなければ……」

「そうでなければ、何だってんだ⁉」

「こうするまでだ」

男は腰に佩《は》いた長剣を抜く。昼の光の下でぎらりと光る刃は、切れ味が大変よさそうだ。

アンネゲルトの背筋が凍る。まさか、彼は本気で酔っ払い達を斬り捨てるつもりなのだろうか。

「け！　剣なんぞ抜きやがって。その程度で、しっぽ巻いて逃げるとでも思ってやがるのかよう！」

酔っ払い達は、既にまともな判断が出来なくなっているようだ。男の剣を前にして、引き下がるどころか逆に威勢を増している。

連中のうち半数ほどが、手に持つ酒瓶を壁に打ちつけて割り、即席の武器に仕立てた。剣と割れた瓶では勝負にならないが、そこは人数で補おうという事か。

その場は、一触即発《いっしょくそくはつ》の雰囲気に包まれる。アンネゲルトは固唾《かたず》を呑んだ。

「私の側《そば》を離れないでください」

アンネゲルトを背にかばったまま、ザンドラが小声で言った。ちらりとこちらを窺《うかが》うアリスブルーの瞳に、アンネゲルトは軽く頷く。

「このまま逃げるという手もありますが……」

「え？　いやいやいや、それはだめでしょう、さすがに」

ザンドラの提案を、アンネゲルトは却下した。助けに入ってくれた人をその場に置いて逃げるなど、恩知らずも甚《はなは》だしい。何も出来なくとも、逃げるのだけはだめだ。

アンネゲルトの目の前で、ついに酔っ払い達が動き出す。一人が酒瓶を振り上げ、男に躍《おど》りかかった。

男はそれをひらりとかわし、酔っ払いの足を払って転ばせる。続く二人目の手元を剣で一薙《ひとな》ぎすると、三人目ののど元に剣先をぴたりと合わせた。

手を切られた者は、傷口を押さえてわあわあわめいている。転倒した者も、自分が持っていた酒瓶で顎《あご》を切ったらしく、同様にわめいていた。

剣先をのど元に突きつけられた者は、声も出せずに固まっている。残る二人は仲間の様子を見て不利を悟ったか、酒瓶を放って逃げ出した。

「さて、まだやるかね？」

にやりと笑う男は余裕だ。傷を負った二人はお互いをかばい合うようにして立ち上がり、剣先を突きつけられている仲間を見る。どうやら、彼が酔っ払い共のリーダーらしい。

リーダーは、おどおどと視線をさまよわせたが、やがて観念して降参の意を示す。それと同時に男が剣先を下ろした。

「いいだろう。では、このまま警邏《けいら》の詰め所まで同行してもらおうか」

男の言葉に、すっかり酔いの醒《さ》めた酔っ払い達は、がっくりと肩を落とした。

オッタースシュタットの街には、至るところに警邏《けいら》の詰め所がある。港の近くになればなるほどその数が増えるのは、いかに港でのいざこざが多いかを物語っていた。

そのうちの一つに酔っ払い三人を突き出すと、アンネゲルトはようやく安堵の溜息を吐《つ》く。そこで、まだ男に礼を言っていない事を思い出した。

「あの、ありがとうございます。おかげで助かりましたわ」

彼があの場を通りかからなかったら、ザンドラ一人で酔っ払い達の相手をする事になっただろう。彼女がいくら強くても、さすがに負担が大きかったはずだ。

しかし、見れば見るほど男前だ。男性にしては幾分白い肌も、その黒髪が映えると思えば気にならない。欲を言えば、浅黒く焼いた方が似合いそうだが。

笑顔で礼を言うアンネゲルトに、男は微妙な顔をした。何かおかしな事でも言っただろうかと、アンネゲルトは不安になる。

だが、男はすぐに笑みを浮かべて返答した。

「いや……何事もなくてよかった。それにしても、どうしてあんな場所に？」

アンネゲルトは一瞬、言葉に詰まる。

男の疑問はもっともだった。あんな何もない場所に女が二人でいるのは、いかにも不自然だ。

仕方なく、本当の事を口にする。

「それが、その……道に迷いまして」

いい歳をして、と呆れられるかと思ったが、意外にもあっさりした反応が返ってきた。

「そうだったのか……いや、こちらも人の事は言えないな。この街は相変わらず迷いやすくて困る」

アンネゲルトは、きょとんとして相手の顔を見る。どうやら彼も迷っていたようだ。たまたま入り込んだ路地の奥に、アンネゲルト達がいたという事なのだろう。

苦い顔をする彼に、アンネゲルトは思わず噴き出してしまった。

「あの、道しるべに従っていけば広場に出るそうです。よろしければ、そこまでご一緒しませんこと？」

アンネゲルトの提案により、三人で広場まで行く事になった。ザンドラは一切口を挟まず、相変わらず眠そうにあくびをしている。

広場で男と別れたアンネゲルト達は、広場に面した店で昼食を食べてから、領主館へと戻った。

◆◆◆◆

アンネゲルト達と別れた男は、広場の中央にある噴水の縁《ふち》に座る。同行者とはぐれた時には、ここで落ち合う約束をしていたのだ。

「どちらにいらしてたんですか？」

横合いから声がかかった。男がそちらを見ると、副官のヨーンが彼を見下ろしてくる。

「姿が見えないので、迷ったのではと心配しましたよ。そろそろ領主殿の館《やかた》に戻った方がよろしいと思います。明日の朝にはノルトマルク帝国の姫と対面なさるのですから」

ヨーンの言葉を受けて、アンネゲルトを助けた男――エンゲルブレクトは頷いた。

彼らはスイーオネース王国から、王太子妃となる姫を迎えに来たのだ。領主館には既に挨拶《あいさつ》に伺い、滞在の許可も得ている。

明日の朝には姫と対面し、共にスイーオネースへ旅立つ予定になっていた。王太子妃護衛隊の初任務といったところか。

「で？　実際はどこで何をしていたんです？」

「か弱い少女達を、酔っ払い共から救っていた」

「はあ？」

ヨーンに呆れ顔をされ、エンゲルブレクトは苦笑を返す。普段は無表情な彼だが、こういう時には人間らしい反応を見せるのだ。

自分も彼の立場なら呆れるだろう。スイーオネースの軍人が、たかが酔っ払い相手に剣を抜いたなど、ばかばかしいにも程がある。

そう思うのと同時に、エンゲルブレクトは先程別れたばかりの少女達を思い出していた。特に、黒髪をした年嵩《としかさ》の少女の事を。

「……変わった娘だったな」

ぽつりと漏らした一言を、ヨーンは聞き逃さなかった。

「変わった……とは？」

彼に聞かれるまま、エンゲルブレクトはその違和感を口にする。

「見た目はそこらの街娘といった風だったが、立ち居振る舞いや、何より言葉遣いが上流のものだったんだ」

「ああ、それでしたら、領主館に勤める小間使いか何かでは？　貴人の側《そば》に仕える者は、行儀作法を身につけているものですし」

作法に関してはそうだろうが、果たして言葉まで上流のものを身につける必要があるだろうか。それに、あれは貴婦人が使う帝国公用語だ。

スイーオネースの貴族階級には、エンゲルブレクトのように帝国公用語を使える人間が多い。周辺諸国でも一、二を争う大国の言語だ。知っていて損はないし、何より単語や文法が似通っているので覚えやすかった。

「もしかしたら、領主館に滞在なさっている姫の小間使いかもしれません」

ヨーンが付け足した言葉に、そうかもしれないとエンゲルブレクトは思う。皇族の姫に仕える者なら、平民とはいえそれなりの素養が必要なのだろう。

その時、教会の鐘の音が響いた。そろそろ戻らなくてはならない時刻だ。

彼らは広場の大通りを領主館に向けて歩き出した。

◆◆◆◆

領主館に戻ったアンネゲルトは、ふと疑問に思った事をザンドラに尋ねた。

「そういえば、ザンドラはどこで武術を習ったの？　ティルラのように、軍に在籍していたのかしら」

アンネゲルトより大分背が低いザンドラは、目線を合わせる事なくぽつぽつと返答する。

「いいえ、私は祖父と父に教わりました」

「お祖父様とお父様？　では、お二人が軍関係の方なの？」

「……我が家は代々、暗殺を生業《なりわい》として参りました。それ故《ゆえ》、我が家のみに伝わる暗殺術がございます。私が習得したのはそれです」

アンネゲルトは一瞬、言葉に詰まる。

「……えーと、あなたのお祖父様とお父様は、今も現役……なのかしら？」

「いいえ、祖父の代に廃業し、同時に祖父は現役を引退しました。その後、父は皇帝陛下直属の機関で働いております」

アンネゲルトは開いた口が塞がらなかった。だが、これでティルラがザンドラを同行させた理由がわかる。暗殺術を知っているという事は、その防御術をも心得ているものだ。だからこそ、街中《まちなか》を歩く際の護衛として付けたのだろう。

しかし暗殺業に関わる人間が、こうも身近にいたとは。興味はあるが、これ以上聞くのは怖い。

「……とりあえず、今日の事はティルラには黙っておいてちょうだいね」

アンネゲルトはザンドラにそう口止めしておく。だが、返答がなかった事には気付かなかった。

晩餐《ばんさん》が終わり、後は寝るだけという時間帯。あてがわれた部屋で、アンネゲルトは部屋着のままくつろいでいた。

お茶を淹《い》れながら、ティルラが尋ねてくる。

「オッタースシュタットは楽しめましたか？」

「ええ。とっても」

アンネゲルトは満面の笑みで答えた。酔っ払い達のせいでけちがついた気もするが、見知らぬ人に助けてもらったのでよしとする。

帝都や公爵領では見かけない品々や街並み、菓子や食べ物。海が目の前という事で海産物がおいしく、昼食に選んだエビが特に最高だった。船の料理長が作る料理も絶品だが、それとはまた違う素朴な味つけが、妙に懐かしい気持ちにさせてくれたのだ。

ちなみにリリーは書庫で色々な本を発掘したらしく、欲しい本のリストを作成していた。後で家人に頼み、帝都で買って届けてもらうのだそうだ。

「侯爵閣下の蔵書は、それはもう大変素晴らしいものでしたわ!!」

興奮状態のリリーを見れば、彼女も充実した一日を過ごせたのだとわかる。実にいい事だ。

「さあ、そろそろお休みなさいませ。明日からまた船の上ですからね」

ティルラによって寝台に送り込まれ、アンネゲルトは目を閉じる。まだ眠くないと思っていたが、半日歩いた体は疲れていたようで、すぐに眠りに落ちていった。

◆◆◆◆

側仕えの三人の部屋は、アンネゲルトの部屋の近くに用意されている。三人同室なのは、ティルラが決めた事だった。

「ザンドラ、報告を」

「はい」

ザンドラは、昼間のアンネゲルトの行動をティルラに報告した。領主館を出たところから、迷い込んだ路地で酔っ払いに絡まれた事、そして見知らぬ男性に助けられた事まで全て伝える。

「何者かしら……」

報告を聞き終えたティルラは、ぽつりと漏らした。二人を助けたという男の事である。

「言葉の端々に、スイーオネース訛《なま》りがありました。おそらく出迎えの一団の一人かと」

ザンドラは、普段の眠そうな顔とはまったく別の顔を見せていた。これが彼女の夜の顔だ。相変わらず表情は乏《とぼ》しいが、冷徹な観察眼にはティルラも一目置いている。

「訛《なま》り？」

「はい」

スイーオネースの人間ならば、警戒する必要はないだろうか。いや、あちらにも結婚反対派の貴族がいると聞く。油断は禁物だ。

何にせよ、男が出迎えの一団にいるのなら、明日対面する事になる。丁度いいタイミングだ。

「では明日の対面の際、その人物がいるかどうか、物陰から確認してちょうだい」

対面の場には、アンネゲルトとティルラのみが参加する。リリーとザンドラは、奥に控えている予定だった。

「わかりました」

「じゃあ、私達も休みましょう。今日はご苦労様」

明日には、いよいよ出国する。その先に何が待ち構えているのかはわからないが、自分達のなすべき事をするだけだ。そう改めて心に誓い、ティルラは部屋の明かりを落とした。

◆◆◆◆

翌日、領主館ではスイーオネースからの出迎えの一団との対面が行われた。広間に集《つど》った面々の代表者は、スイーオネースの何とか侯爵だという。アンネゲルトはぼんやりしていて、名前を聞き逃してしまったのだ。

彼は美辞麗句《びじれいく》をこれでもかというほど並べ立てて、アンネゲルトを褒めちぎる。

「これほどお美しい姫君をいただけるとは、王太子殿下は近隣諸国で最も幸福な男性と言えるでしょう」

まさかとは思うが、侯爵の言う王太子とは、例の結婚前から愛人を囲っているという人物の事だろうか。今回の政略結婚が決まってからも、その愛人を手放そうとしないと聞いているが。

思わず皮肉を言いそうになったが、アンネゲルトは気合で口を閉ざした。

本日のアンネゲルトは、厚手のレースで出来たベールを頭からすっぽりかぶせられている。何でもスイーオネースの王家に嫁ぐ娘は、婚礼前に夫となる者以外の異性と顔を合わせてはいけないし、口を利《き》いてもいけないのだそうだ。

そんなの無理だろうとアンネゲルトは思うが、これも慣習なのだという。形式だけのものとわかってはいても、実に無駄な事だなと呆れていた。

一つだけよかった点は、ベールをかぶるとこちらの表情が相手からは見えない事だ。

おかげでどんな仏頂面《ぶっちょうづら》をしていても、ティルラに注意される事はなかった。

その代わり、こちらからも相手がほとんど見えていない。かろうじて前に人がいる事はわかるものの、相手との間に距離がある為、顔の判別までは出来ないのだ。一応、侯爵が簡単に紹介してくれたのだが、誰が誰やらさっぱりわからない。

対面はさしたる問題もなく終了した。一行はそれぞれの船へと乗り込み、一路スイーオネースを目指す。

「あー、やっとベールを外せる」

視界が悪いだけでなく、長くて重いベールは鬱陶《うっとう》しい事この上ない。それを外してようやくさっぱりしたアンネゲルトに、ティルラから無情な一言が飛んだ。

「婚礼まで、人前に出る時には必ずかぶってくださいね」

「えー!?」

アンネゲルトの悲鳴が、船内の一室に虚《むな》しく響いた。


スイーオネースの王都クリストッフェションは、内海に面した港湾《こうわん》都市だ。北回りの航路を経て行き来する船は、必ずこの港に入ってくる。

その王都にアンネゲルト・リーゼロッテ号が到着したのは、七月の半ば過ぎであった。

船旅は順調だったが、帝国からスイーオネースまでは、通常の航海でも半月以上かかる距離なのだ。

護衛船団と共に到着した船は、無事港に入った。ここから王宮であるエールヴァール宮殿までは、馬車での移動となる。

もう少しサイズが小さい船ならば、用水路を通って直接宮殿に入る事が出来るそうだが、さすがにアンネゲルト・リーゼロッテ号の大きさでは不可能だ。

「ご無事の到着をお慶《よろこ》び申し上げます、アンネゲルト姫」

スイーオネース側の担当者が船に乗り込み、甲板で挨拶《あいさつ》をした。その後ろには一人の貴婦人がいる。四十がらみの上品な女性だ。

「お出迎えありがとうございます、使者殿」

そう応対したのはティルラで、彼女の後ろには他の側仕え達も揃っていた。リリーは柔らかい笑みを浮かべ、ザンドラは相変わらず眠そうだ。

アンネゲルトは船の中で着ていた簡素なドレスではなく、装飾の多い外出用のドレスに着替えていた。さらに、レースのベールで顔を隠している。おかげで不機嫌な表情を見られずに済んでいるが、長いベールと髪飾りで飾り立てた頭が重い。

——早く楽な格好になりたいなー。

思わず溜息を吐《つ》いてしまったが、ベールの外には漏れなかったらしい。

「長旅でお疲れでしょうが、もうしばらくご辛抱ください。それと——」

そう言って、使者が後ろに立つ貴婦人を振り返った。

「こちらは我が国における、姫の世話役になります」

「アスペル伯爵夫人マーユと申します。今後とも、よしなにお願いいたします」

にこやかに挨拶《あいさつ》した貴婦人は、髪に白いものがまじり始めている。見るからに人好きのしそうな女性だが、何よりその名前にアンネゲルトは好感を持った。

——マーユって、日本名の「まゆ」に似てるなあ。

思わず声をかけてしまいそうになったが、側《そば》に立つティルラにさりげなく止められる。近くに男性の使者がいるので、口を利《き》いてはいけないのだ。

「こちらこそ、今後ともよしなにお願いいたします、伯爵夫人」

ティルラが代わりに応対し、自己紹介をした後、リリーとザンドラの事も紹介する。伯爵夫人がアンネゲルトの世話役である以上、何かと関わる事は多いはずだ。その為の顔つなぎは大事な事だった。

いよいよ移動という段になると、船の横っ腹が開いて中から馬車が出てきた。使者と伯爵夫人が目を丸くしている。

「ば、馬車ならこちらで用意しておりますが……」

「申し訳ございません。乗り慣れたものを持ってきておりますので」

ティルラはそう言って愛想笑いをした。本来、相手方の用意したものを使わないというのは失礼に当たる。だが、とある事情から強引に押し通したのだ。

日本製の馬車にしか乗った事がないアンネゲルトが、他国の揺れの強い馬車に乗ったら、まず間違いなく乗り物酔いを起こすというのがティルラの意見だった。

その為、帝国からわざわざ日本製の馬車を持ってきたのだ。これもまた、今回の結婚に際して特別に作られた嫁入り道具の一つである。

結局、王宮が用意した馬車には、使者と伯爵夫人だけが乗る事になった。船に積んできた他の嫁入り道具は、馬車ではなく小型の船に乗せ替えて宮殿まで運ぶという。

港から宮殿までは、馬車で二十分程度の距離だ。曲がりくねった道の先にある小高い丘、その上に立つのがエールヴァール宮である。王都には他に高い建物がない為、王宮だけがぽっかりと浮かんでいる状態だ。遠目にも大きく壮麗な建物である。

先導する使者の馬車に、アンネゲルト達の馬車が続く。その馬車の周囲を騎馬で護衛の兵士達が併走していた。

「日本製の馬車には初めて乗りましたが、本当に振動が少ないんですね」

リリーは目を輝かせて車内を見回している。今にも馬車を解体して構造を調べ始めそうだ。その隣に座るザンドラは、既に船をこいでいた。

王都クリストッフェションの街並みは、帝都と比べると随分カラフルだ。北の重い空の下にこれだけの色があるのは異様な感じがしそうなものだが、これが案外浮いてはいない。しっくりくるというほどではないものの、お互いを引き立てる奇妙な効果があるようだ。

もっとも今の季節は夏、北国スイーオネースでも陽光きらめく時期である。日の光を浴びて、鮮やかな色の建物が一層映えていた。

大通りには人や物が多く行き交っており、王都という事もあってかその表情は明るくて力強い。国に勢いがある証拠だろうか。

王宮に到着したアンネゲルト達は、すぐさま控え室へと案内された。これから国王に謁見《えっけん》するのだが、支度が整うまでこちらで休んでいるようにとの事だ。

「陛下にご挨拶《あいさつ》した後、王太子殿下とのご対面になります」

世話役の伯爵夫人にそう言われて、アンネゲルトは背筋が伸びる思いがした。結婚が決まったというのに、未だ愛人である男爵令嬢を手放さないという王太子。一体どんな人物なのだろうか。

とはいえ嫁入り前の教育の一環として、彼についてもおおよその事は教えられた。年齢はアンネゲルトよりも三つ上の二十五歳。王太子としての能力は申し分なく、政務を滞《とどこお》らせる事もないという。

だがそうした情報など、アンネゲルトにはどうでもよかった。彼女がするべきなのは、この国で半年我慢する事だけだ。そうすれば日本に帰る事が出来るし、マンションも自分のものになる。

——色ボケ王太子なんぞ目じゃないわ。私は何が何でも日本に帰るのよ！

ベールの下で、気合を入れ直すアンネゲルトだった。

エールヴァール宮殿の謁見《えっけん》の間は絢爛豪華《けんらんごうか》だった。帝国のそれと比べると装飾過多にも思えるが、それも国の考え方の違いかもしれない。

伯爵夫人から「室内に入っても、何もお話しにならないでください」と言われている。例の慣習のせいで、ここでも話す事が禁じられているのだそうだ。

国王相手に失礼なのでは？　とも思うが、それがこの国の慣習なのだからと、アンネゲルトは自身を納得させる。

アンネゲルトが入室して間もなく、国王アルベルトが玉座についた。伯爵夫人が淑女《しゅくじょ》の礼を執《と》る。

「陛下、アンネゲルト・リーゼロッテ姫をご案内いたしました」

「うむ。遠いところをよく参った。余がアルベルトである」

無言のまま淑女《しゅくじょ》の礼を執《と》ったアンネゲルトは、国王の方へと視線を向ける。ベール越しなのであまりよくは見えないが、編み目の隙間《すきま》から窺《うかが》ってみた。

玉座に座るのは、四十を越えた男性だ。顎《あご》ひげと頭髪は金色だが、その色は薄い。瞳の色も薄めだと聞いているので、おそらく北の民族の特徴なのではないだろうか。

皇帝ライナーと比べると幾分弱そうに見えるが、その理知的な顔立ちは十分威厳に溢《あふ》れている。もしかすると、武力より知力に長《た》けた王なのかもしれない。

アンネゲルトの礼に対して鷹揚《おうよう》に頷きながら、国王は側仕えの者に、王太子を呼んでくるよう指示した。いよいよご対面である。

この場には世話役の伯爵夫人が同行しているだけで、側仕えの者はついてきていない。アンネゲルトは、敵地にたった一人で立たされた気分だった。別に帝国とスイーオネースが敵対している訳ではないが。

程なく扉が開かれ、王太子が入ってきた。ときめきとは違う胸の高鳴りを覚えながら、アンネゲルトは目の前に立つ人物を見上げる。

その青年は、憮然《ぶぜん》とした表情を隠そうともしない。

身長は、目算で百七十から百七十五センチくらいだろうか。長身の人間が多いと聞くこの国では、少し低いくらいだと思われる。

綺麗な金色の髪は肩の辺りで切りそろえられている。紳士の礼を執《と》った拍子に、さらりと流れるのが見えた。

顔立ちは秀麗と言っても差し支えないだろう。少したれ気味の目に、通った鼻筋、形の綺麗な唇が絶妙に配置されている。

だが美青年というよりは、美女と言った方がいいかもしれない。体形も性別を感じさせないほど細身だった。

まさに夢の王子様。少女が憧れる童話の中から抜け出たようなその容姿に、アンネゲルトは内心で感嘆した。

――ここまで綺麗な人間って、いるのねー。

「ご挨拶《あいさつ》を」という伯爵夫人の一言で、はっと我に返る。そして、無言のまま淑女《しゅくじょ》の礼を執《と》った。

「殿下、アンネゲルト・リーゼロッテ姫でございます。アンネゲルト姫、こちらが王太子ルードヴィグ殿下であらせられます」

二人の代わりにお互いの名を口にしたのは、世話役の伯爵夫人だ。

「何をしておる、花嫁に歓迎のキスくらいせんか」

そう国王に言われた途端、王太子の顔が嫌そうに歪《ゆが》む。ベールの内側で、アンネゲルトは「げっ！」と声を上げそうになった。

キスなど冗談ではない。だが正式に結婚すれば、それだけでは済まないのだ。

いやいや、王太子には愛人がいるのだから、それを理由に拒絶しても許されるはず。

大体、最短の半年で婚姻無効に持ち込むには、初夜から寝室を共にしない事が望ましい。

――でも、どうやって？　ニコも対策を考えてはくれなかったし……

背中に嫌な汗をかくアンネゲルトに、ルードヴィグはすっと手を差し出した。そして彼女の手を取り、甲の部分に軽く口づける。

紳士が淑女《しゅくじょ》に対してする礼の一つだ。歓迎のキスとはこれの事かと、アンネゲルトは内心ほっとした。

「両名の結婚式は、明日執《と》り行う。姫、今日はゆっくりと休んで旅の疲れを癒《い》やすがよい」

一応、夫となる人には会ったのだから、もう話してもいいのではないかと思い、側《そば》にいる伯爵夫人に目で確認を取る。けれど、彼女がアンネゲルトの代わりに国王に返事をした。

「ありがたく存じます。姫様の事は、お任せくださいませ」

「うむ。皆の者、大義であった」

国王のその一言で、謁見《えっけん》は終了だ。結局、王太子は一言も発しないまま謁見《えっけん》の間を出ていく。

その背中が自分を完全に拒否しているのを見て、アンネゲルトは全身から力が抜ける思いがした。無意識のうちに、相当気を張っていたらしい。

――当たり前か。

他国の王に会うのも、自分の夫となる人物に会うのも、これが初めてなのだ。緊張しないはずがない。

「姫様、お部屋の方にご案内いたしますね」

背後から、アスペル伯爵夫人が柔らかい声をかけてくる。それに頷くと、アンネゲルトも謁見《えっけん》の間を後にした。

「お帰りなさいませ、アンナ様」

用意された部屋に向かったアンネゲルトを、ティルラが出迎えてくれた。着替えなど身の回りの物は既に運び込まれ、小間使い達の手によって片付けられている。

「いかがでしたか？」

ソファに腰を下ろし、出されたお茶に口をつけたところで、ティルラにそう問われた。

アンネゲルトは、ティルラが一番気にしているであろう事について答えておく。

「そうね……安心したわ」

「はい？」

どういう意味なのかと、ティルラが首を傾げている。彼女のみならず、荷物の整理をしていたリリーとザンドラもアンネゲルトの方を見た。

「王太子殿下は、私には欠片《かけら》も興味がないご様子だったし、この先もそれは変わらないだろうと思ったの。それと……」

「それと？」

「私も、あの方が相手なら興味は湧かないわ」

そう言って、アンネゲルトはにっこりと微笑んだ。

「それは……王太子殿下の容姿の問題と捉えてよろしいのですか？」

今部屋にいるのは帝国から来た者達だけで、スイーオネース側の人間はいない。だからこそ、ティルラもこんな事を聞けるのだ。

人差し指を口元に当てて少し考えた後、アンネゲルトは肯定する。

「そうね。そうなるわね」

「まあ、相手は男性なのですから、多少見た目が悪くともよろしいのではありませんか？」

リリーがあけすけな言い方をすると、アンネゲルトはきょとんとした。

「いいえ、別に不細工という訳ではないわよ？　それどころか、多分美青年とか言われる類《たぐい》じゃないかしら」

そう言いながら、アンネゲルトは先程の顔合わせを思い出す。王太子は不機嫌な表情ですら、どうかすると絵画のように見える人物だ。

「あの容姿なら、王太子という身分でなくても、騒ぐ令嬢はいるでしょうね」

アンネゲルトは素直な感想を述べた。綺麗な男性を好む女性も多いだろう。

「でも、アンネゲルト様は興味がないんですよね？」

確認するようなリリーの問いに、アンネゲルトは頷いた。

「ええ。私の好みではないの」

観賞用にはいいかもしれないが、ああも仏頂面《ぶっちょうづら》をされては興ざめだ。せめて愛想笑いの一つでもしてくれたら、少しは可愛げがあるだろうに。

「では参考までにお聞きしますが、アンネゲルト様の好みの男性って、どんな感じなんですか？」

無邪気に聞いてくるリリーに、何だか女子会のようだと思いつつ、アンネゲルトは考える。

「私の好み？　そうねえ……」

王太子はあのご面相なのだ。夢見がちなお嬢様方が、さぞや熱を上げている事だろう。日本でも、ああいった甘い顔立ちが好みだという友達が多かった。だがアンネゲルトは綺麗だと思いはしても、それ以上の感情を持つ事はない。

好きな芸能人を聞かれて、野性味溢《あふ》れる外国人俳優の名前を挙げるアンネゲルトである。甘いマスクのアイドルを挙げる友人達とは、少しばかりずれているのかもしれない。

過去を振り返ってみれば、今まで付き合った相手の人数は片手の指で足りてしまう。それも非常に浅い関係で終わっている。彼らの共通点を思い出そうとしてみたが、男性だという事以外には見当たらなかった。身長も年齢もバラバラだし、顔立ちも同じタイプという訳ではない。

だが、もし次に付き合うとしたなら――

「……優しい人がいいわ。私を傷つけない人」

アンネゲルトが私生児だと聞いた途端、急に冷たい態度を取る男性もいた。母子家庭という事に対して嫌味を言ってきた男性もいる。おかげで、付き合いが長続きしたためしがないのだ。

そうか、彼らに共通していたのは自分を傷つけた事だ。何て嫌な共通点なんだろう。

そう思うと、眉間《みけん》に皺《しわ》が寄ってしまう。

「外見の好みはございませんの？　まあ、人は見た目ではないと思いますが」

リリーは首を傾げながら聞いてきた。確かに人は見た目ではないけれど、第一印象は見た目から受けるものなのだし、意外と大事だったりする。

「たれ目で甘い感じより、目力のある方が好きだわ。身長は出来れば高い方がいいし、体形もある程度厚みがあった方がいいと思うの。だからといって、筋肉ムキムキは遠慮したいわ。そういう人って、頭の中まで筋肉で出来ていそうなんだもの」

思いつく側《そば》から口にしてみたが、そんな人間はいないだろう。もちろん、どうしてもその通りでなくては嫌だという事ではなく、出来たらそういう人がいいという程度だ。

ふと、オッタースシュタットで自分を助けてくれた人物を思い出した。彼は外見よりも、その声の方が印象深い。低くて、よく響く声。ちょっとオペラを歌わせてみたいと思うくらい、いい声だ。

そういえば、あの人物は体格もなかなかよかった。がっしりとしているものの、決して厚すぎない。おそらく必要な分だけ鍛えているのだろう。もちろん、彼は通りすがりの人間なので、二度と会う事もないだろうが。

改めて考えてみると、あの王太子はアンネゲルトにとって、本当にあり得ない相手だと思う。外見はおろか、彼女を傷つけた時点で既に条件から外れている。

こちらが相手を理解する気がないのと同様に、相手も自分を理解してほしいとは思っていないようだ。その点では、お互い一致している。

「そういった男性が理想なのであれば、確かに、噂《うわさ》に聞く王太子殿下とはかけ離れていますね」

そう言って、リリーは何度も頷いた。その隣で片付けをしながらティルラが苦笑する。

「まあ、アンナ様も、元々ご結婚に乗り気ではありませんものね。半年経ったら、婚姻無効を申請なさるのでしょう？」

ティルラの問いに、アンネゲルトはこっくりと頷いた。

それは、王太子にとっても願ったり叶ったりなのではないだろうか。何せ国王の前でさえ、アンネゲルトに対してあのような態度を取ったくらいだ。アンネゲルトの存在が余程疎《うと》ましいのだろう。逆に、愛人の男爵令嬢をそれだけ大事にしているとも受け取れる。

アンネゲルトが帝国に戻れば、王太子は愛人を妃に出来るかもしれない。妻に捨てられた夫というレッテルが貼られれば、男性であっても傷物扱いされて、縁談が来なくなるのではないだろうか。もっとも、それは本人としては不本意だろうが。

「何にせよ、双方にとっていい事よね」

「何か仰《おっしゃ》いましたか？」

ティルラが怪訝《けげん》な顔をした。アンネゲルトは心の中で呟《つぶや》いたつもりが、声に出てしまっていたらしい。

アンネゲルトは何でもないと誤魔化《ごまか》して、お茶をもう一口飲んだ。

◆◆◆◆

ダグニーは、王宮の部屋から庭を眺めていた。

今日は例の帝国の姫と王太子ルードヴィグの顔合わせの日だ。朝から不機嫌だったルードヴィグは、この部屋から直接謁見《えっけん》の間へ向かっている。そんな不機嫌な様子でいいのかと思ったが、自分がどうこう言うべき事ではない。

この部屋で気に入っているのは、窓からの眺めだけだった。本来の身分では到底得られない暮らしではあるが、ダグニー自身が望んだものではない。それを忘れている人達の、何と多い事か。

王宮の暮らしは窮屈だし、何より周囲の視線が刺々《とげとげ》しい。その程度でへこたれるほど可愛げがある訳ではないが、小さくても嫌な事が蓄積するとそれなりに消耗する。ルードヴィグはいよいよ正式な妃を迎えるのだし、そろそろ自分もお役御免かもしれない。

そんな事を考えていると、扉の向こうが騒がしくなった。

「ダグニー！」

大きく開かれた扉の向こうには、自分をこの王宮に縛りつけている人物——王太子ルードヴィグが満面の笑みで立っている。

「あら、今日はもうこちらにはいらっしゃらないかと思ったのに」

ほんの少し当てこすりを入れて、残りは本音で言ってみた。彼がこんなに早くこの部屋に戻ってくるとは思わなかったのだ。

彼の妃は大国の姫君であり、ダグニーとは何もかもが違う。彼女と自分を比べて卑屈になる事はないが、ルードヴィグがどう思うかはわからなかった。

そんな考えはおくびにも出さず、艶然《えんぜん》と微笑むダグニーに、ルードヴィグは苦笑している。彼はダグニーの本音には、まったく気付いていないのだろう。

いつだって、見たいものしか見ない人だ。それをわかっていて、今まで側《そば》にいたのは、ダグニー本人なのだが。

「そんなはずはないだろう？　今日は単なる顔合わせだ」

「帝国のお姫様相手に初日から寝台に引きずり込むような、不作法な真似は出来ないものね」

そのダグニーの言葉は、完全なる当てこすりだった。ルードヴィグはダグニーと初めて会ったその夜に、彼女を寝室に連れ込んでいる。

ルードヴィグは自身の過去の行動を思い出したのか、少し頬を赤らめた。不作法と言われても致し方ない事をしたという自覚はあるらしい。

「……無理強《じ》いはしていないぞ」

「そうでしたわね。そこは褒めて差し上げますわ」

ダグニーは内心でほくそ笑む。こういう鈍いところは彼女にとって好都合だった。

表にこそ出さないが、軽く扱われたという思いは今も胸に残っている。このしこりは、最後の日まで持ち続けるだろう。ルードヴィグにぶつけるとしたら、その時だ。

それにしてもダグニーの事は軽く扱っておいて、正式な妃の事は丁重に扱うのか。父王と不仲であっても、王の面子《メンツ》をつぶすような事はしたくないらしい。最後の最後で、育ちのよさが現れるのがルードヴィグだ。

――最後の時まで、気付かないままでいてちょうだい。気付かれたら、つまらないから。

そう内心で呟《つぶや》いてから、ルードヴィグの首に手を回す。

「それで？　ここにはどうしていらっしゃったの？」

もちろんわかっていて、わざと聞いている。せいぜい愛人らしく振る舞っておこうと思ったのだ。実際、自分は王太子の唯一の愛人なのだから。

今までは、その事実が彼女の権力基盤になり得た。だが正式な王太子妃が来た以上、今の地位はダグニーの首を絞めかねない危険なものでもある。歴史上でも、妃によって過酷な運命を強《し》いられた愛人は数多くいたという。

女としての栄誉を極めるか、捨てられた愛人として破滅するか、それとも現状維持なのか。内心、ダグニーはわくわくしていた。ここ最近では、一度も得られなかった高揚感を覚えている。

――賭け事はやらないけど、やっている最中はこういう気持ちなのかしらね。

そう、自分は今、王宮を舞台にした賭け事を楽しんでいるのだ。賭けるものは地位か名誉か、それとも……

そんな彼女の内心にはまったく気付かず、ルードヴィグは目を細めた。宮中の女性陣が目にすれば、黄色い悲鳴が辺りに響いた事だろう。

「いけ好かない女に、義務で対面してきたんだ。その分、安らぎを求めてもおかしくはないだろう？」

そう言って、ルードヴィグは愛人の腰を抱き寄せた。そして、大きく膨《ふく》らませた流行のスカートに眉をひそめる。

そんな彼の腕に身を任せ、ダグニーはその首筋に唇を寄せた。

◆◆◆◆

結婚式の支度は、翌日の早朝から行われた。アンネゲルトは風呂で全身を磨き上げられ、下着を着せられた後に髪を結い上げられる。

「衣装はこれでよろしいのですか？」

そう言ってリリーとザンドラが広げたのは、桜色の地に色とりどりの花の模様が入ったドレスだった。よく見れば、その模様の一つ一つは手作業で仕上げられた刺繍《ししゅう》である。

これ一着に、どれだけの手間と金がかかっているのか。アンネゲルトはこのドレスを見る度に、その贅沢さ加減に目眩《めまい》を覚える。

とはいえ、安っぽい衣装を身につければ、帝国の威信が傷つく。それもあって、奈々がわざわざ用意させたのだ。薄めの色は、帝国の流行なのだそうだ。

「白でなくていいんですか？」

そう言って、ティルラはにやりと笑った。日本での滞在経験がある彼女には、ウエディングドレスの知識がある。

「やめてちょうだい」

アンネゲルトは苦笑した。これが自ら望んだ結婚なら、ぜひとも白いドレスを着たいところだが、決してそうではないのだから。

こちらの世界では、婚礼衣装に白を使う風習はない。白いドレスは基本的に子供用とされていて、大人の女性はめったに着ないのだ。

支度の真っ最中であるアンネゲルトの部屋には、王宮勤めの小間使いも派遣されてきているが、彼女達の出番はなかった。

というより、アンネゲルトのドレスの型が特殊すぎて、彼女達は手出し出来ないでいる。

「きつくはございませんか？」

「十分きつい……」

「我慢なさってください」

ならば聞かないでほしい。アンネゲルトはコルセットを締め上げるティルラを恨みがましい目で見つめた。

シュミーズを着て、コルセットでぎりぎりと締め上げた次は、クリノリンをつける。日本でも鹿鳴館《ろくめいかん》時代に流行《はや》ったという、スカートを膨《ふく》らませる為の器具だ。帝国の隣国から流行に火がつき、今では周辺諸国にも広まっている。

スイーオネースにもスカートを膨《ふく》らませる下着はあるが、完全に流行遅れの代物だ。小間使い達は部屋の隅でひとかたまりになって、呆然と着付けを眺めていた。

「やはりホックにしておいて正解ですね。着脱が楽ですよ」

そう言いながら、ティルラはクリノリンのホックを留めている。着付けは彼女が中心になって行っており、リリーとザンドラはその手伝いをしていた。

「ホックもジッパーも使ってるのね……」

アンネゲルトはドレスをしげしげと見ながら呟《つぶや》く。

帝国ではドレスにホックやジッパーを採用したおかげで、着付けの時間が大幅に短縮されたと聞いている。多くは日本からの輸入品だが、ごく一部は帝国内でも生産されていた。

「これなら一人で着られそうね」

「いけません。貴婦人が自ら着替えをするなど」

アンネゲルトが何気なく口にした言葉は、ティルラに即却下された。

ちなみに、この会話はわざと帝国公用語で行っている。スイーオネースの小間使い達には理解出来ない為、気楽なおしゃべりが出来た。おかげでアンネゲルトの緊張も、大分和《やわ》らげられている。

支度の最後に、長いベールをかぶり、その上からティルラの手で宝冠が載せられる。このベールも宝冠も、スイーオネース側が用意し、今回の婚礼用にと帝国に送られたものだそうだ。

「お支度は整いましたか?」

そう言いながら入ってきたのは、世話役の伯爵夫人である。式が執《と》り行われる聖堂まで花嫁を案内する役目は、彼女が請け負っていた。

「まあ! お綺麗ですわ、姫様。王太子殿下も、きっとお気に召される事でしょう」

別に、お気に召してもらわなくてもいいのだが。むしろ、積極的にお気に召してもらいたくない。

とはいえ、そんな事を口にする訳にもいかず、アンネゲルトは無言を貫いた。こうした時、主に代わって対応するのも側仕えの仕事である。

「伯爵夫人におかれましては、お役目大儀と存じます。姫様のお支度、万事整いましてございます」

そう言って頭を下げるティルラの後ろで、リリーとザンドラも同様に礼を執《と》った。それに鷹揚《おうよう》に頷くと、伯爵夫人はアンネゲルトに微笑みかける。

「さあ、では参りましょう」

この国に来て最初の難関である。宮殿内を静かに歩くアンネゲルトの前には案内役の伯爵夫人が、後ろにはティルラ達側仕えの者が従っていた。アンネゲルト達が進む廊下の脇には、甲冑《かっちゅう》姿の兵士達が剣を掲げて並んでいる。

式自体は難しい事はない。誓いの言葉を述べ、結婚証書にサインするだけだ。その後は祝賀の舞踏会が開かれる。面倒だが、花嫁は当然欠席出来ない。

普通ならば、その場で王太子と一曲は踊るはずである。昨日の彼の様子では、どうなるか知れたものではないが。

アンネゲルトは憂鬱《ゆううつ》な気分を押し隠したまま歩き続けた。

◆◆◆◆

エンゲルブレクトがいる聖堂の中は、大勢の貴族でごった返していた。高位の貴族には席が用意されているが、低位の貴族の席はない。そうした人達は、全員立ち見状態だ。

そんな彼らの隙間《すきま》を縫って、ヨーンが近づいてきた。彼は小声で報告をしてくる。

「隊長、全員配置につきました」

「ご苦労」

王太子妃護衛隊の隊長に任命されたエンゲルブレクトは、聖堂の警備責任者を任されていた。この式もまた、護衛の仕事の一つという訳だ。

それにしても、と聖堂内を眺め回しながら、エンゲルブレクトは忌々《いまいま》しげに口を開いた。

「暇な貴族が多いのだな」

立ち見の貴族達は正式に招待を受けた訳ではないので、この場にいなくても問題ない。だが、こうした場に出ないと後でつまはじきを食らうので、それを恐れて皆集まっているのだ。

彼らしい処世術と言ってしまえばそれまでだが、エンゲルブレクトにはひどく滑稽《こっけい》に見える。「暇」と表現したのは彼なりの皮肉だった。

彼自身も貴族の中での家格は上の下といったところだが、軍では実力でこの地位までのし上がっている。そんな彼だからこそ、余計に滑稽《こっけい》に思うのかもしれない。

「彼らは、暇がなくなれば死んでしまうのでしょう。魚が水の中以外では生きていけないように」

淡々と述べるヨーンの顔を、エンゲルブレクトはまじまじと見つめてしまった。

今のは彼流の冗談と受け取っていいのだろうか。だが、言い得て妙だ。確かにあの貴族達は王宮という水槽以外では生きていけない。

「なるほど。では今日のこれも、彼らにとっては大事《おおごと》という訳か」

随分と絢爛豪華《けんらんごうか》な三文芝居だな。エンゲルブレクトは苦笑するしかなかった。

◆◆◆◆

アンネゲルトの入場を報《しら》せるラッパが鳴り響くと、聖堂内はそれまでのざわつきが嘘のように静まりかえる。

——か、かえって気まずい……

この静寂の中を歩くのかと思うと、アンネゲルトは足が震えそうだった。こんな思いをするのは、小学校の卒業証書を受け取った時以来ではなかろうか。

伯爵夫人に手を取られながら、聖堂に敷かれた赤い絨毯《じゅうたん》の上を進む。その先にある祭壇の前には、既に王太子が立っていた。

秀麗な顔は、今日も仏頂面《ぶっちょうづら》になっていると思われる。この状況がお気に召さないのだろうが、それはこちらも同じだ。いっそ利害の一致している者同士という事で、共同戦線を張れないだろうか。

——そうよ。こっちもあっちも結婚はしたくないんだから、交渉してみる価値はあるじゃない。

この場から逃げる訳にはいかないが、半年間夫婦生活がなければ、婚姻無効を申請出来る。その間、いわば王宮内別居をすればいいのだ。

王太子は愛人との明るい未来を、アンネゲルトは日本での明るい未来を手に入れる。いい事づくしではないか。

——となると、いつ言い出すかが問題よね……彼と二人きりになった時じゃないと。

レースのベールで上半身を覆い、しずしずと歩を進めながら、アンネゲルトは交渉を切り出すタイミングについて考え続けていた。よもや祭壇の前へと進む花嫁が、婚姻無効を企《たくら》んでいるなどとは誰も思うまい。

祭壇の前に着くと、王太子と二人して跪《ひざまず》く。ドレスのスカート部分が邪魔だが、こういう時の為の側仕えである。ティルラとリリーが脇から手を貸してくれたので、どうにか跪《ひざまず》く事が出来た。

目の前には司祭が、祭壇の脇には国王夫妻が座っている。

そういえば、謁見《えっけん》の間には王妃はいなかったな、とアンネゲルトは今更気付いた。普通、王太子の花嫁となる者への謁見《えっけん》なら、王妃も同席すべきではないだろうか。

横目でちらちらと見てみれば、王妃の顔立ちは王太子と似通っていて、たいそうな美人だった。否、王太子が王妃に似ているのだろう。

満面の笑みを浮かべた国王とは対照的に、王妃は能面のような硬い表情をしていて、こちらを見ようともしない。一国の王妃とはいえ、やはり息子の嫁に対しては思うところがあるのだろうか。

――だから、謁見《えっけん》の間にもいなかったのかな？

結婚前から嫁いびりをする姑《しゅうとめ》なのだとすれば、嫁としてはいい気分はしない。だが、これは政略結婚であり、しかも長く継続させる必要はないと言われている。つまり、姑《しゅうとめ》である王妃とうまくやっていく必要もないのだ。

そこに思い至ると、アンネゲルトの心は少しだけ軽くなった。ベールの下でつい笑ってしまったら、隣にいる王太子に気付かれたようだ。ふと視線を上げると、怪訝《けげん》な顔で見られていた。

――しまった。

そう思って視線を下に向けたが、彼はまだこちらを見ている。

どうしたものかと思案しているうちに、宣誓《せんせい》の段になった。

「この者を妻とする事を、神に誓いますか？」

「……はい」

司祭の問いに対する王太子の言葉は、大変不服そうだ。背後の貴族席がざわついたと思ったのは、アンネゲルトの気のせいではないだろう。

ここでアンネゲルトが「いいえ」を選択したら、どうなるのだろうか。少し試してみたい気もするが、これは選択を迫られているようでいて、実際はそうではない。求められている答えは一つだけなのだ。

――ゲームで正しい選択肢を選ばないと延々と同じ選択肢が出続けて、先に進めないのと一緒よね。

比較対象にするにはどうかと思うが、現実味が欠けているこの現状はまさしくそれだった。

さて、次はアンゲルトの番だ。

「この者を夫とする事を、神に誓いますか？」

ここで自分も不服そうに答えるという手もあるが、それだと王太子との交渉がうまく進まない可能性があった。それに、面倒ごとはとっとと済ませるに限る。

「はい」

そう簡潔に答えると、宣誓は滞《とどこお》りなく終了した。この後、結婚証書にサインをすれば、式は終了である。

アンネゲルトは立ち上がり、祭壇の脇の台に置かれた結婚証書の前まで移動した。そこでティルラとリリーがベールを上げてくれたので、視界がクリアになる。

視界の端で、王太子がこちらを見ていた。わずかに表情を硬くしたようだが、気にしている余裕はない。

証書というが、どう見ても百科事典並に分厚い本である。しかもかなり大きく、一人では持ち上げるだけでも難儀しそうだった。

こちらの本は装丁に凝《こ》る分、かなり重い。思わずどれくらいなのかと考えるアンネゲルトの目の前で、王太子がサインした。これまた不機嫌さを隠そうともしない、実に乱暴なサインの仕方である。

――もしかしなくても、かなり子供っぽい人なのかしら？

アンネゲルトの好みからさらに外れたが、それ自体は彼女にとって些細《ささい》な問題に過ぎなかった。異性としての好みから外れていても、仕事のパートナーとしてうまくやっていければ問題はない。

だが、感情に振り回される人だというのは困る。この後の交渉も、相手が感情的になったらまとまらないだろう。

どうやって話を切り出そうかと考えていると、王太子が台の前から横にずれた。今度はアンネゲルトがサインをする番である。

彼女は一旦考えを横に置き、証書に向き合った。慣れない形のペンを使う為、集中しないと失敗しかねないのだ。

何とかサインし終えた結婚証書を、王宮の侍従が四人がかりで持ち上げて、貴族達に披露《ひろう》した。その脇で司祭が高らかに宣言する。

「これにより、二人は夫婦となった。若き二人の前途に幸あれ」

こうして、短くも気の重い式が終了した。


式が終われば休憩出来るのかといえば、そんな事はない。この後は、バルコニーから国民達に顔見せしなくてはならないのだ。

それが終われば馬車に乗って王都をパレードし、戻ってすぐに結婚祝賀の舞踏会となる。式自体は簡素だったので、その後のあれこれが余計に大仰《おおぎょう》に思えた。

その間も周囲は人だらけで、王太子に交渉を持ちかける事などとても出来ない。焦《じ》れるアンネゲルトを余所《よそ》に、時は過ぎ去っていく。

パレードから戻ると、既に正午を大きく回っていた。胃が痛むのはストレスのせいかと思っていたが、空腹のせいでもあったようだ。

パレードも、馬車におとなしく座っていればいいというものではない。沿道に集まった民衆に、笑顔で応えなくてはならないのだ。しかもオープンタイプの馬車はスイーオネース製で、振動がひどかった。疲労ともあいまって、ダメージはかなり大きい。

「疲れた……」

小休憩の為に一度部屋に戻ってきたアンネゲルトの口から、ついそんな愚痴《ぐち》が出てしまう。ちなみに日本語で呟《つぶや》いたので、ティルラ以外には意味が通じていなかった。

「しっかりなさってください、アンナ様。日本語が出ていますよ」

お茶を出してくれたティルラに指摘され、アンネゲルトは苦笑した。

「ごめんなさい、つい……」

弱々しく笑うアンネゲルトの顔色を見て、ティルラが眉を寄せる。

「舞踏会までまだ時間がありますから、少しお休みください」

今は二時を少し過ぎた頃で、舞踏会は六時スタートだ。ここで食事を取って支度する時間を差し引いても、二時間近くは休める計算になる。

「そうね……そうさせてもらうわ」

昼食は簡単につまめるものをティルラが手配してくれた。食事内容を豪華にするより、休憩に当てた方がいいと考えたのだろう。

ティルラはアンネゲルトのドレスを脱がせ、コルセットも少し緩《ゆる》めた。締めつけが緩《ゆる》んだおかげで、アンネゲルトの口から安堵の溜息が漏れる。

「次のお支度の時には、また締めますけどね」

くすくすと笑うティルラを、アンネゲルトは恨みがましい目でじっとりと睨《にら》んだ。それを普段通りにさらっと受け流すと、ティルラはリリーとザンドラに新しいドレスを持ってこさせた。

「夜に着るドレスも用意しておきますね」

「さっきのドレスではだめなの？」

アンネゲルトの声には、面倒臭いという思いが滲《にじ》み出ている。

「結婚式に、お色直しはつきものでしょう？」

せっかく花嫁仕様の化粧を施《ほどこ》してある顔を、アンネゲルトが嫌そうに歪《ゆが》ませたのを見て、ティルラの口からは再び笑いが漏れた。

舞踏会用のドレスは、赤地に金糸で刺繍《ししゅう》が入ったものだ。派手派手しいドレスに難色を示したアンネゲルトだが、「スイーオネースでは濃い色のドレスが主流ですよ」というティルラの言葉を聞いて観念した。

式の時は帝国の流行色を使ったので、舞踏会のドレスには王国の流行を取り入れようという、帝国側の配慮なのだろう。

アンネゲルトは再び伯爵夫人に付き添われ、ティルラとリリーの二人を連れて部屋を出た。ザンドラは一人部屋でお留守番だ。

会場である大広間に入ると、既に人で溢《あふ》れていた。その中を伯爵夫人に先導されて、奥へ奥へと進んでいく。

広間は長方形で、壁際には休憩用の椅子が出されていた。他にもいくつかの部屋が、支度用や休憩用として開放されているらしい。

人の波が、アンネゲルトの目の前で割れていった。誰もがこちらに向かって頭《こうべ》を垂れる中、彼女が通り過ぎた側《そば》から何やらひそひそと囁《ささや》き合う声が聞こえてくる。

――何言われてるんだろう……嫌だなー。

アンネゲルトは辟易《へきえき》した。特に女性の声がよく聞こえてくるのは、女は同性には厳しいものだからか。特に、余所《よそ》から来た同性に対しては。

そんな声を聞きながら会場を奥まで進んでいくと、そこには国王夫妻がいた。

「おお、花嫁の到着か」

そう言って頷く国王の周囲を、何人かの貴族が取り囲んでいる。きっと彼らは高位の貴族なのだろう。伯爵夫人に促《うなが》され、アンネゲルトは淑女《しゅくじょ》の礼を執《と》った。

「改めまして、アンネゲルト・リーゼロッテにございます」

自ら名乗るのは、これが初めてになる。何せ婚姻前は夫以外の異性に顔を見せてはならず、話しかけてもいけなかったのだ。

「うむ。王太子妃に、これらの者達を紹介しておこう」

国王はそう言って、側《そば》にいる貴族達を紹介していく。端からヘーグリンド侯爵、アレリード侯爵、アスペル伯爵、エールリン伯爵というそうだ。全て国王の側近で、特にエールリン伯爵は国王の妹婿でもあるという。

ここでも王妃は一言も話さなかった。時折国王に何か話しかけられた際に「はい」「いいえ」で答える程度で、表情もほとんど変わらない。顔が綺麗な分、まるで人形のように見える。

――やっぱり歓迎されていない、とか……？

そう思いつつも無難な受け答えをして、アンネゲルトはその場を離れた。

国王への挨拶《あいさつ》が済んだ後、もう一つしなければならないのは、王太子とダンスを踊る事だ。とはいえ、一曲だけでも問題ないと聞いている。

アンネゲルト達は今宵《こよい》の主役として、誰よりも先に中央で踊らなくてはならない。だが、まだ音楽が始まらないという事は、王太子が会場に到着していないようだ。

「男の方が支度に時間がかかるとか……」

――あり得ない。

日本語で言った上に、最後の言葉は濁《にご》しておいたのだが、側《そば》にいるティルラにはしっかり聞かれていたらしい。視線で、「め！」と叱られる。

仕方なく所在なさげに立っていると、幾人かの人から祝辞を述べられた。それ以外の人達は遠慮しているのか、遠巻きに見ているだけである。今夜の舞踏会で最初のダンスを踊らなくてはならない花嫁への配慮だろう。

やがて、会場の入り口付近が賑やかになった。ようやくもう一人の主役が大広間に入ってきたようだ。彼はまっすぐ国王のもとへ行くと、遅れた事を詫びる。

「遅くなりました事、お詫び申し上げます」

「まったくだ。もう少し立場を自覚せよ。それと、待たせたのは余だけではない。妃にこそ詫び、慈悲を請うがよい」

王太子とアンネゲルトの間にいた人々が、気を遣ってどこかへ移動していく。さながら潮が引くようだ。おかげで国王と王太子のやりとりが、しっかりと聞こえた。

何となく親子を眺めていたアンネゲルトは、おもむろにこちらを向いた王太子に、一瞬びくっとしてしまう。その目には無関心を通り越して、何故か憎しみが込められていたからだ。

――私、何かやったっけ？　……あ、王様から詫びろって言われたから？　でも、それ言ったの私じゃないのに。

他に思い当たる節はない。存在そのものが気に入らないと言われればそれまでだが、そんなのはお互い様だ。

睨まれていると、ついこちらも顔をしかめてしまうのは仕方あるまい。それに気付いたティルラに、軽く小突《こづ》かれて我に返る。扇《おうぎ》で口元を隠していてよかった。でなければ、この国でのアンネゲルトの評判は地に落ちただろう。

何とか愛想をひねり出そうと苦心するアンネゲルトに、王太子ルードヴィグが歩み寄ってくる。その表情は硬く、全身から怒気を発していた。

「遅れた事を詫びよう」

上から見下ろすようにして、王太子は謝罪を口にする。どこからどう見ても人に詫びる態度には見えない。詫びたのだから当然許すのだろうな？　という目に見えない脅しが透けて見えた。

何と答えるべきかと考えていたら、無言で手を差し出される。

これはあれだろうか？　ダンスへの誘いなのだろうか。アンネゲルトが思わず王太子の顔と手を交互に見やると、相手の機嫌がさらに悪化するのが見て取れた。

周囲の雰囲気も、お祝いムードから一転、緊迫したものに変わっている。

扇《おうぎ》の陰で溜息を押し殺すと、アンネゲルトは差し出された手を取って、大広間の中央に進んだ。

社交ダンスとは違って、パートナーと密着する事はない。だから、わずかに向かい合う時を狙って声をかけようと考えた。アンネゲルトには、時と場所を選んでいる余裕がないのだ。

だが、いくら声をかけても相手は無視するばかりで、視線さえ合わせようとしない。

ならば、強行突破するのみだ。

「少しお話があるのですが、後でお時間をいただけないでしょうか？　その、お互いの今後の為に」

スイーオネースの言語にはまだ慣れていないが、文法も発音も帝国のものと似ているので、何とかなっている。

ようやくルードヴィグがこちらを見た。驚いた表情をしているのは、一体どういう事なのか。そんなにおかしな事は言っていないはずなのだが。

――それとも私が気付いてないだけで、使っちゃだめな文法を使っちゃったとか？

帝国にも、上流社会では使うべきでない言葉や文法がある。スイーオネースの言語を習う時は上流のものだけを習ったはずなのだが、知らないうちに下流のものが混ざっていたのだろうか。

ルードヴィグにしげしげと見つめられ、アンネゲルトは内心慌てていた。そんな彼女の耳に、予想外の言葉が入ってくる。

「いや、その必要はない」

「え？」

丁度その時、曲が終わった。それでも大広間の中央で、二人は向かい合ったままでいる。次の曲から踊ろうとしていた者も、同じパートナーと続けて踊ろうとしていた者も、二人の様子に気付くと動きを止めてしまった。楽団も場の空気を読んだのか、次の曲を奏でずにいる。

そんな中、ルードヴィグはアンネゲルトの手を振りほどくように放した。周囲をぐるりと見回す彼の表情には、何故か嘲笑が浮かんでいる。

「丁度いい場なので、ここで宣言する。妃にはヒュランダルの離宮を与える故《ゆえ》、そちらに住まうように」

その場は水を打ったかのごとく静まりかえった。アンネゲルトは、彼が何を言ったのか理解出来ないでいる。

――あれ？　王太子妃って、王宮に住むものじゃなかったっけ？

アンネゲルトはぽかんとしたままルードヴィグを見つめていた。対するルードヴィグは、何やら勝ち誇った表情をしている。アンネゲルトはますます意味がわからなくなった。

大広間の静寂を破ったのは、アンネゲルト達の側《そば》にいる一人の貴族だ。

「そ、それは、王太子殿下も離宮に移られる……という事ですか？」

「いや。離宮に住まうのは妃だけだ。それと、妃は今後王宮に出てくる必要はない」

その王太子の言葉を受けて、周囲は一挙にざわめき出した。つまり、これは新妻との別居宣言であり、王宮からの追放宣言でもあるのだ。

正直、アンネゲルトにとってはありがたい事だった。まさか話し合いをする前に、相手からこんな事を言い出してくれるとは。

だが、これに自分はどう答えればいいのだろう。思わずティルラの方を見やると、硬い表情のまま首を横に振られた。何も話すなという事らしい。

考えてみれば、この結婚は国同士の政略結婚なのだ。その相手に、祝賀の場で別居を言い渡したのである。問題にならないはずがない。

アンネゲルトが周囲を窺《うかが》うと、人々の視線は二人の間を行ったり来たりしていた。だが、やがてある一点へと集中する。その視線の先にいたのは、国王アルベルトだ。

彼は人々の関心が集まる中、ゆっくりと手を上げた。すると、国王とアンネゲルト達の間にいた貴族達が、先程と同じく潮が引くように脇へ避《よ》けていく。

「今の発言は公式のものと思っていいのだな？　ルードヴィグ」

「構いません」

「この結婚が余の命令によるものというのも、承知しておるのだろうな？」

「当然です」

国王の視線は鋭く、それを受け止める王太子の視線も鋭い。アンネゲルトも当事者であるはずなのに、すっかり蚊帳《かや》の外に追い出されていた。

やがて二人は、無言のまま別方向へと足を進める。国王は側近のもとへ向かい、ルードヴィグは一人会場を後にした。

一人残されたアンネゲルトは、会場の中央で途方に暮れている。

「どうすんの？　これ……」

思わず呟《つぶや》いた言葉は日本語だった為、その場にいるスイーオネースの貴族達には理解されなかった。


王太子の別居宣言から間もなく、アンネゲルトは部屋に戻る事になった。会場が騒然となってしまい、舞踏会は継続不可能と判断した国王が、とっとと閉会させたのである。結婚を祝う舞踏会で別居宣言をした王太子もあり得ないが、その舞踏会をあんな短時間で切り上げた国王もあり得ない。スイーオネースというのはどういう国なのだろうかと、アンネゲルトの疑念は深まるばかりだった。

「それにしても、驚きましたねえ」

アンネゲルトの為にお茶を淹《い》れながら、リリーがのんびりと言った。彼女も側付きとしてあの場にいたのだ。

今回、一番気の毒だったのは、世話役の伯爵夫人だ。彼女は王太子の発言にショックを受けて、気を失ってしまっている。そのまま別室に移され、今も休んでいるらしい。

アンネゲルトはまだ着替えもしておらず、舞踏会に出席した時のドレスのままだった。

慣れないハイヒールに、そろそろ足が悲鳴を上げそうだ。

「確かに驚いたけど、結果的にはこちらの願い通りになっているから、別にいいわ」

「そうですか？」

「だって新婚当初から別居していれば、離婚の時にもめなくて済みそうだもの」

夫婦生活がなかったと主張するのに、うってつけである。アンネゲルトの目標はあくまで半年で帝国に帰る事であり、王太子妃としてこの国に留まる事ではない。

それに、王宮に出なくてもいいという一言もありがたかった。王太子妃ともなれば、王族としての公務をしなければならない。だが、自分はどうせ短期間でいなくなる人間なのだから、王太子妃としての務めは、自分の後に妃となる人に任せる気でいる。それが例の男爵令嬢であれ、他の誰かであれ。

「ですが、スイーオネース側に抗議は入れますよ」

二人の会話を聞いていたティルラが、静かに言った。明らかに怒っているのがわかる。

「ティルラ……」

「アンナ様だけではありません。帝国そのものが王太子に軽んじられたのですから、抗議する理由としては十分ですよ」

結婚祝賀の舞踏会という公《おおやけ》の場で、帝国の姫が侮辱《ぶじょく》されたのだ。黙って見過ごす訳にはいかないというティルラの意見も、理解出来た。

「もっとも、今頃はもう大使が動いているはずですけどね。今のスイーオネース駐在大使は、有能な方だそうですから」

今回の結婚話がまとまったのも、その大使の力が大きいという。だが逆に考えると、彼が頑張らなければ結婚せずに済んだという事だろうか。その人物と顔を合わせたら、アンネゲルトはまず最初に文句を言ってしまいそうだ。

「そのスイーオネース大使って、どんな方なのかしら」

「それは――」

ティルラが言いかけた時、部屋の外から衛兵の声が聞こえた。この部屋は仮の部屋ではあるが、アンネゲルトは正式に王太子妃となった為、外には衛兵が立っているのだ。

応対に出たティルラは、程なく来客を伴《ともな》って戻ってきた。その背後にいる人物を見て、アンネゲルトは驚きの声を上げる。

「お姉様!?」

「お久しぶりですわ！　アンナ様」

そう言って華やかに笑ったのは、父アルトゥルの従姉妹《いとこ》であるグレーデン侯爵家の令嬢だった。

クロジンデ・ルーツ・アデラ。先に謀殺されたハイディの父——リヒテンベルク伯爵の歳の離れた妹に当たる。彼女は、アンネゲルトが幼い頃からよく遊んでくれた親戚のお姉さんだ。

「お姉様、どうしてこちらに？」

「夫の仕事の都合ですの。でも、おかげでアンナ様の花嫁姿を見る事が出来ましたわ。奈々様や皇后陛下に自慢出来ますわね」

そう言って快活に笑うクロジンデは、栗色の髪をした美人である。スタイルもよく、若い頃から帝国の社交界で人気が高かったそうだ。

クロジンデの言葉で、アンネゲルトは彼女がどこかの伯爵と結婚したというのを思い出した。自分がまだ日本にいる時だったので、式に参列出来なかった事が悔やまれる。結婚して帝室から抜けた彼女には、それ以来会う機会がなかった。

——確か、お姉様の結婚も伯父さんのお声掛かりってやつだったのよね？

彼女もまた政略結婚の駒となっていたのだ。

とはいえ皇帝の従姉妹《いとこ》姫を娶《めと》ったのだから、相手の男性はそれだけ優秀だったのだろう。だが肝心の夫の事を、アンネゲルトは知らない。結婚したクロジンデと会えなくなったのがショックで、相手の話を誰からも聞こうとしなかったのだ。

「お姉様のご主人は、何をしていらっしゃるの？」

「あら、ご存じなかったかしら。外交官ですわ。今はここスイーオネースで駐在大使を務めておりますの。私、今はエーベルハルト伯爵夫人ですのよ」

つい先程、ティルラの口から出た名前だ。まさか、それがクロジンデの夫だったとは。

クロジンデはアンネゲルトに招かれるまま、彼女が座るソファの隣に腰を下ろした。

これは親しい間柄だからこそ許される事である。

「私も、舞踏会場で一部始終を見聞きしておりましたわ。アンナ様も大変ですわねえ」

クロジンデは溜息を吐《つ》きながら言った。アンネゲルトが半年で帝国に帰るつもりでいる事を、彼女は知っているのだろうか。

そこで、ティルラが口を開く。

「クロジンデ様、エーベルハルト伯爵閣下は今どちらに？」

「あの人なら、陛下に正式な謁見《えっけん》を申し込んでいますよ。その前に非公式での対話をあちらから求められたようですけれど」

ティルラの問いに、クロジンデはあでやかに微笑んで答えた。三十をとうに越えているというのに、その美しさは少しも損なわれていない。

「非公式でも、ですか」

「ええ。陛下には、陛下なりのお考えがおありのようよ」

扇《おうぎ》で口元を覆いながら、クロジンデは目を細める。

国王としても、王太子によって顔に泥を塗られたようなものだ。その事を王太子が認識しているかどうかは謎だが。

——認識してたら、あの場であんな事言わないか……

もしかしたら、王太子はわざと国王を怒らせたのかもしれない。この結婚にそれだけ不服だという意思を示す為に。

だが、それは彼の不利にならないだろうか。あの時の国王の様子を思い出すと、王太子の未来が明るいとは言いがたい。

とにかく、今はそれより大事な事がある。アンネゲルトが王太子から与えられ、住むように言われた離宮についてだ。

「お姉様、ヒュランダル離宮がどんなところだか、ご存じ？」

王都からは遠いのだろうか。海からも遠い場合は、港に停めてある船をどうするかが問題だ。アンネゲルトは皇太子ヴィンフリートから、船の側《そば》を離れるなと言われている。

依然としてアンネゲルトは命を狙われているのだ。自衛の為にも脱出手段とする為にも、船から離れるのは気が進まなかった。

そんなアンネゲルトに、クロジンデは申し訳なさそうに答える。

「いいえ、私も初耳ですの。離宮自体はいくつかございますし、王宮の近場にあるものについては把握しているのですけど……ヒュランダル離宮というのは、今までどこの集まりでも話題に上《のぼ》った事はございませんわ」

ごめんなさいね、と言われて、アンネゲルトは首を横に振った。帝国大使夫人であるクロジンデが社交の場で耳にしなかったという事は、この国の貴族にもあまり知られていない離宮なのだろう。

「まあ、そのうちわかりますでしょ。それよりもアンナ様、帝国のお話を聞かせてくださいませ。私しばらく戻っておりませんのよ。皇后陛下はお元気かしら？　それに奈々様は？」

クロジンデに請われるまま、アンネゲルトは帝国で過ごした短い日々の出来事を語って聞かせた。

「皆様、相変わらずですのね。安心しましたわ」

「ニコの背が伸びていたのには驚きました」

「あら、男の子ですもの。まだまだ伸びるかもしれませんわよ？」

クロジンデにそう言われて、にょきにょき伸びるニコを想像してしまい、アンネゲルトは顔をしかめる。そんな彼女を見て、クロジンデのみならずティルラやリリーも笑った。

今、この部屋にはスイーオネースの小間使いは一人もいない。帝国の人間だけなので、皆これほど気さくに振る舞えるのだ。

「時に、皇帝陛下からハイディの話はお聞き及びですわよね？」

クロジンデがそう口にすると、急に部屋の空気が重くなった。殺されたハイディはクロジンデの姪に当たる。アンネゲルトはハイディに会った事がないので、二人がどれくらい親しいのかは知らないが、叔母と姪ならそれなりに親しかったはずだ。

アンネゲルトが無言で頷くと、クロジンデは扇《おうぎ》で口元を覆ったまま、重い溜息を吐《つ》いた。

「命を散らすには、まだ若すぎるというのに……。アンナ様は、ハイディと面識は？」

アンネゲルトは無言のまま首を横に振った。ハイディの母親は奈々の出自を嫌い、アンネゲルト親子が出席するいかなる場所も娘と共に欠席していたからだ。

「可哀想な娘ですわ。母親に抑圧されて、自分の意思を表に出せずにいましたから。その母親の方は、娘を亡くして発狂寸前なのですって。我が兄も悲しいやら頭が痛いやらで大変でしょうね」

クロジンデの言葉には、兄嫁に対する嫌悪の情が滲《にじ》んでいた。

部屋の空気が少ししんみりとする中、再び来客が告げられる。部屋に入ってきたのはクロジンデの夫で、帝国大使のエーベルハルト伯爵だ。

「お初にお目にかかります、姫。エーベルハルト伯爵ジーグルトと申します。ご挨拶《あいさつ》が遅れて申し訳ありません」

伯爵はそう言って紳士の礼を執《と》った。クロジンデの隣に立っても見劣りしない容姿の持ち主である。

金色の髪に緑色の瞳。目元に少々皺《しわ》が寄っているのも、彼の場合は魅力の一つとなっている。アンネゲルトは政略結婚の事で文句を言うのも忘れて見入ってしまった。だが、挨拶《あいさつ》を返すのは忘れない。

「今後ともよしなに、伯爵」

帝国大使である彼は、アンネゲルトがこの国で一番に頼るべき相手だ。その大使が仲のいいクロジンデの夫であったのは、アンネゲルトにとって僥倖《ぎょうこう》だった。

――もしかして、伯父さんはわざと私に黙っていたのかな。

悪戯《いたずら》好きは皇帝親子に共通する悪癖《あくへき》だ。だが、こんなところでその性格を出してほしくはなかった。アンネゲルトは遠い空の下にいる伯父と従兄弟《いとこ》に思いをはせる。

「それで？　国王陛下は何て仰《おっしゃ》ったの？」

クロジンデは待ちきれないという様子で夫に迫った。アンネゲルトの向かいに腰を下ろしたジーグルトは、そんな妻に苦笑している。

「まあ、落ち着きなさい。姫の前ですよ。とりあえず、帝国として正式に抗議するのは後日という事になりました。今日はあくまで非公式の会合ですから」

国王への正式な謁見《えっけん》となると手続きが必要なので、今日中は無理なのだという。

伯爵は一度お茶で口を湿らせてから、アンネゲルトの目をまっすぐに見つめた。

「陛下は、今は何も言わず離宮に移ってほしいと仰《おっしゃ》っていました」

アンネゲルトとしては別に構わないものの、少し引っかかる。今は何も言わずとは、どういう事なのだろうか。

――いつかは王宮に呼び戻すから、って事？

そのつもりはまったくないのだが。しかし、これは国同士の問題なので、帝国に帰るまではおとなしくしておいた方がいいのかもしれない。

「別の離宮を用意するとも言われたのですが、私の一存でお断りしてしまいました」

その伯爵の発言に、アンネゲルトもクロジンデも驚かざるを得なかった。彼はアンネゲルトが王宮に留まれるよう、国王に働きかけるべき立場だ。なのにそれをせず、あまつさえ代替案まで蹴るとは。そこには、一体どんな思惑があるというのか。

「どういう事ですの？　あなた」

「何、姫の乗ってこられた船の事を聞いていたのでね」

アンネゲルト・リーゼロッテ号の事である。あの船が一体どうしたというのだろうか。話が飛びすぎて二人とも理解出来ていない。

「帝国からは、姫を船から離すなと仰《おお》せつかっているのですよ」

船の内覧会の時に、皇太子ヴィンフリートからも同じ事を言われた。その時はあまり深く考えなかったが、実は深い訳があるのかもしれない。

では、伯爵が別の離宮を断ったのは、提示された離宮が船では行けない場所にあるからか。ならば、ヒュランダル離宮はどうなのだろう。

「伯爵はヒュランダル宮がどこにあるか、ご存じなの？」

「ええ。建物自体は海のすぐ側《そば》に立っています」

そういう事か。どうやら船からは離れずに済みそうだ。アンネゲルトはほっとした。

「私としては、王太子殿下がわざわざあの離宮を選んだ事に、感謝しているくらいですよ」

気のせいだろうか。今の伯爵の言葉には、引っかかるものを感じる。どうやらクロジンデとティルラも同じように感じたらしく、三人を代表する形でティルラが伯爵に質問した。

「と、仰《おっしゃ》いますと？」

「スイーオネース王家の所有する離宮は、あそこ以外全て内陸にあってね。住むとしたら、船から離れなくてはならないんだ」

しかも王太子の失態にかこつけて、護衛艦の滞在許可までもぎ取れたという。笑う伯爵に、アンネゲルトは黒いものを感じる。だが外交官などという職業は、これくらい黒くなければ務まらないのかもしれない。

それにしても、とアンネゲルトは思う。やはり先程の予想は当たっていた。海の側《そば》にあるからこそ、アンネゲルトがヒュランダル離宮に入る事を伯爵は了承したのだ。

——そこまでこだわるのって、伯父さんにしろお兄様にしろ、何か別の理由でもあるのかな……

「それにしても、どうしてそこまでアンナ様を王宮から出したいのかしら」

そう口にしたのはクロジンデだ。伯爵は、何でもない事のように答える。

「そりゃあ、大事な愛人の為だろう」

「そうではありません！　王太子殿下ではなく、国王陛下のお考えがわからないと申しているのですわ！」

言葉の意図を汲んでくれなかった夫に、クロジンデは声を荒らげた。だが伯爵の様子を見る限り、どうやらわざとだったようだ。

クロジンデの言う通り、国王ならば王太子の発言を覆《くつがえ》す事が出来る。位は国王の方が上なのだから。

それなのに、帝国から嫁いできたばかりのアンネゲルトを、王太子の言葉に従って王宮から追い出そうとしている。それは一体何故なのか。

「国王陛下にもお考えがあるのだろう。だが、それにこちらが迎合《げいごう》する義理はない。という訳で姫様、どうぞお好きなようにお過ごしくださいませ。何でしたら、離宮を建て替えるのも有りだと思いますよ」

——建て替える？

伯爵の言葉に、アンネゲルトは首を傾げた。こちらでは離宮に住む際、いちいち建て替えたりするのだろうか。

「姫と帝国に対する謝罪は後ほど必ずすると、国王陛下は仰《おつしや》っていました。それと——」

「それと？」

アンネゲルトとクロジンデの声が重なった。

「離宮の補修にかかる費用は、いくらでも出すそうです。まあ、これも姫への謝罪の一部と思っていいのではないでしょうか」

この発言にも、アンネゲルトは首を傾げる。補修の費用とは、一体どういう事なのだろう。ヒュランダル離宮は、補修が必要な建物なのだろうか。

その答えは、すぐにわかる事となった。

四　離宮の現実

ヒュランダル離宮は、内海を隔《へだ》てて王都の北西に位置する島に存在する。島全体が離宮の敷地となっており、面積の半分は手つかずの森だそうだ。島の名をカールシュティン島という。

出発は翌日だった。アンネゲルト達はエールヴァール宮に移している最中だった荷物をまた船に戻し、内海を渡ってヒュランダル離宮に向かう。帝国から同行した護衛船団も一緒である。

たどり着いた離宮は海に面していて、船から離れずに済みそうだ。

それはいいのだが——

「これが……ヒュランダル離宮？　本当にここに住めと？」

目の前に立つ離宮を見上げながら、アンネゲルトは呆然と呟《つぶや》いた。彼女の前にあるのは、よくて廃墟、そのものずばりでホラーハウスといった建物だ。

壁はあちこちがはげ落ち、窓硝子《ガラス》はまともに残っている部分が少なく、鎧戸《よろいど》はかろうじて引っかかっている。屋根も一部は落ちてしまっているらしい。

どこからどう見ても、人が住める状態ではなかった。離宮の入り口で立ち尽くすアンネゲルトは、言葉も出ない。今頃になって、あの時ルードヴィグが勝ち誇った顔をしていた事に合点《がてん》がいく。

彼は、この離宮の状態を知っていたのだ。知っていて、わざとアンネゲルトをここに送ったのである。

――あの性悪《しょうわる》王太子め～！

握った拳《こぶし》がふるふると震えた。確かに別居はありがたい。おかげで、初夜を迎える事もなく今に至る。だが、彼の悪意の結果であるこの離宮は、とても受け入れがたかった。

アンネゲルト達をここまで案内した人物が、恐る恐る声をかけてくる。彼は、アンネゲルトがスイーオネースに到着した際に出迎えた使者だ。

「その、国王陛下からは好きに作り替えてよいとのお言葉です。また、修繕《しゅうぜん》の為の資材なども、いくらでも用意すると伺っております」

彼が申し訳なさそうに言った事は、既にエーベルハルト伯爵から聞いている内容だった。

怒りに燃えるアンネゲルトの背後から、ティルラが小声で提案する。

「しばらくは船の方で生活する事になりますね」

アンネゲルト・リーゼロッテ号は、ホテルシップとしての使用に十分堪《た》えうるものだ。むしろ、並の屋敷より居心地がいいと言える。その点、目の前のホラーハウスは論外だった。

「そうね。そうする以外にないわね」

船があってよかったと、アンネゲルトは心の底から思う。

それにしても、あの王太子は本当に度しがたい。

余程この結婚が腹に据えかねているのだろうが、それはこちらも同じだ。今本人を前にしたら、嫌味と文句が止まらなくなるだろう。

――あの時、一発殴っておくんだった。

どうせ衆目の前で恥をかかされたのだから、恥の上塗りになっても構わない。性格の悪い王太子に、一矢報《いっしむく》いておくべきだった。後悔先に立たずとはこの事だ。

離宮を見上げるアンネゲルトの目は、完全にやさぐれている。

「もういっそ、このまま帝国に帰ってしまおうかしら?」

「アンナ様が望まれるのでしたら、そうしましょうか。護衛船団もおりますし、追っ手がかかったとしても振り切れますよ」

てっきり反対するかと思ったティルラが、意外にも同意してくれた。彼女も今回の事には相当腹を立てているようだ。

ティルラは元々は軍に所属していて、帝国への忠誠心が強い。その忠誠心を買われて、奈々が代表を務める商会に引き抜かれたという。

そんな彼女の忠誠対象である帝国に、王太子は泥を投げつけたのだ。ティルラが怒るのは無理もない事だと、アンネゲルトも思う。

ちなみに二人の発言は、使者が側《そば》にいるのを知った上でのものだった。おかげで彼は青い顔をしている。八つ当たりとわかってはいるが、そもそもの原因を作ったのはあんたらの王太子だ！　恨むなら王太子を恨め！　と言いたいアンネゲルトだった。

◆◆◆◆

その頃、王宮でも一騒動あった。

「どういう事ですか、陛下」

国王アルベルトの私室に招き入れられたエンゲルブレクトは、早々に食ってかかる。ここが私的な場所であり、公的な態度は求められていないからこそ出来る事だ。

自分は王太子妃護衛隊を率《ひき》いる役目を任されたばかりだというのに、当の王太子妃が夫の王太子によって王宮を追放されてしまった。一体、護衛隊はどうすればいいというのか。

昨日の祝賀舞踏会での場面が思い出される。これまで王太子に対して思うところはなかったが、さすがに夕べはどうしてくれようと思ったものだ。

激高《げきこう》するエンゲルブレクトに、アルベルトは苦い顔で言う。

「それについては、余には何も言えん。まさかルードヴィグがあそこまで愚かだったとはな」

溜息を吐《つ》くアルベルトは、やれやれと首を横に振る。この国王の態度と舞踏会でのやりとりを見れば、王太子の独断だというのは知れた。さすがの彼にも、昨日の息子の行動は読めなかったという訳か。

今まで愛人の事以外では、問題らしい問題を起こした事のない王太子だ。国王も周囲の者達も、まさか彼があんな愚行に出るとは思いもしなかったのだろう。わかっていたら、事前に止めたはずだ。

国同士の繋がりを得る為にもらった妃を、婚礼当日からないがしろにするなどあり得ない。しかも、王太子妃の故国は大国だ。今回の事を口実にして、攻め込まれる危険性もある。そこまでいかなくとも、相手に大きな借りが出来たのは間違いなかった。

「殿下は今回の事をどうお考えなのですか？」

エンゲルブレクトの声に棘《とげ》が含まれていたとしても、誰も責められまい。帝国との結びつきを願っていた貴族のほとんどが、彼と同じ思いでいる事だろう。裏で諸手《もろて》を挙げて喜んだのは、保守派の連中だけだ。

――よもや、連中の差し金か？

そう疑いたくもなるが、ルードヴィグは社交界にはあまり顔を出さず、貴族との繋がりも薄い。保守派の貴族も彼には近づけずにいた。

それを考えると、今回の事は国王に対する反発といったところか。親子喧嘩に巻き込まれた王太子妃はいい迷惑だ。

「あれの考えている事はわからん」

そのアルベルトの言い草に、エンゲルブレクトはさらに苛立《いらだ》ちが募った。

――わからん、じゃねえだろうが！

心の中でそう毒づく。長い軍隊生活で、すっかり下々《しもじも》の言葉に慣れてしまった。

息子の手綱《たづな》一つ取れないのかと言いたいところだが、言えば確実に不敬罪に問われる。

だからぐっと呑み込んで、目の前の国王に向き合った。

「王太子殿下の事は、陛下や他の方々にお任せします。ですが、妃殿下の護衛はいかがなさいますか？　続行と判断してもよいのでしょうか？」

一番聞きたかったのはそこだ。王太子妃の護衛の件は、王太子ではなく国王から命令を受けている。それを撤回出来るのは国王のみだった。

エンゲルブレクトの質問に、アルベルトは明快に答える。

「無論だ。命令に変更はない」

その一言を聞いて、護衛隊の方向性も決まった。場所が王宮から離宮に変わっただけとはいえ、それが「あの」ヒュランダル離宮とあっては、現地へ向かう前に準備がかなり必要になる。すぐにでも準備に取りかからなくては。

「了解しました。では、我々は準備が整い次第、離宮へ向かいます」

そう言って踵《きびす》を返そうとした彼は、国王から呼び止められた。

「エンゲルブレクト」

珍しくも名前で呼ばれる。訝《いぶか》しみながらも、冷静に返答した。

「……何か？」

「王太子妃の事は、何に代えても守れ。彼女に何かあれば帝国が黙ってはいない。最悪の場合、戦《いくさ》になるだろう」

もう遅いのではないか。その思いを表には出さず、エンゲルブレクトは別の言葉を口にする。

「心得ております」

そして一礼すると、国王の私室を後にした。

「どうでしたか？」

執務室に戻ったエンゲルブレクトを、副官のヨーンが待ち構えていた。表情に乏《とぼ》しいヨーンだが、慣れればそれなりに感情の起伏があるのだとわかる。今の彼は、期待に胸を膨《ふく》らませているといったところだろうか。

「護衛は続行だ。これより離宮へ赴《おもむ》き、妃殿下に改めてご挨拶《あいさつ》申し上げる」

「承知しました」

そう言うと、ヨーンは部屋にいた従卒《じゅうそつ》に、あれこれ指示を出し始めた。

ヒュランダル離宮には、長いこと人の手が入っていない。言わば忘れられた離宮だ。正直、王太子がよくあの離宮を覚えていたものだとエンゲルブレクトは思う。

それにしても――

「手の込んだ嫌がらせだな」

「……何か？」

「いや」

ヨーンに聞かれ、考えが独り言として出ていた事にエンゲルブレクトは気付く。彼はそれ以上聞いてこようとはしなかった。

ヒュランダル離宮は、人が住める状態ではない。王太子はそれを知っていて、わざと妃に与えたのだ。自分の妃にそこまでするとは。そんなに愛人が大事なのだろうか。

「島では、しばらく野営をする事になりそうですね」

「そのくらい、問題はないだろう」

軍人であれば、野営の一度や二度は経験している。折しも季節は夏。野営するには楽な時期だった。

問題は冬だ。北国の厳しい冬まで野営を続けるとなると厄介になる。その時は、別の手段を講じなくてはならない。

ちなみに今回護衛隊に引き入れたのは、どの部隊でも将来を期待されている者ばかりだ。正直、あの名簿を国王に提出した時は、まず突き返されるだろうと覚悟していた。

だが予想に反して、何の問題もなく申請は通っている。エンゲルブレクトは訝《いぶか》しんだが、それだけ王太子妃の護衛に重きを置いているのだろうと判断した。

そんな経緯で集めた隊員達は、身分の差はあれど、全員が相応の実力を持った者達だ。貴族階級の者もいるが、彼らも前線での戦闘経験を持っている。箔付《はくづ》けの為だけに軍に在籍している腰抜け共とは訳が違う。

「まあ、これで少しは周囲も静かになるだろう」

「志願者達の事ですか」

王太子妃護衛隊の話がどこから漏れたのかは知らないが、エンゲルブレクトのもとには一時期、自薦他薦を問わず志願者が殺到していた。王太子妃に近づく一番の近道だと思ったのだろう。どれもこれも使い物にならないと考えて断ったが。

護衛隊の人事権も、エンゲルブレクトが握っている。非常に珍しい事ではあるが、王太子妃護衛隊が特別部隊だと考えれば、不思議な話ではない。その時々に臨時で創設される特別部隊は、部隊長が人事権を握る事になっていた。

「王太子妃に近づこうという連中も、少しは減ればいいのだがな」

王宮を追放された王太子妃に権力はない。ならば、近づいても無駄だと判断するのが貴族というものだ。だが、逆に虐《しいた》げられた妃だからこそ取り入って、帝国へ繋がる足がかりにしようとする連中が出てこないとも限らない。そういった連中を牽制《けんせい》するのも、エンゲルブレクトの仕事であった。

何にせよ、離宮にいても宮廷の情報は常に入手しておかなければならない。特に保守派の貴族の動きには要注意だ。

「グルブランソン、信用のおける人間を宮廷に置く事は出来るか？」

「もちろんです」

「では幾人かを、情報収集の為に置いてくれ。あくまで情報を集めるだけでいい」

「承知しました」

さて、どう転ぶのやら。エンゲルブレクトは、久々に血の沸き上がるような興奮を感じていた。

◆◆◆◆

ルードヴィグは、相変わらずダグニーの部屋にいた。もう昼も近いというのに、未だ寝台から出ていない。表向きは新婚という事になっているから、向こう十日ほどは政務が休みになっているのだ。

「今頃、あの女はどんな顔をしているかな」

廃墟を前にして、おろおろしている事だろう。その姿を見られないのが残念だ。

ルードヴィグは、結婚式の時に初めて見た相手の顔を思い出していた。

艶《つや》のある黒い巻き毛に、榛色《はしばみ》の大きな瞳。どこか不思議な顔立ちに思えるのは、母親が異世界人だからだろうか。

彼女の瞳から、ルードヴィグに対する興味は一切窺《うかが》えなかった。それが今でも妙に腹立たしい。おかげで、結婚祝賀の舞踏会の場で別居宣言をする事になってしまった。本当は、もっと人目の少ないところで言うはずだったのに。

「ひどい人」

隣に寝そべるダグニーから、含み笑いと共にそんな言葉が投げかけられた。二人の間の約束事として、寝台では敬語は使わない。最初の夜にルードヴィグがそう決めた。

「ひどいとは心外だな。大体、離宮の話はお前の父親から出たんだぞ」

「じゃあ、お父様もひどい人なのよ」

何がおかしいのか、くすくすと笑いながら、ダグニーは寝返りを打つ。その様子を眺めながら、別に構わないではないかとルードヴィグは思った。

妃を離宮に追いやったところで、責められるいわれはない。ルードヴィグと同じように、王妃を離宮に幽閉した王など過去にいくらでもいる。それどころか、冤罪《えんざい》で処刑した王までいたのだ。それを思えば、殺さないだけましだろう。

彼は天蓋《てんがい》を睨《にら》みつけ、吐き捨てるように言った。

「ひどいと思うのなら、国に帰ればいいのだ。嫌々この国に居続ける必要はないだろう」

アンネゲルト自身も、離宮を前にして帰ろうかと半ば本気で考えているのだが、それをルードヴィグが知る事はない。

「ねえ」

「うん？」

「王様に叱られたりはしないの？」

そのダグニーの問いに、ルードヴィグは面食らった。自分の妃を離宮に住まわせたからと言って、何故父に叱られなくてはならないのか。

「別に離婚すると言った訳でも、結婚を無効にすると言った訳でもない。父上とて、叱りようがないだろう」

第一、父にも愛人がいる。国王という立場にあるのだから、愛人の一人や二人はいて当然だし、王妃である母も黙認していた。

というより、あの母は父にもルードヴィグにも関心がない。一体何が楽しくて生きているのか、息子の自分にもわからないほどだ。

「父上にも母上以外の女性がいるのは、周知の事実だ」

「それでも、王様は王妃様を宮廷から追い出したりはしていないわよ？」

もしそうなったとしても、あの母ならば文句も言わずに出ていくだろう。社交の場にもろくに顔を出さない影の薄い王妃は、宮廷からも忘れられがちな存在だ。

「父上が出ていけと言ったら、母上は何も言わず出ていくさ。未練など、ひと欠片《かけら》も残さずにな」

「あら、そうなったら殿下も母君に捨てられてしまうのね」

そのダグニーの一言は、何故かルードヴィグの心に残った。

◆◆◆◆

その頃、ヒュランダル宮の前では、アンネゲルト達が案内役の使者にあれこれ質問していた。

「離宮の補修は好き勝手にしていいと言ったわね？」

「は、はい。それはもう……」

「費用は全て、王宮に請求してよろしいんですよね？」

「え、ええ。陛下からはそのように伺っています」

「補修というより、いっそ建て直した方がいいのではありませんか？」

アンネゲルト、ティルラ、リリーは好き勝手な事を言っている。対する使者の方は額《ひたい》からダラダラと汗を流し、そろそろハンカチが絞れそうなほどだ。

「何にしても、一度中を確認した方がいいでしょう」

そのティルラの一言で、ホラーハウス探検ツアーが組まれた。参加者はアンネゲルト、ティルラ、リリー、そして案内役の使者に、護衛船団のエーレ団長である。

「これだけ寂《さび》れていると、浮浪者などが入り込んでいる危険性もありますから」

そう言って、団長が護衛役を買って出てくれたのだ。なら自分は船で待っている、と言って逃げようとしたアンネゲルトは、ティルラによって捕獲されている。どうやら逃げられないらしい。

「ご自分の目で確認なさらないで、どうなさるおつもりですか？」

とてもいい笑顔でそう言われてしまっては、それ以上拒否は出来なかった。


ヒュランダル離宮の周囲には塀らしい塀もなく、庭園が延々と広がっている。確かにこれなら誰でも入り込めそうだ。

もっとも、こちらにはティルラとリリーがいる。前者は帝国軍でも物理攻撃で高位に上がる実力の持ち主だし、後者は魔導の専門家だ。もし戦う事になったとしても、この二人に敵《かな》う者はいないだろう。

エーレ団長も、それはよく知っているはずだった。つまり、護衛にかこつけたただの冷やかしなのだろう。長い船旅で、彼も退屈していると見た。

探検隊は表玄関から離宮の中に入る。扉は蝶番《ちょうつがい》が錆《さ》びているのか、開けるのに苦労した上、耳障《みみざわ》りな音を立てた。これだけでも、ホラーハウスとしての演出効果は抜群である。

離宮の内部は、外観から想像した通りの荒れようだった。玄関ホールから周囲を見回して、アンネゲルトは溜息まじりに呟《つぶや》く。

「元は美しい離宮だったのでしょうね……」

所々に残る装飾から判断するに、建築様式としてはそこその古さだ。手入れを怠《おこた》らなければ、建築当時の美しさを保つ事も出来ただろう。もったいない事だとアンネゲルトは思う。

壊れかけた扉にも、よく見れば手の込んだ装飾が施《ほどこ》されている。ホールの奥には二階に通じる石造りの階段があり、優美なアールを描いていた。

「この離宮は、何故放置されていたのかしら？」

王都からさほど離れておらず、敷地内には狩猟用の森まである。使い勝手が悪いとは思えない。

アンネゲルトの何気ない問いに、使者の肩が傍目《はため》にもわかるほどびくついた。何かある。誰もがそう直感した。

だが、使者は引きつった笑みを浮かべて言う。

「わ、私はよく知らな――」

「教えてくださるわよね？」

にっこりと笑うアンネゲルトの顔には、「むしろ教えて当然だよね？」と書いてあった。ティルラとリリー、エーレ団長まで同じような笑みを浮かべている。

四人に囲まれる形となり、使者は観念して口を開いた。

「その、三代前の国王陛下の時代に、時の王妃陛下の恨みを買った愛人が、ここで亡くなったそうで……それ以来、おかしな事が多く起こるので、閉鎖されたと聞いております」

――マジモンのホラーハウスー!?

アンネゲルトは心の中で絶叫する。彼女はホラー映画はもちろん、心霊関連全般が大嫌いなのだ。

そんなアンネゲルトの内心を余所《よそ》に、探検ツアーは続行された。まずは一階からという事で、ホールから右手に進む。使者を先頭にして、アンネゲルトの両脇にティルラとリリー、後ろにエーレ団長が続いた。

「それで？　おかしな事とは、具体的にどんな事が起こったのですか？」

ティルラが使者に質問する。

――余計な事を聞かないでよ！　ティルラー！

せっかく使者がぼかしてくれたのだから、そのままにしておいてほしいというのがアンネゲルトの本音だ。だが側仕えのティルラとしては、どのような事態にも対処出来るよう、ここで起こった現象を把握しておきたいらしい。

「その、具体的にと申しますと……」

「怪談のような噂《うわさ》が流れているのではありませんか？　例えば誰もいないはずなのに人影が見えたとか、声が聞こえたとか」

――もう本当に勘弁してー!!

ティルラの言葉に、アンネゲルトは悲鳴を上げそうになった。すんでのところで止められたからよかったものの、ここで悲鳴なぞ上げていたら、後で間違いなくからかわれていただろう。

一方、使者は質問には答えず、顔色を悪くしていた。その様子を見ただけで、ティルラの発言が図星だったとわかる。アンネゲルトは背筋が寒くなってきた。

使者は、額《ひたい》を流れ落ちる汗をハンカチで拭《ぬぐ》い続けている。そしてホールから二つ目の部屋に移動した途端、彼は重い口を開いた。

「その……こちらの部屋は談話室だったそうなのですが、ここで三人以上の人間が話しているると、壁の向こうから人の声が聞こえてくるそうです」

アンネゲルトは思わず、自分達の人数を数える。もっとも、離宮に入った時から減っていないのだから、変わらず五人だ。

「あら、今が三人以上ですね」

「まあ、でしたら何か聞こえてくるんでしょうか？」

ティルラとリリーは、そんな事を言いながら笑い合っている。この状況でどうして笑えるのか、アンネゲルトには不思議でならなかった。

だが耳を澄ましてみても、声など聞こえてこない。窓の外から、小鳥の鳴き声がわずかに聞こえてくるだけだった。

「……何も聞こえませんね」

「話し続けなくてはいけないのかしら？」

ティルラとリリーは、相変わらず楽しそうに言い合っている。窓枠の壊れた窓からは、昼間の明るい日差しが部屋一杯に差し込んでいた。おかげで、アンネゲルトもかろうじてパニックを起こさずにいられる。

これが夜中だったら、真っ先に逃げ出していただろう。それ以前に、探検ツアー自体に参加しなかったはずだ。

「やはり夜でなくては聞けないんでしょうか？」

「そうねえ」

悪ノリするリリーとティルラとは対照的に、アンネゲルトは涙目だった。

「二人とも。夜に来るなんて言い出したら、さすがに引き止めるぞ」

エーレ団長が苦笑しながら忠告する。彼が守るべき対象には、アンネゲルトはもちろんの事、側仕えの二人も含まれているのだ。

団長の言葉に少々不服そうな二人を、使者はぽかんとした表情で見つめていた。

「さて、では次の部屋に参りましょうか」

「そうですわね。使者様、引き続き案内をお願いしますね」

「……あ、ああ、はいはい」

ティルラとリリーの二人に先を促《うなが》され、使者はようやく我に返ったようだ。いっそそのままでいればよかったのに、とアンネゲルトは内心悪態をついていた。それほど、この探検ツアーを早く終わらせたかったのだ。

恨みがましい目で使者の背中を睨《にら》んだが、彼は気付く事なく案内を続行した。

その後もいくつかの部屋や階段、廊下などで、使者が知っている限りの怪談話を聞かせてくる。

「こちらの階段では、夜中の十二時を過ぎたら段を数えながら上《のぼ》ってはいけないと言われています。普段は二十三段なのですが、十二時過ぎには二十五段に増えているんだとか。それを数えてしまった者は、階段の下に引きずり込まれると噂《うわさ》されています。何でも離宮を建築する際、この階段を造る事に悩んだ建築士が、建築途中にここで首をつったんだとか」

「まあ」

「ほう」

「この手すりに飾られた想像上の動物の彫刻は、日が落ちると手すりから降りて離宮を歩き回るという話ですよ。運悪く彫刻に捕まった人間は、翌日庭の土に埋まっているんだそうです。これを造った彫刻師が邪神を崇拝していて、彫刻の完成と引き替えに己の魂を売ったからだと言われていて――」

「ね、ねえ……この話、まだ続くのかしら?」

他の三人は使者の話を楽しんでいるが、我慢の限界に達したアンネゲルトは話を中断させた。いい加減、寒気がしてきたのだ。体調不良ではなく、精神的な何かだろう。

心配したティルラが、アンネゲルトの顔を覗き込む。

「お疲れですか？　アンナ様。船に戻って少し休まれますか？」

ティルラの申し出を受け、ありがたく休ませてもらう事にした。一通り見て回ったし、これ以上この離宮の中にいたくない。

探検の結果、そのまま使えそうな部屋は一つもない事がわかった。壁紙ははげ落ち、ひどい場合は床に穴まで空いている。三代前の国王の時代から放置されていたというから、百年以上は手入れをされていないという訳だ。傷《いた》みがひどくても、致し方ない事かもしれない。

五人は離宮の外に出て、改めて外観を眺める。

「これを補修するとなると、かなり大変そうですね」

リリーがぽつりと漏らした。さすがに王家の宮殿の一つである為、造り自体はいい。装飾なども修復すれば、見栄えがするだろう。だが、それらを残したまま居住性を向上させようとすると、金も時間も相当かかりそうだ。

「そうねえ。まあ、それは後で考えましょう。よろしいですか？　アンナ様」

ティルラの言葉に、アンネゲルトは何度も頷いた。今日は中を見ただけで十分だ。怪談という余計なオプションもついてしまった事だし、時間はあるから結論を焦る必要はない。

「当面は船で生活出来るのだから、慌てる事はありませんよ」

無論、帝国に戻る事も視野に入れている。だが、それを知らない使者は、ようやく解放されたと喜んでいるようだ。

「リリー、ちょっと」

船に戻る前に、ティルラがリリーを呼んでアンネゲルト達から離れた。二人で何を話しているのか、アンネゲルトには聞こえない。

「あの二人、何を話しているのかしら？」

「さて。案外、離宮の亡霊について話しているのかもしれませんな」

そのエーレ団長の言葉に、アンネゲルトは固まる。団長は彼女の心霊嫌いを知っていて、からかったのだ。アンネゲルトはエーレ団長を睨《にら》んだが、歴戦の強者はその程度ではびくともしない。

ティルラ達と合流して船の中へと入る際、アンネゲルトは一度離宮を振り返る。明るい陽光の下、ひどく傷《いた》んだ建物からは何だか侘《わび》しさを感じた。

「アンナ様？　どうかなさいましたか？」

「いえ、何でもないわ」

ティルラの問いにそう答えたアンネゲルトは、今度は振り返る事なく船内へと入っていく。


事件はその夜に起こった。


最初に異変に気付いたのは、当直の兵士だったという。護衛船には多くの兵士が乗っており、夜間も交代で見張りなどの仕事をこなしている。

そのうちの一人が、離宮に明かりが灯っていると上官に報告したのだ。その報告が最終的にアンネゲルトのところまで来た。

時刻は一時半。日本で言うところの丑三《うしみ》つ時に近づいている。

「何事……？」

寝ていたところを起こされて、寝ぼけたまま応対したアンネゲルトは、ティルラの言葉にいきなり覚醒《かくせい》する事になった。

「お休みのところ、申し訳ありません。離宮に怪しい明かりが灯っているそうです。いかがなさいますか？」

血の気が引くというのは、こういう事なのだろうか。アンネゲルトはよろよろと寝台から下りて、窓から離宮を見てみた。

アンネゲルトの部屋からは、離宮がよく見える。暗闇の中、離宮の窓から外に漏れ出す明かりは、ゆらゆらと動いていた。まるで火の玉のように。

「ティ、ティルラ……あ、あああああれ！」

「ご許可をいただければ、兵士に確認に行かせます」

「か、確認って⁉」

アンネゲルトは思わずティルラに縋《すが》ってしまった。下手に確認しに行って、怖いものが出てきたらどうするのだ。もし相手を怒らせたら、この船ごと祟《たた》られるのではないだろうか。

パニックを起こすアンネゲルトに、ティルラは冷静に返した。

「落ち着いてください、アンナ様。リリーが昼間に見たところ、使者の方が言っていたような心霊現象はないとの事でした。離宮が放置されたのは、何か別の理由からでしょう」

「へ？」

意外な返答に、アンネゲルトは間の抜けた声を出す。別の理由って何？　その前に、ティルラは何と言った？

「リリーが見たって、どういう事？」

「リリーはリリエンタール男爵家の娘だと申し上げましたでしょう？　魔導研究をしている者は、心霊にも詳しいんですよ。この世界で心霊現象といえば、魔力の強い者が引き起こすものと相場が決まっていますから」

　大物が勝手に動くポルターガイストや、人の話し声が聞こえるといった心霊現象は、大概魔力の暴走によるものとされている。まだ魔力制御の出来ない子供が引き起こす事が多く、それをきっかけに魔導の素質を見いだされる事もあるのだという。

「もっとも、魔導研究では後進国のスイーオネースではどうだか知りませんけどね」とティルラは付け加えた。アンネゲルトは、開いた口が塞がらない。

　つまり昼間の時点で、リリーは——おそらくティルラも——噂《うわさ》されているような心霊現象は存在しないと知っていたのだ。それなのに、怖がっているアンネゲルトには教えなかった。それは何故か——

「ティルラ……面白がっていたわね！」

　彼女も昼間のエーレ団長と同じだ。団長は幼い頃からアンネゲルトを可愛がってくれたし、ティルラとは日本にいる時からよく顔を合わせていた。そんな関係だからこそ上下関係のしがらみなく付き合えるのだが。

「さあ、どうでしょう？　ところでアンナ様、先程から日本語になっておられますよ」

くすくすと笑うところを見ると、アンネゲルトの読みは正しいのだろう。ティルラは有能だしアンネゲルトも頼りにしているが、こういう困った一面を持つ人物でもあった。


結局、離宮には確認の為に兵士を派遣する事になった。今、アンネゲルトは船の甲板に出してもらった椅子に座り、彼らの帰りを待っている。ティルラからは部屋で待つよう言われたが、兵士を派遣しておいて、自分だけ部屋で待つというのは性に合わなかった。

北国であるスイーオネースは、夏だというのに夜でも肌寒い。日本の寝苦しい熱帯夜を知っているアンネゲルトにとっては不思議な感じだ。

ティルラが部屋から持ってきてくれた毛布にくるまり、厨房《ちゅうぼう》で淹《い》れてもらった温かいココアを飲みながら、アンネゲルトはじっと離宮を見つめる。

昼間は恐ろしかったが、心霊現象などないと聞いた今は、不思議と恐怖は感じなかった。我ながら現金だなと思うが、人の心など些細《ささい》なきっかけでどうとでも変わる。昨日嫌いだったものが今日は好きになる事など、いくらでも聞く話だ。

ふと、王太子の事を思い出す。アンネゲルトを嫌っていて、それを隠そうともしない王太子が、アンネゲルトを好きになる日など来るのだろうか。無論、女性としてではなく、人としてという意味でだが。

「……ないな」

王太子は頑固そうだから、簡単に変わる事はないだろう。

「何か仰《おっしゃ》いましたか？」

アンネゲルトの呟《つぶや》きに、隣に立っているティルラが反応した。アンネゲルトは慌てて「何でもない」と誤魔化《ごまか》しておく。

……危ない。ここは私室ではないのだ。しかも帝国の人間の中には、ティルラのように日本語を理解する者もいる。

気を引き締めながら、アンネゲルトは考え事を再開した。

スイーオネースで半年過ごして帝国に戻れば、日本への帰国が認められる。それに、自宅マンションも自分の名義になるのだ。

その代償と考えれば、この国での半年間は安いものだろう。それまではここで、羽を伸ばして生活していこうと思う。

手の中にあるカップは、少しぬるくなっている。中身を一口飲むと、丁度いい温度になっていた。優しい甘さが胃に染みる。

離宮の方で騒ぎがあったのは、その直後だった。人の怒鳴り声と、何かが爆発したような音が暗闇の中に響く。

「な、何？」

「アンナ様！　中にお入りください！」

ティルラにかばわれる形で、アンネゲルトは船尾楼《せんびろう》の中に逃げ込んだ。離宮の方からは、依然物々しい雰囲気が伝わってくる。

一体何が起こっているのか。何もわからないまま、アンネゲルトは安全の為にと部屋へ戻された。ティルラは部屋の扉の外に衛兵を立たせ、再び甲板へと戻る。

アンネゲルトは寝台に押し込められたが、こんな状況の中で寝られるものではない。寝台の中でじっとしていたものの、結局眠れないまま夜明けを迎えてしまった。

朝、いつもの時間にティルラが起こしにきた。一目で寝ていないのを看破《かんぱ》されたアンネゲルトは、軽く説教をされる。

「いついかなる時も、休める時には休みませんと。お体を壊してしまいますよ」

アンネゲルトの体を気遣っての言葉なので、反論する訳にはいかず、おとなしく聞き入れていた。

「それで？　結局、昨日の騒ぎは何だったの？」

朝食の席で、アンネゲルトは開口一番に尋ねる。明かりはまだしも、爆発音がするなんておかしい。大体、こちらの世界に爆破物なんてあるのだろうか。火薬があるという話も聞いた事はない。

聞かれたティルラは困惑していた。本当に何があったのだろうか。

「それについては……この後、詳しくご報告いたします」

いつも冷静なティルラにしては珍しい。アンネゲルトはそう思いながら、目の前に並ぶ朝食を食べ始めた。

船のメインダイニングで供される食事は、全て帝国風のものだ。食材を豊富に持ち込んでいるおかげか、メニューも多岐に渡っている。日本からもたらされたものの一つに、冷蔵冷凍技術があったはずだから、この船にも大型の冷蔵庫や冷凍庫が設置されているのだろう。

いつも通りのおいしい食事をいただき、食後のお茶も飲み終わった時、ティルラからようやく報告がくる。その内容は、アンネゲルトの想像を超えるものだった。

「昨晩の騒動の原因は、人でした」

「人？　船か何かで渡ってきたの？」

カールシュテイン島に船着き場は一つしかなく、この船からもよく見える。物見の兵士が常時立っているので、不審な船が入れば見逃す事はない。だが、他の場所からも上陸しようと思えば出来ない訳ではなかった。

ティルラは首を横に振る。

「いいえ。昨日今日入り込んだのではなく、どうやら大分長い事、離宮の屋根裏に住み着いていたようなんです」

つまり浮浪者という事だろうか。何にしても心霊現象でなくてよかったと、アンネゲルトは胸をなで下ろす。霊的なものはいないと言われても、やはり気にはなっていたのだ。

「浮浪者ではないようですが、もしかしたら、それよりも質《たち》が悪いかもしれません」

「どういう事？」

アンネゲルトが訝《いぶか》しみながら問うと、ティルラはそれには答えず、逆に質問してきた。

「スイーオネースでは魔導研究が禁じられている事は、ご存じですか？」

それは初耳だ。魔導後進国だとは聞いていたが、まさか研究が禁じられていたとは。

こちらに来る前に受けた授業でも、そんな話は聞いた覚えがない。

ちなみに帝国の近隣諸国の中には、魔導に関わる全てを禁じている国もあるという。

宗教上の問題らしいが、もったいない事だとアンネゲルトは常々思っていた。

「いいえ、聞いた事はないわ。……でも待って、魔導が禁じられているのなら、どうして今回の結婚が決まったのかしら」

　アンネゲルトがスイーオネースに嫁ぐ事により、帝国の魔導技術のいくつかがスイーオネースに渡される手はずになっている。だがそもそも魔導を禁じているのなら、技術導入も忌避《きひ》されるのではないだろうか。

「それが、正式に禁じられている訳ではないらしいです。ただ、スイーオネースは思っていた以上に教会の権力が強いようで……。昨晩捕らえた人物が言うには、街や村単位で魔導の排斥《はいせき》を行っているんだとか」

　スイーオネースの魔導技術が遅れている原因が教会にあるのなら、帝国との政略結婚は教会権力から脱する為の第一歩なのかもしれない。帝国からの技術導入によって、一気に魔導先進国に並ぼうという腹か。もっとも、最新技術はスイーオネースには渡されないはずなのだが。

　それにしても、今回の魔導技術導入に関して、教会の了承は得ているのだろうか。教会は人々の心のよりどころであり、王侯貴族より信頼されている事もあるという。いくら国王が魔導技術の導入を推し進めても、教会を敵に回しては、民衆の反発を招いてしまいかねない。

「どうなっているのかしらね。技術を導入すれば、人々の生活が楽になるのは確かだけど……。それでも教会がいい顔をしなかったら、一般の人達も国に反感を持つんじゃないかしら」

「国王陛下と教会との間でどのような話がされているかは、さすがにわかりません。でも、結婚式はちゃんと執《と》り行われたのですから、少なくとも教会の了承は得ているのでは？」

言われてみればそうだ。アンネゲルトとルードヴィグの結婚式を執《と》り行ったのは、他でもない教会の司祭なのである。

ただし、本来ならば教会のトップである司教が執《と》り行うべきところを、本人が教皇庁に行っていて留守だったので司祭が代役を務めたのだそうだ。

「それで？　離宮にいた人って、どんな人なの？」

話がすっかり逸れてしまったので、アンネゲルトは話題を元に戻す。

「……大聖堂の司祭によって王都から追放された、魔導研究家なんだそうです」

言いにくそうに告げたティルラの顔を、アンネゲルトは穴が空くほど見つめてしまった。

教会組織の上部にいる司祭から追放されたとなれば、王都はもちろん、スイーオネース国内では生きていけないだろう。

色々思うところはあるけれど、まずは本人に会ってみようではないか。話はそれからだ。

その人物とは、船の甲板で会う事になった。得体の知れない人物を船内に入れる訳にはいかないので、甲板で尋問するらしい。

アンネゲルト達が甲板へ向かうと、そこには人だかりが出来ていた。捕らえられた人物を、護衛艦の兵士達が取り囲んでいるようだ。その人垣をかき分けて、ティルラがアンネゲルトを誘導する。

「こちらです」

輪の中心には、一人の男性が座らされていた。ぼさぼさの髪に無精髭《ぶしょうひげ》。いかにも不衛生な場所にいましたと言わんばかりの薄汚れた服を着ていて、心なしか臭《にお》ってくる。

思わず腰が引けてしまったアンネゲルトだが、船の責任者である以上、逃げ出す訳にもいかない。どうしたものかと周囲を窺《うかが》うと、リリーが満面の笑みで進み出てきた。

「アンネゲルト様！　この人、私にください！」

その発言に驚いたのは、アンネゲルトだけではなかったようだ。周囲の兵士達も、捕らえられた当人も、驚愕の表情を浮かべている。

アンネゲルトは持っていた扇《おうぎ》で口元を覆い、リリーに尋ねた。

「くださいって……この人をもらって、どうするつもりなの？」

そう言いながら、彼女がスイーオネースに同行する条件の中に、襲撃者を払い下げるというものがあったのを思い出す。だが、今目の前にいる男性は襲撃者ではないので、条件に当てはまらない。

　ティルラから聞いた情報では、彼は魔導研究家だという。魔導に関する事ならリリーに任せるのが一番だろうが、彼をどう扱うつもりなのかは聞いておくべきだと思った。

　アンネゲルトの問いを受け、リリーはこれまたいい笑顔で力説する。

「もちろん、実験の助手として雇います！　昨晩の爆発、あれはこの人がやったそうですね。それだけの実力があるのなら、私の助手に相応《ふさわ》しいです！」

「ちょっと待て！　どうして私が貴様の助手なぞをせねばならんのだ!?」

　勝手に助手に指名された男性から文句が出た。どうやら本人の意思はまだ確認していなかったようだ。

　文句を言われたリリーは、きょとんとした表情で彼の方に向き直る。

「あら。だって私の研究は、一人でやるには少々面倒なんですもの。大丈夫。心配せずとも素地はきちんと叩き込みますし、今以上に術式を使いこなせるようにしますよ？」

「だから！　何故、私が貴様ごときの助手なぞせねばならんのだ!?　勝手に決めるな！」

「まあ」

　リリーと男のやりとりに、アンネゲルトは口を挟めなかった。見れば、周囲の人々も同様らしい。ティルラとエーレ団長は、額《ひたい》に手を当ててわずかに顔をしかめていた。

「私はスイーオネース国内でも一、二を争う研究者なのだぞ！　それが、どうしてこのような小娘の助手を引き受けると思うんだ!?」

――自分でそれ言っちゃうんだ。しかもこの国、魔導後進国なのに。

アンネゲルトだけでなく、この場にいる誰もがそう思った事だろう。ただ一人、リリーだけは頬を紅潮させて明らかに興奮していた。

「あなたも研究者なのですね！　専攻は？　私は魔導化学が専門ですけど、魔導物理学と魔導生物学もかじっているんです！　今は、主に力学を中心に研究を進めている最中ですわ！」

リリーの勢いに押され、男性は捕縛されたままのけぞっている。返答を迫るリリーに、彼はしどろもどろになりながらも答えた。

「ま、魔導化学を中心に、魔導に関わる学問全般を……」

「まあ！　本当ですか!?　このような北の国で、同じ道を志《こころざ》す方に出会えるなんて！　お父様やお祖父様がお聞きになったら、どれほど喜ばれるか！」

リリーは、同じ魔導研究者が見つかってますます興奮しているようだ。すっかり鼻息が荒くなっている。

「アンネゲルト様！　早速私の研究室に、彼を連れていきたいのですけど！」

「だから！　ちょっと待てと言っている！」

　この二人だけにしておくと、堂々巡りになりそうだ。困り果ったアンネゲルトは、ティルラの方を見る。その視線を受けて、アンネゲルトの傍らに立つティルラは、エーレ団長と何やら小声で話し始めた。

　その間も、リリーと男性はかみ合わない会話を続けている。

「これから一緒に、たくさん研究しましょうね！」

「……研究は一人ですると決めている」

「一人より二人の方が捗《はかど》りますよ？　それにほら、やっぱり助手は必要ですし」

「だから！　貴様の助手にはならんと言っただろうが！」

「そんな事言わずに、ね？」

「ね？　じゃない！　首を傾げてみせてもだめだ！」

　この二人、実は結構相性がいいのではないだろうか。アンネゲルトがそう思い始めた頃、ティルラとエーレ団長の間で結論が出たようだ。

「アンナ様、どうなさいますか？」

「どうって……あなた達の二人で結論を出した訳ではないの？」

小首を傾げるアンネゲルトに、ティルラは苦笑する。

「これはアンナ様がお決めになる事です。この者をどうなさりたいですか？」

「どうって言われても……」

それまで言い合いを続けていたリリーと男性が、同時にアンネゲルトの方を向いた。

「私にくださるんですよね!?」

「断る！　それくらいなら、そこのあんたに個人的に雇われた方がまだましだ！」

いきなり指名されて、アンネゲルトは二の句が継げなくなる。

この男性は、離宮への不法侵入という罪で捕らえられた。侵入していた場所が場所だけに極刑にもなりかねないというのに、彼には一切悪びれたところがない。

男性の言い分を聞き、リリーは不思議そうに彼を見る。

「えー？　それって結果は一緒ですよ？」

「違う！　全然違うぞ!!」

――いや、同じだろう。

またしても、その場の誰もが同じ事を思った。アンネゲルトの下で魔導研究をするのなら、リリーとの関係は切っても切れない。この男は、それを理解していないようだ。

「ティルラ」

アンネゲルトはティルラを側《そば》に呼び寄せ、扇《おうぎ》で口元を隠して耳打ちする。

「あの人を離宮で雇う事って、可能かしら？」

「一応、出来ますよ。その場合、離宮ではなくこの船の所属といたしますが」

そう答えたティルラに、アンネゲルトは視線で何故かと尋ねた。

「先程、彼は王都の司祭に追放されたと言いましたよね？　そのような人物を離宮に匿《かくま》えば、アンナ様のお立場が悪くなります。ですが、この船は帝国のものですから、スイーオネースからもその教会からも干渉されません。つまり彼は、帝国に亡命した形になります。あくまで形だけですが」

その形こそが大事なのだとティルラは続ける。半分は、縛られている男性に向けて話しているのだろう。彼も神妙な顔で聞いていた。

帝国では国法によって、教会の力が制限されている。教会だけで全てを決める事は出来ず、必ず管轄《かんかつ》の領主などに判断を仰がなくてはならないのだ。

さすがの教皇庁も、国法で定められた事柄にまでは口出し出来ない。まして、相手が縁の深いノルトマルク帝国となればなおさらだ。教皇庁を守る衛兵達は、全て帝国の兵士なのである。

「亡命した以上、彼は帝国の保護下に入ります。そうなれば、教会の司祭といえども手は出せません。下手に手出しすれば、国同士の問題に発展しかねませんから」

さすがの司祭でも、帝国に戦争を仕掛ける気はないはずだ。技術力の差を考えれば、スイーオネースが負けるのは目に見えている。

皇帝ライナーはどちらかと言えば今ある国を大事にする質《たち》で、積極的に領土を拡大しようとはしない。だからこそ、スイーオネースとも政略結婚という形で、お互いに持っているものを交換しようと提案したのだ。そうでなければ、とっくに戦争に持ち込み、北回りの航路を手に入れていただろう。

——問題は、教会の司祭がそれをわかっているか、って事よね。

教会も上層部になると宮廷同様、権力闘争が激しいと聞く。そんな中を生き残った目端《めはし》の利《き》く者らが、帝国に敵対しても勝ち目はないと周囲を説き伏せてくれればいいのだが。

「一ついいか？」

それまでおとなしく話を聞いていた男性が、おもむろに口を開いた。

「何です？」

「その場合、私はこの船から降りられない事になるのか？」

男性にとっては、そこが一番気になるらしい。亡命した形になる事自体は構わないのだろうか。亡命するという事は祖国を捨てるという事であり、彼に親兄弟がいた場合、裏切り者扱いされる可能性が高いというのに。

だが考えて見れば、彼は既に司祭によって追放された人物だ。親兄弟とも、とっくに縁を切っているのかもしれない。

聞かれたティルラは、何でもない事のように返した。

「いいえ。所属が帝国の船になるというだけです。そうでなければ、リリーも船から降りられない事になってしまいますよ」

リリーは、この国でも自身の魔導研究を続けたがっている。おそらくは、これから修繕《しゅうぜん》される離宮に研究室を作るつもりだろう。アンネゲルトもそれを邪魔する気はない。

「そうか……なら構わない。その提案を受け入れよう」

「では、これから一緒に研究が出来ますね！」

「前言撤回する。こいつとは別の研究施設を用意してもらう訳にはいかないだろうか？」

ぼさぼさの髪の奥から覗くうんざりしたような目が、アンネゲルトに訴えかけていた。

確かに、今のリリーの興奮ぶりには引いてしまう。だが――

「リリーは研究ばかりやっている訳ではないの。私の側仕えの仕事があるから、自由に使える時間しか研究に当てられないのよ。だから助手云々の話は置いておいても、彼女の研究を手伝ってあげてくれないかしら？　その代わり、研究に必要なものは出来る限り手配するわ」

実際、リリーが一日のうちどれだけの時間を研究に割《さ》けるのかは謎だ。まだ離宮での生活は始まっていないし、何よりこの国に来て四日しか経っていない。……その日数の割には、やけに濃い時間を過ごしている気もするが。

　思わず遠い目になりそうだったが、アンネゲルトは何とか踏みとどまった。

「こちらから提示出来る条件は以上です。受けるも受けないも、あなた次第ですよ。ちなみに受けない場合は、離宮の敷地内から出ていってもらいますけど」

　ティルラが最後通牒《さいごつうちょう》を突きつけると、男性は唸《うな》るような声で降参する。

「わかった。破格の条件なんだ、こちらがどうこう言える立場ではない」

　先程まで助手の話を嫌がっていたのに、と思ったが、そこはツッコまないでおこうとアンネゲルトは思った。

「さて。では、あなたの名前を聞いておきましょうか。この後の手続きにも必要ですからね」

「フィリップ・イェルケル・マールムストレームだ。以後よろしく」

　ティルラの問いを受け、フィリップはぶっきらぼうに自己紹介する。次いで、アンネゲルトも名乗った。

「私はアンネゲルト・リーゼロッテ。つい一昨日、王太子妃になったばかりなの」

「王太子妃!?」

フィリップは驚愕している。それもそうだろう。王太子妃がこんなところにいるというのはおかしな話だ。しかも、一昨日なったばかりなのだからなおさらである。

——一応、新婚って事になるんだよねー。形式的には、だけど。

思わず、あの王太子と新婚生活を送る自分を想像してしまい、アンネゲルトはげんなりした。想像の中でさえ、彼は不機嫌な顔をしていたのだ。

フィリップの方は驚きが収まると、今度は戸惑っているらしい。何やらぶつぶつと呟《つぶや》いている。

「先程、帝国という言葉が出ていたが、ではあんた……いや、妃殿下は……」

「帝国から、この国に嫁いでこられた方ですよ」

ティルラの言葉を聞いたフィリップは、何やらうめきながらうなだれた。何故だか耳が赤くなっている。おそらく顔も赤いのではないだろうか。

「ティルラ、彼はどうしたの？」

アンネゲルトがこっそり聞くと、ティルラは苦笑まじりに答えた。

「自分が喧嘩を売った相手が誰か、今頃理解したんじゃないですか?」

「どういう事?」

首を傾げるアンネゲルトに、ティルラは簡単に説明した。

帝国は近隣諸国の中でも魔導技術に長《た》けた国であり、その分、魔導研究も進んでいる。対して、ここは教会の力が強いせいで研究が遅れていたらしい。そんなスイーオネースでいくら研究者として一流だといっても、帝国の研究者と比べれば、数段レベルが低いという事になる。

「つまり、自分よりも優秀と思われる相手の助手を断ってしまった事を、恥じているのではないかと」

「……説明してくれたのはいいが、そういうのは、本人のいないところでやってくれ」

二人の会話は、フィリップ本人にしっかり聞かれていたらしい。「恥の上塗りだ」と呟《つぶや》く彼に、リリーが明るく声をかける。

「安心してください、フィリップさん! 誰しも失敗の一つや二つや三つや四つや五つや六つ、それ以上あったりするものです。大丈夫! 前を向いて歩いていきましょう!」

見事に斜め上の励まし方だった。フィリップは、あんぐりと口を開けている。フォローしようにもどうすればいいのか、アンネゲルトにはわからなかった。

結局、フィリップがリリーに降参する形で、その場は丸く収まった。果たして降参するべき場面なのかという疑問は残るが、ティルラから「場が収まれば、それでよろしいんじゃないんですか？」と言われたので、アンネゲルトもそう思う事にする。

「そうと決まれば部屋に案内しますから、その格好を何とかなさい」

ティルラに凄まれて、フィリップはたじたじになっていた。リリーに言い返していた時の強気な態度はどこへやら。もしかしたら彼は、ティルラのようなタイプが苦手のようだ。

フィリップは乗務員に引っ立てられるようにして、船内に連れていかれた。今頃、船の中を見て驚いているのではないだろうか。この船そのものが、帝国の魔導技術の塊なのだから。

「さて。では、本日はどうなさいますか？」

ティルラから聞かれて、アンネゲルトは少し思案した。ほんの少しだけ、この離宮を改造する事に興味を持ち始めていたのだ。そのきっかけが浮浪者まがいのフィリップだというのは、自分でもどうかと思うが。

帝国を知っているアンネゲルトにとって、魔導に携《たずさ》わる人達は、とても身近な存在だ。技術者や研究者が周囲の無理解が原因で能力を生かせないのは、国にとっても損失となる。それは、奈々とアルトゥルから教え込まれた考えでもあった。

この離宮を、フィリップのように能力を生かし切れていない人達の為に使えないだろうか。その為には建物をきちんと改造して、ここに来れば迫害を恐れず魔導に携《たずさ》わる事が出来るという事を、周知しなくてはならない。

「離宮の改造をしようと思うの」

アンネゲルトの発言を聞いて、ティルラはおや、という顔をした。

「帝国にお戻りになるのでは？」

確かにそう考えていたのだが、船さえあれば帰国はいつでも出来る。ならば、やりたい事、やれる事をやってからでも遅くないのではないか。

「撤回します。彼を見ていて思いついたの。私にも、この国で出来る事があるかもしれないわ」

そう言うと、アンネゲルトは甲板から見える離宮に目をやった。

五　離宮改造への第一歩

一口に改造と言っても、どこから手をつけていいのかさっぱりわからない。職人や技術者を集めるのも、アンネゲルト一人では到底無理である。

「こういう場合、誰に相談するべきかしら」

私室のソファに座って窓から離宮を眺めつつ、アンネゲルトはティルラにこぼした。まだスイーオネースに来て四日目だ。宮廷から早々に追い出されてしまった為、社交界にも出ておらず、知り合いを作る機会さえない。

「そうですねえ。そういった方面に詳しい方を、エーベルハルト伯爵から紹介していただいてはいかがでしょう」

その言葉で、アンネゲルトは先日の事を思い出した。エーベルハルト伯爵は、スイーオネースに来て三年が経つという。外交官という職務柄、社交界でも顔が広いだろうし、彼に助力を願うのが妥当だろう。

「伯爵と連絡はつくかしら？」

「お任せください」

そう言うと、ティルラは部屋を辞した。

アンネゲルト一人になった部屋の中は、ひどくがらんとした印象がある。家具はきちんと揃っているのに、人がいないというだけで、こうも広く感じるものなのか。

この部屋には主人であるアンネゲルトだけでなく、側仕えの三人もいる事が多い。たまにエーレ団長がご機嫌伺いにやってくる事もあるので、アンネゲルト一人になる事はそうなかった。

ほんの少し前までは、マンションの自室に一人でいる事が当たり前だったのに。帝国に滞在している時もアロイジア城の小間使い達は、アンネゲルトが呼ばない限り私室には立ち入らない。

アンネゲルトはソファから立ち上がり、窓辺に寄った。窓の向こうには、ヒュランダル離宮が静かに佇んでいる。

ちなみに海に面したこちら側は建物の裏に当たり、表玄関は反対側だ。

あの離宮をどうやって、どのように改造するのか。個人でこんな大きなものを造ったり改造したりした事など当然ないので、皆目《かいもく》見当もつかなかった。

「何しろ宮殿だもんねえ……日本じゃ、まずお目にかかれない建物なんだから、なおさらだわ。普通の家の建築にすら、関わった事がないのに」

その時ふと、思い至る。これは自分の家を建てると思えばいいんじゃないのかと。

「そうよ……私はあそこに住むんだから、私の家だと思えばいいのよね」

日本ではマンション暮らしだったアンネゲルトは、戸建てだったらどんな家がいいだろうかと、一時期ネットで色々調べた事がある。あのまま日本で就職し、結婚するつもりだったので、未来のマイホームを夢見ていたのだ。

あの時、家に欲しいと思った機能のあれこれを、離宮を改造する際に盛り込んではどうだろう。

改造するとなれば、かなり手を入れなくてはならない。そのついでに取り入れたい機能を、今から考えておけばいいではないか。

「そうと決まったら、今のうちから始めなきゃ」

三人寄れば文殊《もんじゅ》の知恵、という言葉がある。自分一人で考えるより、多くの人間から知恵を借りた方がいい。幸い今のアンネゲルトの周囲には、使用人や船の従業員が大勢いた。

帝国出身の彼らは、魔導技術の恩恵を受けている。それらをより便利に発展させるアイデアを出してくれるだろう。

リリーがアンネゲルトの私室を訪れたのは、その日の夕食後だった。彼女が見知らぬ男性を一人伴《ともな》っていたので、アンネゲルトは首を傾げる。

「……どなたかしら？」

セキュリティ万全の船内にいるという事は、不審者ではないはずだ。船の従業員という訳でもないし、兵士でもない。まったく心当たりがなかった。

リリーは軽く笑いながら、驚くべき事を口にする。

「嫌ですわ、アンネゲルト様。フィリップですよ」

「え!?」

そう叫んだ後、アンネゲルトはリリーの隣に立つ男性をしげしげと眺めた。これが、本当にあのフィリップなのだろうか。

ぼさぼさだった灰色の髪は綺麗になでつけられ、首の後ろで結ってある。無精髭《ぶしょうひげ》も綺麗に剃《そ》ってあり、清潔感のある服を身につけた彼は、そこそこの美男子だ。青灰色《せいかいしょく》の瞳が涼やかで、理知的な顔立ちの中でよく映える。

あの後、浴室に連れていかれた彼は、使い慣れないシャワーで四苦八苦しながら体を洗い、新品の服と靴をあてがわれたのだそうだ。いささかげんなりしているのは、気のせいではあるまい。

リリーの隣に立つ姿を見て、意外と背が高いのだなとアンネゲルトは気付く。もっとも、スイーオネースの人は平均身長が高いそうだから、これでも平均程度なのかもしれない。

「ほ、本当にフィリップなの？」

「そうですが？」

フィリップは、不機嫌そうに返事をした。

「……何か、気に障《さわ》る事を言ったかしら？」

本人かと疑うような事を言ったのが悪かったのだろうか。ここまで外見が変われば、アンネゲルトでなくとも本人かどうか確認したくなると思うのだが……

その疑問に本人ではなくリリーが答えてくれた。

「この部屋を訪れるまでに、多くの人から同じ事を言われたものですから、きっと拗《す》ねているんですわ」

「違う！　……まあ、あまりいい気分でないのは事実だが」

それは仕方ない事なのでは、とアンネゲルトは言いたかったが、フィリップの機嫌の悪さを見てやめておく。ここでさらにへそを曲げられては堪らない。

「これで、彼も船内を自由に歩く事が出来るでしょう。身なりを整えないうちは、出歩く事を禁じられていましたから」

「禁じられていたって、誰に？」

リリーの発言を聞き、アンネゲルトは思わず尋ねた。

「ティルラ様です」

確かに彼女なら言いそうだ。それに、フィリップにあのままの姿で船内を歩かれたら、色々と支障が出ただろう。……主に臭《にお》いに関して。

「さすがはティルラね、いい判断だわ」

「おそれ入ります」

返事がくるとは思わなかったので、驚いて声のした方を見る。そこには、ティルラ本人が立っていた。

「ティルラ。伯爵は何と？」

「建築に詳しい人物に心当たりがあるので、少しお待ちくださいとの事でした」

何でも、建築士の知り合いがいるらしい。その人物に連絡してみて、都合がつけば紹介してくれるそうだ。

伯爵の話では、少々性格に癖があるものの、腕は確かだという。建築に対するこだわりが強すぎて、施主《せしゅ》とよくトラブルを起こすのだそうだ。いわゆる職人気質というやつだろうか。

「……大丈夫かしら？」

「まずは実際に会ってみてから判断してはいかがでしょう。ああ、フィリップ、随分さっぱりしましたね」

ティルラの言葉に、アンネゲルトは思わず頷いてしまった。見れば、リリーも頷いている。当のフィリップだけは仏頂面《ぶっちょうづら》のままだった。

そんな彼を見て、アンネゲルトは心配そうに聞いてみる。

「まだ機嫌が直らないの？　そんなに不潔なままの方がよかったのかしら……」

「そうじゃない。ただ、こうも会う人間会う人間から同じような反応をされれば、うんざりもするだろう」

フィリップはアンネゲルトの身分を知っても、ぞんざいな口の利《き》き方を直そうとしない。アンネゲルト本人は気にしていないが、ティルラは軽く眉根を寄せていた。

「そんなの最初だけよ。その格好が普通になれば、誰も何も言わなくなるわ。という訳で、頑張ってその姿を維持してちょうだい。いいわね！　絶対よ！　でなかったら、船から叩き出してしまうわよ？　島からもよ？　わかったわね？」

アンネゲルトは力を込めて念押しする。間違っても、前の状態には戻ってほしくない。

「あ、ああ……」

アンネゲルトの様子に気圧《けお》されたらしいフィリップは、どもりながら了承した。

「さて、丁度ティルラもリリーもいる事だし、ちょっと話を聞いてほしいのだけど」

「何でしょう?」

「魔導に関する事でしたら、何なりと」

二人の言葉を聞いて、アンネゲルトは頷く。先程まで考えていたアイデアを形にするには、二人の力が不可欠だ。

「実は、離宮に関する事なんだけど……」

そう言って、アンネゲルトは掲示板のアイデアを説明した。

「誰でも書き込める……ですか?」

「ええ、そう。どんな無茶な意見でも、一つの意見として取り上げるつもりよ」

実現出来るか出来ないかは別にして、その意見から別のアイデアが生まれる可能性もある。その為にも、なるべく多くの意見が欲しかった。

視点が変われば、見えてくるものも変わる。様々な立場の者にとって、便利な離宮にしたい。それにはまず、意見を聞く事から始めるべきだろう。

「期限は設けますか?」

「そうね……とりあえず建築士が来るまでかしら？」

「それだと期間が短すぎると思いますよ。建築士が図面を引く直前まで募集してはどうでしょう？　あちらも、来てすぐ図面に取りかかる訳ではないでしょうし」

「そうね、それでいきましょう」

アンネゲルトとティルラの会話に、フィリップが横から口を挟んだ。

「一体、何の話をしているんだ？」

「あの離宮を改造するから、その為のアイデアを募集するの。こんな機能があるといいなとか、こうあってほしいとかの要望をね。そして出来れば、あの離宮をスイーオネースにおける魔導研究の中心地にしたいとも思っているわ」

そのアンネゲルトの言葉に、フィリップは目を剥《む》いた。驚いているのか怒っているのか、判別がつかない表情だ。

「フィリップ？　どうかしましたか？」

リリーの問いに、フィリップは首を横に振る。

「……そんな……そんなばかな事、出来る訳がない」

彼は見るからに困惑していた。研究者としてはアンネゲルトの言葉を支持したいが、この国の現状をよく知っているからこそ、無理だと言う他ないというところか。

そんな彼の背中を叩いたのは、リリーだった。

「フィリップ、そうも後ろ向きでは、出来るものも出来なくなりますよ。視線は常に前へ、です」

何とも前向きな発言である。前向きすぎて、それもどうなのだとは思うが。

「か、軽々しく言うな！　大体、あんた達はこの国の現状を知らないから――」

「フィリップ、あんたではありません。妃殿下もしくはアンネゲルト様とお呼びしなさい」

それまで微笑んでいたリリーが、一転して厳しい表情で告げた。その変貌ぶりには、さすがのフィリップも驚いたようで、おとなしく黙る。

彼だけでなく、アンネゲルトも驚いていた。彼女が抱くリリーのイメージは、美人だけど魔導研究のみ追い求める変人というものだ。それに、研究にしか興味がない家の出身と聞いていたので、それ以外には頓着しないと思っていた。

だが、そのイメージは間違っていたらしい。男爵家の娘として、マナーはしっかりと心得ているようだ。

「アンネゲルト様が特に何も仰《おっしゃ》らないので、言葉遣いまで改めろとは言いません。ですが、呼び方だけは直すように努力なさい。それはあなたの為でもあります。この船は帝国の船なのですよ」

そのリリーの言葉で、フィリップは気付いたらしい。

彼がアンネゲルトの身分を軽んじる態度を取れば、船内にいる帝国人の反感を買う事になる。下手をすれば、暴力沙汰に発展するかもしれない。

「……わかった、気を付ける」

「ぜひそうしてください」

この一件により、アンネゲルトの「怒らせると怖い人リスト」に、リリーも入る事になった。

◆◆◆◆

ヒュランダル離宮を初めて訪れたエンゲルブレクトは、ひどい有様の建物を見上げながら、王太子妃からの返事を待っていた。

この島に到着してすぐ、面会の申し込みをしてあるのだ。船には一歩も入れてもらえなかったが、きちんと王太子妃まで届いているのだろうか。

辺りを見回してみると、離宮の裏手には内海があり、表側には広い庭園がある。内海を背にして離宮の右側には深い森があり、今でもいい猟場だそうだ。

離宮はとても人が住める状態ではないので、王太子妃は帝国から乗ってきた船で過ごしているという。一国の王太子妃が狭い船室で暮らしているのかと思うと、同情を禁じ得ない。

しばらくすると、エンゲルブレクト達の待つ場所へと来る人影が見えた。後ろに兵士を二人引き連れてくるのは、王太子妃の侍女だ。オッタースシュタットで王太子妃と対面した際、その場にいたので覚えている。

向こうもエンゲルブレクトを覚えていたのか、一瞬、驚いていた。だが、すぐに愛想笑いを浮かべて、エンゲルブレクトにとっては残念な内容を告げる。

「出迎えの一団にいらっしゃいましたね、サムエルソン伯爵、お待たせいたしました。申し訳ありませんが、本日アンネゲルト様に面会していただく事は出来ません」

「理由を聞いても、よろしいか？」

「ご気分が優れないとの事です」

にっこりと微笑んで告げる侍女は、先程から身のこなしに隙《すき》がない。下手な事をすれば、こちらの方がばっさりとやられそうだ。

「なるほど。では妃殿下のご気分が優れるまで、待たせてもらおう」

そう言われるとは思っていなかったのか、侍女の顔に驚きが広がった。

「待つと言っても、どこでですか？　離宮はこの状態ですから、とても宿泊には向きませんよ？」

「心配には及ばん。我々は野営に慣れている故《ゆえ》」

つまり、ここで野宿すると宣言したのだ。最初からすんなり入れてもらえるとは思わなかったし、もし入れてもらえたところで王太子妃を護衛する為にずっと船内にいる訳にもいかない。宿泊施設がない以上、野営は避けて通れない道だ。

「……わかりました。では、なるべく船から離れた場所でお願いします」

溜息まじりに言われて、エンゲルブレクトは眉をひそめた。

「妃殿下は船内におられるのだろう？　護衛である我々が、その側《そば》を離れる訳にはいかんのだが」

「ご安心を。船の中にいれば安全です。それに、野営する武骨な兵士達の姿を、妃殿下のお目に入れる訳にはまいりません。森の方に狩猟用の館《やかた》がありますから、ご入り用でしたらお使いください」

きっぱりと言い切られて、エンゲルブレクトは反論出来ない。しかも有用な情報を与えると見せかけて、その実、離宮を挟んで船とは反対側にある森の方で野営をしろと言っている。確かに建物の陰になっていれば、野営の様子は船から見えないだろうが……

押し黙るエンゲルブレクトを見て、これ以上の会話は無用と判断したのか、侍女は踵《きびす》を返した。だが、途中で何かを思い出したらしく、立ち止まって振り返る。

「ああ、そうそう。念の為、あなた方の素性を王宮の方に照会いたしました。どうか、ご容赦くださいませ」

それだけ言うと、侍女は再び船の方へと戻っていった。

「なかなか手厳しい女性ですね」

エンゲルブレクトの後ろに控えていたヨーンが、ぽつりとこぼす。確かに手厳しいが、警戒するのはいい事だ。これが無防備に自分達を受け入れるような人物であったなら、エンゲルブレクトは説教する羽目になっただろう。

「だが、いい判断だ。こちらとしても、探られて痛い腹はないのだから、堂々としていればいい」

そう言うと、早速狩猟館の場所を確認すべく、森へと足を向ける。

その日のうちに、彼らは離宮の表玄関から程近い場所を野営地に決めた。元々人が住む用に作られた離宮なので、外には井戸があり、水の心配もいらない。

「この狩猟館の方も、ありがたく使わせてもらうとするか」

狩猟館は、そこそこの大きさを持つ建物だった。森には王家の人間が狩猟に訪れる事もある為、それなりの館《やかた》を建てたようだ。こちらは離宮と違って、つい最近まで使われていたらしく、中もそれほど荒れていない。

狩猟館の内部を見たヨーンは、頷きながら言う。

「これなら書類仕事をするにも問題なさそうですね」

「やれやれ。野営になれば書類からは逃れられると思っていたのに」

エンゲルブレクトが思わずこぼした愚痴《ぐち》に、ヨーン以下、配下の者達が笑った。

◆◆◆◆

アンネゲルトの私室からは、離宮がよく見える。その向こう側には狩猟館があるはずだが、何やら妙な人影がそちらに出入りするのが見えた。

「あれは何？」

そうティルラに問うと、彼女も近くに寄ってきて窓の外を見る。

「ああ、彼らは王宮から遣わされたとかいう護衛部隊です。護衛対象であるアンナ様の側《そば》を離れる訳にはいかないと、あちらで野営するそうですよ。離宮は人が住める状態ではありませんし、他に宿泊施設もございませんから」

確かに離宮の周辺には、人が住めるような建物は存在しない。だからといって、まさか野営をするとは。

「だったら、船の中に入れればいいのに」

この船の収容人数は、乗組員を除いて最大六千人超だ。今はアンネゲルトとその側仕え、小間使いと衛兵らが乗り込んでいるだけなので、部屋は余りまくっている。しかも設備が整っている為、ちょっとしたホテルのようなものだった。

そのアンネゲルトの提案に、ティルラはいい顔をしない。

「彼らが本当に王宮から遣わされたのかどうか、まだわかりません。船に入れるのは、慎重になった方がよろしいでしょう」

もっともな事を言われ、アンネゲルトはぐうの音《ね》も出なかった。聞けば、ティルラは既に彼らの身元を照会中だという。

「でも、本当に王宮から派遣されているとわかったら、乗せてもいいのではなくて？」

「それは、その時に判断いたしましょう。この船は魔導技術の塊ですから、彼らが魔導に耐性があるかを見極めてからでも遅くはありません」

時として魔導に拒否反応を起こす人間がいるのは、アンネゲルトも知っていた。彼らの常識ではあり得ない状況に、パニックを起こすらしい。

護衛部隊は軍人の集まりなのだし、普通の人間より精神的に強いのではないかと思われる。だが、屈強そうに見える人間ほど精神が脆《もろ》かったりする事は、日本での経験から知っていた。

――軍人とか、もしパニックになったら一番ヤバいタイプかもしれない……なまじ鍛えている人間に暴れられたら、抑えるのが大変そうだ。だが、だからといってテント生活を強《し》いるのもどうかと思う。

「じゃあ、彼らはそれまで、ずっとあのままなの？」

「どうでしょう。離宮の改造と同時に、彼ら用の建物も建てますか？」

「それ、完成するのはどれだけ先になるのよ……」

たまにならキャンプもいいだろうが、何日も続けるとなったら疲労が蓄積するのではないか。かといって、今すぐ船に収容するのは危険だというのもわかる。

アンネゲルトは少しでも早く彼らの身元が判明する事と、彼らに魔導に対する耐性がある事を祈った。

◆◆◆◆

初夏のスイーオネースには、雨はほとんど降らない。おかげで野営がしやすいと、護衛隊の誰もが口にしていた。

王太子妃の侍女がエンゲルブレクトの前に現れてから、今日で三日目になる。あれから何の進展もないまま、彼は無為《むい》に日を過ごしてしまった。

狩猟館はそこそこ大きな建物だが、さすがに護衛隊の全員を収容する事は出来ない。ひとまず本部と執務室を確保し、残った部屋を上級士官で分け合った。

エンゲルブレクトは執務室の窓から、離宮と、その向こうにある船を眺める。

身元を照会していると言っていたが、王宮からの返答はまだ届いていないのだろうか。それともあれはただの言い訳で、自分達を拒否し続けるつもりなのだろうか。

「まさか、護衛対象に拒絶されるとは思わなかったな」

エンゲルブレクトは、つい愚痴《ぐち》をこぼしてしまった。執務室には他に副官のヨーンしかおらず、気安い状況だからだろうか。

「舞踏会での事がありましたから、妃殿下がこの国を丸ごと嫌ったところで、不思議はないかと」

確かに、とエンゲルブレクトは思う。普通の貴族の娘ですら、相当に鼻っ柱が強いのだ。帝国の姫ともなれば、なおさらだろう。

遠く北の果てまで嫁いできたというのに、夫の王太子から結婚当日に別居を言い渡され、王宮を追い出されたのだ。怒るなと言う方がどうかしている。

「殿下は一体、何をお考えなのか……」

今回の結婚が政略結婚だというのは、誰もが知っていた。王族である以上、自由恋愛の末の結婚など、まず出来ない。結婚して世継ぎを儲《もう》けるのも、王族としての義務の一つと割り切るべきなのだ。少なくとも、エンゲルブレクトはそう思っている。

おそらく、主立った貴族達もそう考えている事だろう。国の中枢《ちゅうすう》にいる彼らが自分をどういう目で見るか、王太子は考えなかったのだろうか。

能力については問題ないと言われてきた王太子だが、ここに来てとんでもない粗《あら》が見え始めていた。まだ国王が健在な今、王位継承の話は出てきていないが、このままでは先が思いやられる。

「殿下は何も考えておられないのでは？」

聞きようによっては不敬罪にも問われかねない内容を、ヨーンは何食わぬ顔で口にした。この副官は、たまに驚くような発言をする事がある。

「そんな事、余所《よそ》では言うなよ」

「心得ております」

ほぼ無表情で一礼するヨーンを見て、エンゲルブレクトは溜息を吐《つ》いた。

おそらく、ヨーンの読みは当たっている。性格の問題かもしれないし、経験の少なさもあるかもしれないが、王太子は前から周囲に配慮しない傾向にある。

それが顕著《けんちょ》になったのは、例の男爵令嬢の件からだ。あの時は、誰が何を言っても聞き入れようとはしなかった。

彼は帝国の姫をないがしろにする事の意味を考えた事があるのだろうか。今のところ、当の王太子妃が怒って帝国に帰るような事態にはなっていないが、彼女がこの先も我慢し続けるという保証はない。それは、帝国にいる皇帝も同じだった。

先日の侍女の様子から察するに、王太子妃はこの国や宮廷に対して嫌悪感を抱いてはいないようだ。そうであったなら、自分達はもっと粗雑に扱われていただろう。主《あるじ》の感情は、下の者に伝播《でんぱ》するものだ。特に女性はその傾向が強い。

エンゲルブレクト達は王太子妃への目通りこそ叶わないものの、離宮の敷地内で野営する事を許されている。これも王太子妃が嫌がれば、すぐに追い出されるはずだ。

「とりあえずの目標は、妃殿下に面会させていただく事か」

随分低い目標だなと、エンゲルブレクトは自嘲するのだった。

◆◆◆◆

船には魔導を使った通信機能と共に、イントラネットのようなネットワークシステムが構築されている。メールやスケジュールなどをこのシステムを使って管理していた。掲示板はこのネット上に設置されたものと、船内の人の集まる場所に設置されたものがある。

どちらも、いくつかの要望が書き込まれているようだ。

アンネゲルトは私室にてそれらを写したメモに目を通していた。メモは手書きのものと、印刷されたものが混在している。

「えーと……『素敵な出会いの場を設けてほしい』？　設備の要望じゃないから却下。次は……『畑が欲しい』？　うーん、これも離宮の設備というよりは、庭園の設備だけど……」

無記名というのが功を奏したのか、書き込みは順調に増えていた。中には長文で投稿する猛者《もさ》もいるが、そうした要望は却下せざるを得ないものばかりだ。

「いかがです？　いい案はありましたか？」

「今のところ、この『畑が欲しい』っていう意見は採用したいと思うわ。敷地内なら、作ってもスイーオネースから文句は言われないわよね？」

「もういっその事、島を丸ごとくださいと陛下に言ってみてはいかがですか？」

「え……そこまではさすがに……」

ティルラといる時だけは、アンネゲルトは日本語を使う。ダメ元でティルラに頼んでみたところ、あっさりと許された。彼女曰《いわ》く——

『ただでさえ、アンナ様はストレスフルな環境にいらっしゃいますからね。日本語を使う事で、それが少しでも軽減されるなら、及ばずながら協力させていただきますよ』

との事だ。実は、あまりストレスは感じていないのだが、そんな事を言えば日本語を禁止されてしまうので、真実は伏せておいた。もっとも、ストレスは相当ひどくならないと、自覚出来ないものらしいが。

「庭園の一部を畑にするのは構いませんが、景観上の問題もありますし、あまり大きくは出来ないのではありませんか？」

「その辺りは、建築士の人にうまくやってもらうって事で」

まさに他力本願である。おかげで、ティルラには思いっきり呆れ顔をされてしまった。

「ところで、畑を希望しているのは誰か、わかっているんですか？」

「無記名だから確かじゃないけど、多分、総料理長じゃないかなー……」

船のメインダイニングを任されている総料理長は、船の中の全ての飲食業務を統括している人物でもある。彼も、リリーと同じような理由でスイーオネース行きを承諾《しょうだく》していた。

曰《いわ》く、『北の食材を試してみたい』のだとか。元は皇宮《こうぐう》の料理長だったというのだから、世の中わからないものだ。

こんな島に追いやられては、彼が望むような食材を手に入れられないのでは、とアンネゲルトは危惧《きぐ》していた。だが、その辺りはティルラとエーベルハルト伯爵が王宮に交渉してくれたらしい。おかげで新鮮な食材が毎回食卓に上《のぼ》るので、アンネゲルトにとっても嬉しい事だった。

「いや、驚きましたよ！　栓をひねれば水が出る！　厠《かわや》もポットでなく水で流せる！　おまけに風呂も毎日のように入れるときた！　こんなすごい技術が帝国にあるとは!!」

そう感激しているのは、フィリップだ。アンネゲルトの私室に呼び出されたリリーと揃って顔を出している。ちなみにフィリップはリリーの言葉を受け入れ、アンネゲルトに対しての言葉遣いを改めている最中だった。

彼はリリーの手伝いをしつつ、空いた時間を使って船内をくまなく探索しているのだという。そんなにこの船が気に入ったのかと思ったら、何と船に使われている魔導技術を全て調べたいのだそうだ。

「シャワーなら、この船に初めて乗った時にも使ったのでは？」

「あの時は、何が何やらよくわからない状態でしたから……」

どうやら、当時のフィリップは色々と混乱していたのだとか。あの後、給湯設備やシャワーなどを改めて見た彼は、感激して大声を上げてしまい、近くにいた乗務員から苦情を言われたらしい。

最近は主に厨房《ちゅうぼう》に入り込み、料理長に毎回叱り飛ばされているという。調理の邪魔だという事と、衛生管理の面から、関係者以外は立ち入り禁止が言い渡されたほどだ。

「あの厨房《ちゅうぼう》も、まったくもって素晴らしい！　これこそ私の理想です!!」

彼が言っているのは当然料理ではなく、調理器具の事である。薪《まき》を使う事なく煮たり焼いたり出来る器具から、フィリップには用途すらわからない器具まで、様々な魔導器具で埋め尽くされた厨房《ちゅうぼう》。そこは、彼にとってはまさに宝の山であるらしい。

最初のふてくされた態度もどこへやら、今では毎日を楽しく過ごしているようだ。

それもそうだろう。この船は動力源はもとより、ありとあらゆる面で魔導技術が活かされている。船を製造した造船所は、その技術の高さと質のよさに定評があった。

「気に入ってもらえてよかったわ」

まるで子供のようにはしゃぐフィリップを見て、アンネゲルトの口元が緩《ゆる》む。彼女だけではなく、ティルラとリリーも笑みを浮かべている。

「それで、リリーとはうまくやれているのかしら？」

「ああ……」

何故かフィリップのテンションが一気に下がった。それどころか、どんよりとした空気を背負い始めている。

「ど、どうしたの？」

「これほど人使いの荒い人間は、初めて見た……」

フィリップはそう言って、ぎろりとリリーを睨《にら》む。色々と溜め込んでいるものがあるようだ。

だが、リリーの方はどこ吹く風だった。

「まあ。それはあなたが使える人だとちゃんと認めているからですよ。使えない人には、最初から頼みませんもの」

「だから感謝しろとでも？　大体、一度にいくつの実験をこなせば気が済むんだ？」

「時間は有限なんですよ？　あれもこれもそれも、全部やりたいじゃないですか」

「それにしても、限度ってものがあるだろうが！」

ぎゃんぎゃんと吠えるフィリップと、軽くいなすリリーという構図が出来上がっている。やはり、いい組み合わせなのではないだろうか。

「まあまあ、二人ともその辺で。そうそう、掲示板の方には書き込んだかしら？」

放っておいたらヒートアップしそうな二人を制し、アンネゲルトは話題を変えた。今日彼らに来てもらったのも、その事について話す為なのだ。

アンネゲルトの問いに、フィリップが頷く。

「ええ、いくつかは。でも、他にもまだ――」

「私は書き込んでいませんわ！　直接アンネゲルト様にお話ししようと思いまして」

そう言うと、リリーはドレスのポケットから小型の端末機を取り出した。船内でのみ使える携帯端末だ。

「私の要望ですが、まずは地下に研究施設を造りたいと思います。それと、離宮にもこの船と同様に通信設備を整えましょう。それから――」

すらすらと出てくるリリーの要望に、アンネゲルトは待ったをかけた。この場で聞いただけでは覚えられそうにない。それに何より――

「地下って、離宮に地下室を造るって事よね？　そんな事出来るのかしら？」

既に建っている建物に、後づけで地下室など造れるのだろうか。アンネゲルトの疑問に、リリーは朗らかに答えた。

「技術的な問題でしたら、心配はいりません。護衛艦に同乗してきた工兵達がいますので」

「……工兵って、そんな事まで出来るの？」

工兵というのは戦闘支援を担当する兵科で、確かに土木作業なども行うが、それはあくまで作戦上のものである。そんな彼らを離宮の改造などに駆り出していいのだろうか。

「彼らの中には建築を学んでいる者も多く、土木建築全般から船舶《せんぱく》の修繕《しゅうぜん》まで手がけますよ」

それはアンネゲルトにとっては朗報だった。工兵の人数によっては、作業員を雇う手間が省ける。後でティルラから詳しい人員のデータをもらわなくては。

「要望としては聞いておくけれど、ちゃんと掲示板の方にも書き込んでちょうだいね。後で取りまとめて会議に使うから」

「ま、待って！」

何事も話し合いは大事だ。こちらで勝手に決めて、建築士に押しつける訳にはいかない。建築士を交えて話し合い、出来る事と出来ない事を見極めなくては。

「リリーの要望はわかったけれど、フィリップは何かないの？」

「俺ですか？　そうですね……暖房設備はしっかりつけてほしいという事くらいですか。掲示板にもそう書きましたよ」

「暖房？」

「ええ。ご存じかもしれませんが、この国の冬は、それはもう厳しいんです。毎年、貧しい家から凍死者が出ますからね。俺自身、あの離宮に住み着いたのは去年からですが、冬を越すのに苦労しました」

普段は屋根裏で過ごしていたフィリップも、さすがに冬だけはそこから下りて、暖炉に火を入れてしのいでいたそうだ。薪《まき》は森の倒木を使い、夜はその灰の中で暖を取ったという。

「どこのシンデレラ……」

「は？」

「いいえ、何でもないの」

アンネゲルトが思わず呟《つぶや》いた言葉は、フィリップの耳に入ってしまったらしい。それにしても、北の冬はアンネゲルトの想像以上に厳しいようだ。

日本にいた時は主に関東近辺で暮らしていたアンネゲルトにとって、北国の冬はテレビなどで見た事があるだけで、実感はまったくない。

――そういや、ウィンタースポーツもした事ないなあ。

今更ながら、スキーの一つも経験しておくんだったと思う。

それはともかく、今は離宮の話だ。

「暖房……暖房ね……地下室……」

アンネゲルトは、日本のテレビ番組から得た知識を思い出していた。地下の熱を冷暖房に利用するというものだ。

リリーの要望通り地下室を作るとなれば、地面を何メートルも掘る事になる。ならば、その地下の熱を利用するのはどうだろう。

それ以前に、今の離宮は窓が壊れていて、外気が入り放題だ。窓硝子《ガラス》を断熱性能の高いものにして気密性を上げるだけでも、大分違うのではないか。戸建てよりマンションの方が暖かいのも、気密性が高いからだと言われている。

「フィリップ、他にも要望があるのなら、掲示板に書き込んでおいてちょうだいね。先程も言ったけれど、全部まとめて会議にかけようと思っているの」

フィリップは首を傾げながらも了承した。おそらく、暖房と言えば暖炉くらいしか知らないのだろう。

冬は暖房が欠かせないが、北国の夏は空調がなくても涼しくて過ごしやすいという。だから、暖房にだけ注力すればいい。

「早く建築士に会いたいわね」

そして、早く離宮の改造計画を立てたいものだ。アンネゲルトの頭の中には、美しく生まれ変わった離宮の姿が浮かんでいた。


アンネゲルトは、日中はほとんど内部デッキで過ごしている。船の甲板ではなく、中にあるデッキだ。

広いデッキにはくつろげる椅子が用意されていて、ぐるりと一周するといいランニングコースになっている。

ジャグジーやプール、ワイヤーを使って滑空《かっくう》するジップラインなどが設《しつら》えられており、レジャーには事欠かない。アンネゲルトはその椅子の一つに腰掛けていた。

彼女の視線の先、離宮の表玄関から程近い森の入り口には、護衛隊の野営地がある。その少し奥には、彼らが臨時の執務室として使っている狩猟用の館《やかた》があるはずだ。

『例の方々は、本当に王宮から遣わされた護衛隊のようです』

そうティルラから報告を受けたのは、つい先日の事だった。何でも、彼らを派遣したのはスイーオネース国王だという。何故国王が？　と思ったが、逆に考えれば王太子がそんな事をする訳ないので、すんなり納得出来た。

「あれだけ私の事を嫌っていればねー」

政略結婚の相手である王太子に嫌われているのは、アンネゲルトにとってはありがたいのだが、国同士となるとそうはいかないらしい。スイーオネース駐在大使であるエーベルハルト伯爵は、連日会議で忙しいと聞いている。そのせいで建築士とも連絡が取れずにいるらしく、その事について謝罪の手紙をもらったばかりだった。

建築士が決まらなければ、改造の話も進められない。おかげで最近のアンネゲルトは掲示板を覗く事と、デッキでのんびりする事以外、何もしていなかった。

「アンナ様」

「ティルラ。どこへ行っていたの？」

用があると言って側《そば》を離れていた彼女が、いつの間にか戻ってきていたらしい。

「エーベルハルト伯爵と通信器を使って相談していました。どうやら建築士と連絡が取れたようで、近々面会の為、こちらに連れてきてくださるそうですよ」

「そう！　楽しみー」

待ちに待った建築士との面会だ。正確な日時はエーベルハルト伯爵が追って連絡してくれるというから、それまでは指折り数えて待っていよう。

ふと面会という言葉に、アンネゲルトの中で何かが引っかかった。そういえば、他にも面会すべき人がいなかっただろうか。

うーんと悩むアンネゲルトの視界の端に、例の野営地が入った。そうだ、彼らだ。

「ティルラ、そろそろ護衛隊の人達を、船に入れてもいいんじゃないかしら」

新しい人達が来れば、いい刺激になるのではないか。もちろん、アンネゲルトの退屈な日常への刺激という意味だ。

最初こそこの怠惰《たいだ》な生活を楽しんでいたが、最近はさすがに飽きがきている。それに、これ以上だらけて過ごすと、社会復帰が難しくなりそうだ。

「どうなさったんですか？　急に」

ティルラに怪訝《けげん》な顔をされ、アンネゲルトは慌てて言い訳する。

「べ、別に急じゃないわよ？　ほ、ほら、ちゃんと身元がわかったんだし。それに魔導に対する耐性の事だって、軍人なら精神も鍛えてるはずだから大丈夫よ、きっと」

無理に誤魔化《ごまか》したせいか、言い訳がたどたどしくなってしまった。

バレただろうかと思ってティルラの顔を窺《うかが》うと、彼女は何かを考えている様子だ。アンネゲルトは固唾《かたず》を呑んで返答を待つ。

「……船に入れるのはひとまず置いておいて、先に隊長のサムエルソン伯爵とお会いしてはどうでしょう？」

「伯爵？」

「ええ。オッタースシュタットでお会いした方《かた》ですよ」

ティルラに言われて、アンネゲルトは領主館で会った迎えの一団を思い出した。と言っても、あの時はレースのベールをかぶっていたので視界が悪く、顔はよく見えなかったのだが。

不意に、あの港街で酔っ払いから助けてくれた人物を思い出す。深みのあるいい声をしていて、身のこなしも軽やかだった。

来ていた服も上等なものだったので、どこかの船主か、遊興で来ていた貴族かもしれない。オッタースシュタットは帝国内でも有名な観光地だから、その可能性は高かった。いや、剣を佩《は》いていたという事は、貴族に仕える騎士だろうか。そう考えた方がしっくりくる。彼が鍛えられた体をしていた事にも納得がいくというものだ。

それにしても、ただの通りすがりの人を、こんなに鮮やかに覚えているなんて。確かに格好いい男性ではあったが……

「アンナ様？　聞いていらっしゃいますか？」

そのティルラの声で、アンネゲルトははっと我に返る。

そうだった。今は彼女と護衛隊の話をしていたのだった。

「ご、ごめんなさい……」

素直に謝ると、まったく仕方がない、とでも言いたそうな顔をされてしまう。

「まずは彼を船に入れて、反応を見るのはどうでしょう？　そうすれば、他の者達がどのような反応を示すか予測もつくでしょうし」

なるほど、まずはサンプルを使って実験してみようという訳か。彼の反応に問題がなければ、そのまま全員収容すればいい。問題があった場合は、申し訳ないがしばらくはこのままにする。

「そうね、それでいきましょう」

日常の変化に向けて、一歩進んだ形だ。上機嫌のアンネゲルトに、ティルラは笑顔のまま告げた。

「そうと決まれば、船内でも今のような格好は慎《つつし》んでいただきますよ。今のお召し物は、こちらの世界では女性の下着に相当します」

今のアンネゲルトはTシャツにデニムパンツ、それにデッキシューズという、至ってシンプルな格好だ。日本でならどうという事はないのだが、こちらの女性なら人前では決してしない格好だった。

ましてや貴婦人ともなれば、日中からドレスを着るのが当然である。体を締めつけるコルセットが嫌いなアンネゲルトは、顔色を悪くした。

「……どうしてもだめ？　せめて私室とその周辺だけでも、楽な格好でいたいのよ」

「だめです。どうしてもと仰《おっしゃ》るなら、社交界でそのような軽装を流行させる以外に、手はないですよ」

アンネゲルトは社交界どころか、王宮からも追い出された身だ。そんな自分が、社交界で新しい流行など作り出せるとは思えない。

厳しい現実を突きつけられたアンネゲルトは、がっくりとうなだれる。

「明日からは、日々の装《よそお》いに注意なさってください。私はこれから護衛隊のところに行って、面会の段取りをつけてきます」

にこやかに言うと、ティルラはその場を離れた。

護衛隊の隊長と会うのは、四日後に決まった。こちらは暇なのだからすぐでも構わないと、アンネゲルトは言ったのだが――

「相手の都合も考えませんと」

そのティルラの言葉で、アンネゲルトは察した。どうやら忙しいのはあちららしい。

逆に考えれば、あと四日我慢すれば日常に変化が訪れるのだ。アンネゲルトはそう考えて、残りの日々をのんびり過ごす事にする。

だが、変化はその前に訪れた。

◆◆◆◆

エーベルハルト伯爵は建築士と共に、船のラウンジでアンネゲルトを待っていた。やっと都合がついたので、建築士の気が変わらないうちに紹介しようと焦った結果、ろくに約束も取りつけずに押しかけてしまったのだ。おかげで、アンネゲルトはまだ支度の最中だという。

伯爵の方は椅子にゆったりと腰掛けてくつろいでいるが、建築士の方は興味深そうにあちらこちらを眺めている。

「本当にあるんだな、こんな船」

吹き抜けの天井を見上げながら、建築士は呟《つぶや》いた。

何しろ建築士にとっては、今まで見た事のない様式の船だ。それ以前に、このような大きな船を作る事が出来るとは誰も思わないだろう。船というよりは巨大建造物である。しかも、外観は普通の帆船《はんせん》なのに、内部には信じられないくらい広大な空間が存在していた。帝国の魔導技術の事は伯爵から事前に説明していたが、まさかこれほどのものとは思っていなかったのだろう。

興味深そうに辺りを見回す建築士に、伯爵は小さく笑いながら声をかける。

「これは帝国が総力を挙げて造った船だからね。皇帝陛下の、姫君に対する心遣いが感じられるよ」

「ふうん……」

実際にはそれだけでなく、スイーオネースに帝国の力を見せつける目的もあるのだが、今のところその機会には恵まれていない。アンネゲルトの王宮における立場がもう少し確立されてからでないと、危険すぎて誰も招く事が出来ないのだ。

そんな伯爵の内心には気付かず、建築士の方は飽きずに眺め回している。余程船の内装が気になるのだろう。それらは全て日本経由で向こうの世界から持ち込まれたものだ。

建築士の表情を窺《うかが》って、伯爵は笑みを深くした。この人物は変わり者ではあるが、一度興味が向けば、その力を惜しみなく発揮する。そんな性格を知っていればこそ、ティルラに無理を言って船内に入れてもらったのだ。

それにしても、と伯爵も辺りを見回す。皇帝の御座船《ござぶね》は内覧した事があるが、この船はそれを上回る出来ではないだろうか。

この船が製作されたのは、皇帝の御座船《ござぶね》より後だ。その間により進歩した技術が導入されていてもおかしくはない。総力を挙げて作ったというのは本当だろう。

皇帝から姪への心づくしであるというのも、おそらく本当の事である。決して帝国の威信を知らしめる為だけではないのだ。現に、今アンネゲルトが不自由なく生活出来ているのも、この船のおかげと言える。

——皇帝陛下も、まさかこんな事になるとは思っていなかっただろうけどね。

どこの国に、他国からもらった妃を結婚直後から、住めもしない離宮に追いやる王族がいるというのか。あの一件だけで、王太子ルードヴィグは国内外で自身の評価をすっかり落とした。彼自身はその事に気付いているのか、いないのか。

あの結婚式の夜、帝国に事の顛末《てんまつ》を報告してからというもの、伯爵はスイーオネースの王侯貴族と連日のように話し合いの場を持った。それも全て、あの夜の王太子の発言故《ゆえ》である。

話し合いを持った相手が全員、帝国との同盟を望んでいる訳ではない。中にはあからさまに『この結婚は失敗だったのだ』と発言した人物もいた。

だが、既に国同士が承認している結婚を、つぶす訳にはいかない。万が一つぶれた場合、その先にあるのは二国間の戦争だろう。

いや、それで済めばまだいい方だ。確実にくちばしを突っ込んでくる国が現れる。そうなれば、周辺諸国を巻き込んでの大戦になりかねない。

それはスイーオネース側も帝国側も望まない結果だ。だからといって、アンネゲルト一人を犠牲に捧《ささ》げるつもりは毛頭ない。とりあえず、王太子には痛い目を見てもらおうと画策中である。

――帝国《うち》の姫様を侮辱《ぶじょく》したんだ。それ相応の罰は受けてもらわなくてはな。

伯爵は密かに黒い笑みを浮かべた。諸外国の要人相手に渡り歩く大使は、ただのお人好しでは務まらない。

「伯爵、黒いものが滲《にじ》み出ているよ」

「お？　そうかね？　すまんすまん」

この建築士は妙なところで敏感だ。だが、伯爵の裏の顔を知っても変わらず接してくる人間のうちの一人でもある。相手の身分にかかわらず、言いたい事をずけずけと言うその性格も、伯爵は気に入っていた。

「それにしても、妃殿下は遅いな」

「我々が早く来すぎたんだよ。そもそも約束していなかったしね」

ただでさえ、貴婦人の支度というのは時間がかかるものなのだ。自身の妻がそうなので、伯爵はそれを嫌というほど知っている。

だが、建築士の方は違うようだ。

「そうか？　我々がここに着いてから、もう大分経っているぞ？」

「普通、女性の支度には時間がかかるものなのだよ」

「そうか？」

建築士はまだ納得がいかないのか、しきりに首を傾げている。

この建築士を見たアンネゲルトがどんな反応を示すか、伯爵は楽しみだった。彼女を驚かせたくて、わざと詳細を伏せておいたのだ。その為なら、どれだけ待たされようと一向に構わない。

彼もまた、ティルラやエーレ団長と同じ悪戯《いたずら》好きな一面を持っている。

「ああ、いらしたようだ」

そう言う伯爵の視線の先では、エレベーターが上階から下りてくるところだった。外側に透過性の高い素材を使っている為、箱が上下する様子が見えるようになっている。

「あれは何だ？」

「建物の上下を簡単に行き来出来る装置だ。この船の階層は二十をゆうに超えるからね」

伯爵の説明を聞いて、建築士はエレベーターを凝視した。

「なるほど……縦移動はあれで出来るという事か。では、横移動は？」

「それは歩くんだよ」

「そうなのか……」

以前、公爵夫人である奈々から聞いた「動く歩道」とやらの事は口にしないでおく。伯爵自身、本物を見た訳ではないので、説明のしようがないのだ。

――姫様なら説明出来るのか？

もしそうならアンネゲルトに丸投げするのもいいか、と心の中で呟《つぶや》く伯爵だった。

◆◆◆◆

伯爵と建築士がいるというラウンジまで、アンネゲルトはティルラと共に下りていく。

アンネゲルトの私室は船内でも特に上部のエリアに存在する。見晴らしのいいバルコニーがついた、一番広くて豪華な部屋だ。

やがてラウンジに到着したアンネゲルト達の目に入ったのは、伯爵と、その向かいに座る小柄な人物だった。

「閣下、お待たせしました」

ティルラの声に、伯爵と小柄な人物が立ち上がる。本来なら二人の方からアンネゲルトのもとへ行くのが筋なのだが、今回はアンネゲルト本人がラウンジへ赴《おもむ》く事を希望したのだった。

「ようこそ、伯爵」

「またのご無沙汰でございます、姫様」

言うほどでないのは、双方が承知している。これはあくまで社交辞令の一つだった。

「お姉様はお元気かしら？」

「ええ。毎日元気にあちらの茶会、こちらの夜会と出歩いていますよ」

スイーオネース駐在大使の妻という立場は、社交的でなくては務まらない。その点、クロジンデは満点と言えるだろう。

「それで、あの、伯爵？」

「はい」

「ご紹介いただける建築士の方というのは……」

アンネゲルトの視線は、伯爵の向かいに立つ小柄な人物に注がれていた。それを見て、伯爵は満面の笑みを浮かべる。

「ええ。こちらの彼女、イェシカ・イェルド・フェルディーンがそうです」

そう言って彼は、男装の女性建築士を紹介した。アンネゲルトとティルラは、建築士が女性だったと知って目を丸くする。

「……女性だったのですね」

「女では不都合だとでも?」

ティルラの呟《つぶや》きを聞いて、イェシカが眉尻を上げる。女性というだけで、これまでいわれのない誹謗中傷《ひぼうちゅうしょう》を受け続けてきたのだろうか。

帝国でも女性の社会進出が実現したのは、ここ最近の話である。余所《よそ》の国ならば、さらに遅れていてもおかしくはない。だからこそ二人は驚いたのだ。

噛みついたイェシカとは対照的に、アンネゲルトはにこやかに対応した。

「いいえ、かえって好都合よ。あの離宮には私が住むんですもの。女性の建築士に、女性の視点で手を加えてもらえるのなら、これ以上の事はないと思うの」

これにはイェシカも目を丸くしている。

「女性の、視点？」

「ええ、そう。男性では気付かない事にも、女性なら気付く事が出来るでしょう？　そういう面を生かして離宮の改造をしてほしいの」

アンネゲルトは知らないが、この一言に、イェシカは頭をぶん殴られたくらいの衝撃を受けていた。彼女は女でありながら、女性の視点という考え方を一切してこなかったのだ。

建築士の世界は男社会である。そこに女の身で入るだけでも肩身が狭いのに、まだ若いイェシカは人一倍早く独立した為、周囲からはねたみそねみの目が向けられた。

女の嫉妬もきついものがあるが、男のそれはさらに陰惨だったりする。平気でイェシカの足を引っ張ったり、仕事の邪魔をしたりしてきたのだ。中には『体で仕事を取ったんだろう』と面と向かって言ってきた者もいた。

だからこそ、イェシカは女である事を消し去る努力を続けている。仕事中だけでなく普段から男装をしているのも、その一環だ。ただ、これは現場でスカート姿だと危険だからという事情もある。

それなのに、目の前にいる姫君は、むしろ女である事を武器にしろと言っているのだ。男にはない、女性ならではの視線。それを生かした改造をしてほしいと、そう言っている。

一体、今まで自分は何をこだわっていたのだろう。男だから女だからという事に一番縛られていたのは、イェシカ自身だったのではないだろうか。

「どうかしら？　離宮の改造、引き受けてもらえるかしら？」

「ぜひ引き受けさせてほしい！　いや、だめだと言われても勝手に改造させてもらうぞ!!」

アンネゲルトの問いに、イェシカは食い気味に答えた。頬を紅潮させて言い放つイェシカの気迫に、アンネゲルトもティルラも呑まれてしまう。

「そ、そう。ではよろしくね」

何が彼女のやる気に火をつけたのか、アンネゲルトにはさっぱりわからなかった。


正式契約を結ぶ為、ティルラとイェシカは詰めの協議に入っていた。それを横目で見ながら、アンネゲルトは伯爵と歓談している。

「王太子の件ですが」

「王太子？」

今度は何をやらかしたのだろうと、アンネゲルトは身構える。あの舞踏会以来、彼の顔は一度も見ていない。あれからまだ一月《ひとつき》経つか経たないかといったところだが、記憶の中の顔はおぼろげになっている。

「近々、陛下から処罰が下されるようです。決定までに大分時間がかかりましたねえ。愛人の男爵令嬢はとっくに王宮の部屋を取り上げられ、退去させられていたそうですよ。そちらの動きは早かったんですが……」

身分の低い人間が相手ならば、簡単に処罰が決められるとは。伯爵の言葉には、王国の上層部に対するそんな皮肉が込められていた。

愛人もいい迷惑だろう。もっと早い段階――せめてアンネゲルトがこの国に到着する前に王太子が愛人を王宮から出し、王都に館《やかた》でも用意してやっていれば、こんな騒ぎにはならなかっただろうに。

とはいえ、アンネゲルトは王太子の愛人に対して、何の感情も抱いていない。会った事もないのだから、当然の事だった。

そして王太子の方は、きっと今も不機嫌なままなのだろう。

「お気の毒に」

口ではそう言ったものの、声には関心のなさが滲《にじ》み出ている。実際、アンネゲルトにはどうでもよかった。

伯爵は、にやりと人の悪い笑みを浮かべる。

「帝国の姫を侮辱《ぶじょく》したのですから、当然の報《むく》いですよ。別居するにしても、もう少しやり方というものがあるでしょう。いや、別に別居を推奨《すいしょう》している訳ではありませんが」

最後の一言は、とってつけたような感じだった。伯爵も、今回の結婚の裏事情を皇帝から聞いているのだろう。

あの夜、王太子がアンネゲルトの話を聞いて協力してくれていれば、今回の処罰はなかったかもしれない。アンネゲルトとしても、話し合った結果としての別居ならば、喜んでここへ来ただろう。

――まあ、ここへは別に嫌々来た訳じゃないけどね。

嫌々来たのはこの国であって、離宮ではない。やってみたい事が出来た以上、それを途中で放り出したくはなかった。

エーベルハルト伯爵達を見送ると、アンネゲルトは私室に戻った。小間使い達を下がらせて、そのまま寝台に倒れ込む。

何だかおかしな事になってきた。半年が過ぎたらとっとと婚姻無効の申請をして、帝国に帰るつもりだったのに。離宮の改造などを始めたら、とてもじゃないが半年で帰るのは無理だろう。

でも、それでもいいかと思っている自分がいた。実際に来てみたら、想像していたよりは楽に過ごせそうだからだろうか。

無論、それは王宮を出て、この船で生活しているという事が大きかった。あのまま王宮に残って生活していたら、息苦しくて半年ももたなかったかもしれない。

やり方についてはもの申したいが、離宮に追いやってくれた事に関しては、王太子に感謝したいくらいだった。この島に来たおかげで、当面の目標が出来たのだ。離宮の改造は、本腰を入れたら面白そうである。

日本に帰っても、仕事を探すところから始めなくてはならないせいか、以前のようにどうしても帰りたいとまでは思えない。

——正直面倒だし、何より怖いしなあ……

試験を受けるのも、面接を受けるのも、不採用になるのも怖かった。就活で散々不採用を食らった事による心の傷は、まだ癒《い》えていない。やり方が悪かったのだと今ならわかるが、だからといってすぐに改善出来るのかと聞かれれば、首を傾げてしまう。

だったらしばらくは、この国で面白そうな事をして過ごしてもいいのではないか。現実逃避の一種なのかもしれないが、今は離宮の改造が自分に与えられた「仕事」だと思い、全力で取り組みたいと思っている。

「考えてみたら、王太子妃も職業の一つなんだし、無職よりはましじゃないかなー？」

日本でしばらく無職生活をするか、この国で王太子妃をやるか。二択で考えた場合、後者を選ぶ方がまだましに思えた。

幸いスイーオネースからも帝国からも、「不採用」は食らっていない。少なくとも「解雇」を言い渡されるまでは居座ってもいいのではないか。

それに、フィリップに言った件もある。彼のように、この国で迫害を受けている研究者や魔導士が他にもいるだろう。彼らが安心して生活出来るよう、後援する為の体制を整えるのだ。それこそ、自分にしか出来ない事かもしれない。

そう考えるアンネゲルトの脳内には、既にあれこれとアイデアが浮かんでいた。

六　カールシュテイン島襲撃事件

護衛隊隊長との面会を翌日に控えたその日の午後、アンネゲルトはひょんな事から船を下りる事になった。

きっかけは「改造が始まる前に、離宮を見に行きたい」という、フィリップの言葉だ。不法侵入だったとはいえ、彼にとっては数ヶ月を過ごした建物なので、それなりに愛着があるらしい。今の離宮の姿を、記憶に焼きつけておきたいそうだ。

「それなら、記憶だけでなく記録もしておけばよろしいのでは？」

そう提案したのはリリーだった。彼女は写真とビデオに記録する事を勧め、それにフィリップが乗った形だ。それらの仕組みにも強い興味を示した彼だが、リリーの説明が長引くのを察した途端、話を途中で断ち切って船を下りる準備をしに行ってしまった。本当に、いい組み合わせの二人だとアンネゲルトは思う。

そんな二人を見ていて、アンネゲルトも船を下りてみようと思いついた。幸い……と言っていいのかどうかわからないが、ティルラはエーベルハルト伯爵に呼び出されていて留守なのだ。

ティルラがいれば、決して下船は叶わない。だが彼女が不在の今、下船許可を出すのはエーレ団長だ。彼なら交渉次第で何とかなるのではないだろうか。

早速、アンネゲルトは団長のもとへ向かった。

「将軍！　下船したいのだけど、許可をもらえないかしら？」

「姫……ティルラはいいと言ったのですかな？」

アンネゲルトは一瞬、言葉に詰まる。それだけで、ティルラの許可は得ていない事がバレてしまったようだ。

「それなら許可は出せ――」

「え、衛兵をつけてもらうわ！　それに……ほら！　ザンドラも一緒に下りるから！」

勝手に決めてしまったが、元々ザンドラはアンネゲルトの側仕えとして、この国に来ている。だから同行させても問題はないはずだと、アンネゲルトは自分に言い聞かせた。

ザンドラの名前を出した途端、エーレ団長の表情が苦笑いから真剣なものに変わる。

「ザンドラも？」

「え、ええ。そうなのよ」

今、本人が船内のどこにいるかは知らないが、呼び出せばすぐに来てくれるだろう。

オッタースシュタットで外出した時も、ザンドラを連れていくようティルラに言われた。今回はあの時より危険度が低いはずだから、衛兵とザンドラがいれば十分と思われる。しばらく考え込んでいた団長は、結局、その条件で下船を許可してくれた。すぐにザンドラが呼び出され、さらに団長の選んだ兵士が衛兵としてつく事になった。

待機していた部屋からいきなり連れ出されたザンドラは、相変わらず眠そうだ。だがオッタースシュタットでは、この状態からいきなり機敏な動きを見せたのを、アンネゲルトは目《ま》の当たりにしている。

「何かあったら、すぐに笛で報《しら》せてください。お迎えに上がります」

アンネゲルト達が下船している間は、船の監視体制も強化される事になった。とはいえ、島全体を監視できる訳ではないので、船からあまり離れないようにと注意を受ける。他にも団長から告げられたいくつかの諸注意を頭に叩き込んで、ようやく船から下りる事が出来た。

「あー、地に足がつくっていいわねー」

アンネゲルトが思わずもらした言葉は日本語だったので、リリーもフィリップも護衛としてついてきた兵士達も、何を言ったのかはわからないらしい。

「妃殿下は何と仰《おつしや》ったんだ？」

フィリップは隣にいるリリーに小声で尋ねたが、聞かれたリリーも首を横に振るだけだった。

ちなみに今のアンネゲルトの装《よそお》いは、キャミソールの上に七分袖のパーカーを羽織《はお》り、下はスキニーパンツというものだ。足下はバレエシューズ、髪は軽くねじってヘアクリップで留めている。外に出るのだから動きやすい格好をしようと思ったのだ。

日本から持ち込んだ私物が役に立った。船内でもこういう格好をしている為、着替えの際にいちいち人を呼ばずに済む。もっとも、アンネゲルトの持ち込んだ帝国製のドレスは、どれも一人で着られるように工夫されているのだが。

リリーもフィリップも護衛の兵士達も、船の中でのアンネゲルトの格好を見慣れている。だから、この服装でもおかしいとは言われなかった。

一行は離宮へと足を向ける。その姿を、木々の間から覗く目がある事も知らずに。

◆◆◆◆

エンゲルブレクトは本日、非番であった。休みといってもどこかへ出かける訳でなし、暇をもてあましている。

部下の中には、船で王都に遊びに行く者も少なくない。だが、そこまでして出かける気にもならないし、いつ不測の事態が起こるとも限らなかった。常に対処出来るよう、島にいなければならない。

本当なら今日の休みも、執務室で書類整理に当てようと思っていたのだが、ヨーンに仕事を取り上げられてしまった。

「いい天気なんですから、少しは外で体を動かしたらどうですか？」

普段は無駄口を利《き》かない部下だが、たまに口を開くと耳に痛い正論を吐いてくる。確かに、このところエンゲルブレクトは座り仕事ばかりで、体がなまっているのは事実だった。

「……そうするとしよう。いざという時、さびついて動かなかったら事だからな」

普段から訓練はきちんと行っているので実際は心配いらないが、この機会に離宮周辺をくまなく見ておこう。いい散歩にもなる。

離宮の敷地は広大だ。建物自体は王宮に比べれば小さいが、庭園部分は王宮のそれに勝るとも劣らない面積を誇っていた。

この離宮は、元々狩猟用に建てられたと聞いている。その後、建て増しを行って現在の形となり、新たに狩猟用の館《やかた》が別館として建てられたという。

数代前の国王の御代に広まった噂《うわさ》が元で閉鎖された離宮は、今ではすっかり荒れ果てていた。森の方はその後も狩猟に使われていたらしく、最近まで森番がいて管理がなされていたそうだ。そのおかげか、森も狩猟用の館《やかた》もあまり荒れてはいない。

王太子妃も、滞在するのならあの館《やかた》にすればよかったのにとエンゲルブレクトは思う。狭い船室よりは、余程快適に過ごせるだろうに。もっとも、帝国の姫ともなると、狩猟用の館《やかた》などでは暮らせないのかもしれないが。

何にせよ、エンゲルブレクトが意見すべき事ではない。彼の役目は、王太子妃を守る事なのだ。

エンゲルブレクトは庭園へ向かって歩き始めた。

狩猟用の館《やかた》は、森と庭園の境《さかい》にある。そこから離宮の表玄関までは、歩いても一時間はかからない距離だった。

往時《おうじ》の姿は見る影もないが、玄関前の庭には、華やかなりし頃の面影が見て取れる。石畳が敷かれ、花壇が造られ、噴水や人工池まである。どれも荒れ果ててはいるが、だからこそ妙な風情があった。エンゲルブレクトは、この庭が嫌いではない。

夏とはいえ、北国であるスイーオネースの気温は低めだ。それでも天気のいい日であれば、うっすらと汗をかくくらいには気温が上がる。

　本日は非番という事で、エンゲルブレクトの服装は大分砕けたものだ。シャツにズボン、それに薄い上着を一枚羽織《はお》っただけで歩いている。いくら非番といえど、紳士としての身だしなみを忘れる訳にもいかなかった。

　時折吹いてくる風に、長めの前髪が揺れる。普段ならば後ろになでつけているのだが、今日はそのまま下ろしていた。

　母から受け継いだ黒髪は、東の血が入っている証拠でもある。スイーオネースは北回りの航路を使って、古くから遠く東の国々と交易していた。その為、本来濃い色を持たないスイーオネース人の中にも、エンゲルブレクトのような黒髪の者や、濃い茶色の髪をした者が稀《まれ》にいる。

　数が少ないという事は、虐《しいた》げられる要因になりやすい。さすがに軍に入る頃にはなくなったが、少年時代は口にするのも憚《はばか》られるような目に遭わされた事もあった。

　そのせいもあって、エンゲルブレクトは幼い頃から上昇志向が強い。軍人を志《こころざ》したのも、出世への一番の近道だと思ったからだ。

　王太子妃護衛の任は、その一環に過ぎない。期限は決められていないが、この任務を機にさらに上へと行く。必ず。

　庭園の奥には、生け垣を使った迷路があった。これは周辺諸国で一時期流行《はや》った庭園様式だ。手入れされていないせいで、もはや迷路の体をなしていないが、中に入る事は出来そうだった。

何故そこに入ったのかと聞かれれば、ほんの出来心としか言いようがない。普段ならここまで来る事はなかったが、この日は少し違う場所を歩いてみようという気分になっていたのだ。

その結果、あのような事件に巻き込まれる事になるとは、その時の彼には知るよしもなかった。

◆◆◆◆

アンネゲルトは久しぶりの屋外を満喫しながら、リリー達と共に離宮の裏側へ来ていた。こちらからも、テラスを通って離宮の中に入る事が出来る。

「このテラスは、そのまま残したいわね」

きっと往時《おうじ》は、とても美しいテラスだったのだろう。白い石造りの階段は、手すりの部分にも見事な彫刻が施《ほどこ》されている。あちこち欠けたり変色したりしているが、優美さの片鱗《へんりん》は残っていた。

「いっその事、離宮の外観はそのまま残してはどうです？」

フィリップの提案に、アンネゲルトは目を丸くする。建築様式としては古い部類に入る建物だが、その分、優美さに溢《あふ》れていた。確かに、これを壊してしまうのは惜しい。

「そうね。その方向で考えましょうか」

他の場所も見て回ったが、外側は内側に比べてあまり崩れていないようだ。とはいえ、手入れをしていないので、さすがに汚れは目立つ。目の前が海という事で、潮風の影響もあるのだろう。

外周をぐるりと回った後、リリーとフィリップの二人とは別行動をする事になった。彼女達は、離宮の内部を見に行くという。アンネゲルトは心霊現象など存在しないとわかった今でも、荒れ果てた離宮内をもう一度見たいとは思わなかった。

後ろに衛兵とザンドラを引き連れて、鼻歌を歌いながら離宮の表側へ向かう。裏側は海に面しているせいか噴水以外何もないが、表側には広い庭園があるのだ。

「姫、そろそろ戻られた方がいいのでは……」

「もう少し。あともう少しだけ。ね？」

心配そうに進言してきた衛兵に、アンネゲルトは小さくお願いをした。やっと船を降りられたのだから、すぐに戻りたくはない。

　すると衛兵達は、苦笑しながら了承してくれた。船にいる兵士達は、総じて女性に優しい。おそらく、兵のトップであるエーレ団長の教育の賜《たまもの》だろう。

「仕方がないですね。あと少しだけですよ」

　その言葉に、アンネゲルトは満面の笑みで頷いた。

　表側の庭園に来るのは、これが初めてである。以前離宮に入った時には、ちらりと見ただけだった。

　離宮の西側から、一本の道が表玄関まで伸びている。その道の脇にはレンガ造りの壁が続いていて、蔦《つた》がはびこっていた。壁が途切れると、馬車を乗り降りする為のロータリーが現れる。

　そのロータリーと建物の間には、細かく区切られた花壇があった。手入れをされていない荒れ果てた状態なので、雑草が生え放題である。

「この庭園にも手を入れないといけないわね」

　アンネゲルトはぽつりと漏らした。往時《おうじ》のような美しい姿に戻してやりたい。建物もそうだが、この庭園も元の姿に……いや、元よりもずっと美しく蘇《よみがえ》らせるのだ。

　花壇の西側には、背の高い生け垣があった。それは生け垣というより塀のようで、向こう側を完全に隠してしまっている。

「あれは何かしら？」

「生け垣のようですが……」

アンネゲルトの呟《つぶや》きに、衛兵の一人が律儀に答えた。もちろん生け垣はわかるのだが、何故塀のように広がっているのかが気になる。

「見て参ります」

衛兵の一人がそう言って、すぐに走っていった。そこまでしなくてもよかったのだが、アンネゲルトが止める間もなかったのだ。

やがて戻ってきた衛兵が彼女に報告する。

「生け垣を利用した迷路のようです」

王侯貴族が庭園に迷路を設《しつら》えるのは、招待客が楽しめるようにする為、というのが表向きの理由になっている。だが本当は、人目を避けて逢瀬《おうせ》を楽しむ為だとか。

そんな事情を知らないアンネゲルトは、迷路と聞いてむくむくと冒険心が湧いてきた。小さい頃、知らない道をどこまで行けるか歩いてみた時と同じ感覚だ。もっとも、それは大抵「迷子」という結果に終わったのだが。

港街オッタースシュタットでも、同じような事をやっている。だが、人工的な迷路ならば迷うのも一興ではないか。庭園内にある迷路なのだから、危険な仕掛けはないはずだ。

「行ってみてもいいかしら？」

そう衛兵に尋ねるアンネゲルトの顔は、傍目《はため》にもわかるほどきらきら輝いていた。だが、衛兵からは、控えめながらも反対の意見が返ってくる。

「あまり船から離れるのは、おやめになった方がいいかと……」

困り顔で言われては、強行する事は出来ない。何より、今のアンネゲルトは守られる立場にあるのだ。彼女の行動如何《いかん》で、衛兵達を危険にさらす事にもなりかねない。

仕方がないと思って船に戻ろうとした、その時。生け垣の脇道から不審な男達が出てきた。全員武装しており、ざっと数えただけでも十人以上はいる。

アンネゲルト達は生け垣の迷路を背にして、彼らと対峙する形になってしまった。

「何者か⁉」

抜刀《ばっとう》した衛兵が誰何《すいか》したが、男達は答えない。口元を布で覆った彼らは、手にした剣を振りかざして突進してきた。

「姫！　お逃げください‼」

衛兵の一人がそう言うと、もう一人の衛兵が懐《ふところ》から細長い金属の笛を取り出し、口に当てる。直後、辺りに甲高い音が鳴り響いた。

その音と同時に、ザンドラはアンネゲルトの手を取って踵《きびす》を返し、そのまま背後にある迷路の入り口へと駆け込む。

笛の音は、確実に船まで届いただろう。アンネゲルトが下船している間は、表の甲板に人が出て、辺りを警戒しているはずだ。だから、すぐに応援が来る。アンネゲルトは心の中で自分に言い聞かせた。

「待て!!」

男達が二人を追おうとするのを、衛兵二人が間に割って入って阻止する。それでも、何人かは取り逃がしてしまったようだった。

◆◆◆◆

緊急事態を報《しら》せる笛は、船に届いていた。物見の兵士が望遠鏡を覗き、何が起こったのかを確認する。彼の目には十数人の不審者と、生け垣の中に走り込むアンネゲルトとザンドラが映った。

「緊急事態発生!!　不審者有り！　姫様は侍女殿と共に、生け垣の中へ向かわれた!!」

その報告は甲板にいた他の兵士達だけでなく、護衛艦の中で待機していた兵士達にも船内放送によって伝達される。当然、エーレ団長の耳にも入った。

「動けるものは、すぐに行け!!」

そう言いつつ、団長自身も腰に剣を佩《は》き、大股で出口へと向かう。

――こんな事なら自分が同行するのだった。

今更悔やんでも仕方ないが、島の中なら安全だとどこかで思っていた節がある。

賊《ぞく》は物見の死角を突いて上陸したのだろう。そうでなければ上陸前に見つかっているはずだ。

物見の兵士曰《いわ》く、アンネゲルトはザンドラと共に逃げたという。彼女がいれば最悪の事態は免《まぬが》れるだろうが、いずれにしても急ぐ必要がある。いくらザンドラといえど、多勢に無勢となれば不利には違いない。

「……後でティルラにどやされるな」

エーレ団長は溜息を吐《つ》きながら、警備体制の見直しを心に決めた。

◆◆◆◆

ティルラが笛の音を聞いたのは、王都から戻る船の上だった。あと少しで船着き場に到着するというところだったので、操船していた兵士も気付いたようだ。

「今のは……あっ、ティルラ様!!」

兵士の声を背中に聞きながら、ティルラは船の縁《ふち》を蹴って船着き場へ飛び下りた。

彼女は魔力を有しており、それを使って身体能力を向上させる。術式を展開出来ない時点で魔導士への道は諦《あきら》めたが、今では魔力を別の形で活用する方法を得ていた。

魔力を使って脚力を上げ、通常ではあり得ない速度で地を駆ける。王都に行っていた為、質素とはいえドレスを着用しているのだが、その裾《すそ》がめくれ上がるのもお構いなしだった。

先程聞こえたのは、船に乗る者全員が携帯している緊急用の笛である。そしてティルラの勘は、アンネゲルトに危険が迫っていると告げていた。

「ティルラ様!!　剣です！」

走って追いついた兵士が剣を放り投げてくる。ティルラの進む速度に合わせて投げられたそれを空中で受け取り、彼女はさらに加速した。

護衛艦の兵士にも魔力持ちが多く、今回、王都まで同行した三人もそうだ。彼らもまた、ティルラと同じく脚力を魔力によって向上させ、人間とは思えない速度で走っていた。

ティルラが迷路の入り口に到着したタイミングで、離宮からリリーが飛んできた。文字通り、空中を結構な速度で飛んできたのだ。

「何事ですか？　笛の音が聞こえましたけど」

地面に降り立ったリリーは、呆然としている不審者達を見回してから、にっこりと微笑む。その嬉しくて堪らないといった感じの笑みは、その場にはまったくそぐわないものであった。

「リリー！　アンナ様は!?」

飛んでくる途中に、何が起こったのかを上から見ていたかもしれない。そう思ってティルラは尋ねたのだが、リリーは首を傾げるだけだった。

彼女の代わりに、アンネゲルトに同行していた衛兵の一人が報告する。

「ティルラ様！　姫様はザンドラ殿と共に、生け垣の中へ！　その後を何人かの男達が追っています！」

ティルラは彼に向かって頷くと、素早くリリーに向き直った。

「その連中はあなたに渡します。好きになさい！」

そう伝えるが早いか、再び魔力を使って生け垣の方へと走る。兵士達も全員彼女の後を追い、その場には不審者達とリリーだけが残された。

あまりの事に呆気にとられていた男達はようやく立ち直り、各々の武器を手にしたままリリーを完全に包囲する。その顔には、一様に嫌な笑みが浮かんでいた。

「こうなったら、てめえを人質にして、あの女を殺すまでだ！」

あの女という言葉に、リリーが眉をひそめる。

「まあ、誰を人質にして、誰を殺すというのです？」

眉間《みけん》に皺《しわ》を寄せたまま、リリーはそう言い放つ。丸腰の女性が、武器を構えた男達に囲まれた状態で言う言葉ではなかった。

その異様さに男達はたじろいでいたが、不敵な一人の男がリリーの首元に剣を向ける。言う事を聞かなければ、のどを切るという脅しだろう。

だが次の瞬間、男は何かに弾かれたように後ろへ吹っ飛んだ。またもや自分達の常識を超える事態が起き、不審者達は完全に固まってしまう。

彼らは忘れていたのだ。彼女が、ここにどうやって到着したのかを。

「女性にそのような無粋なものを突きつけるだなんて。礼儀がなっていませんよ」

優雅に微笑むリリーが、男達の目には得体の知れない化け物にでも見えたのだろうか。

彼らの顔がみるみる青ざめていく。

だがリリーは女性に乱暴を働く男達に、容赦する気はない。しかも、彼らはリリーが待ちに待った「襲撃者」なのだ。

「これは、一から躾《しつ》け直さなくてはなりませんね。まあ、楽しみだこと」

その言葉を聞いて、リリーを囲む男達は、じりじりと後退《あとずさ》り始めていた。

◆◆◆◆

アンネゲルトはザンドラに手を引かれるまま、後ろを振り向く事なく走っていた。もたもたしていて捕まってしまったら、逃がしてくれた衛兵達に顔向け出来ない。

——いや、その前に自分の命がヤバいって！

今の自分に出来る事は、逃げる事だけだ。嫁入り前に行った避難訓練は、こういった状況をも想定していた。

「ザンドラ、手を離して！」

アンネゲルトの言葉に、ザンドラが怪訝《けげん》な表情で振り向く。もちろん、二人とも足は止めていない。

ザンドラは何も言わなかったが、アンネゲルトが衛兵達のもとへ戻るつもりだと思っているようだ。

「違うのよ！　手を繋いだまま走るより、離して走った方が速いでしょ！」

アンネゲルトがそう叫ぶと、ザンドラはすぐに手を離した。すると、二人の走る速度が若干上がる。体力向上の為に、毎日ウォーキングなどをやっておいてよかった。

生け垣と生け垣の間は、細い通路のようになっている。高い生け垣は向こう側を見通す事が出来ず、追っ手を撒《ま》くには丁度よかったが、どこをどう進んできたのか早くもわからなくなっている。

それは前を走るザンドラも同様らしい。だが彼女は分かれ道に出ると、迷いなくどちらか一方の道を選んでいた。まるで道を知っているかのように。

生け垣は手入れされていないせいで、あちこちから伸びた枝が飛び出ている。それらに腕や頬を引っかけながら走っていたアンネゲルトの耳に、背後から声が聞こえた。

「いたか⁉」

「こっちにはいない！」

「くそ！　どこに行きやがった⁉」

あの男達がもう追いついたのだろうか。では、衛兵の二人は？　アンネゲルトは最悪の状況を想像し、心臓の辺りが冷えていくのを感じる。

そして、いくつ目かの角を曲がった時の事。すぐ左の道から人が出てきた。

「おっと」

「うぐ！」

ザンドラは咄嗟《とっさ》に衝突を回避したが、アンネゲルトの方は出来ない。結局ザンドラを巻き込む形で、その人物に衝突してしまう。

反動でひっくり返りそうになったアンネゲルトを、力強い腕が支える。二人の人間と衝突したというのに、相手はよろめく事すらなかったのだ。

おかげでアンネゲルトも転倒は免《まぬが》れたが、いきなり現れた相手にパニックを起こしてしまう。

「嫌！　放して!!」

「おい！　落ち着け！」

めちゃくちゃに腕を振り回すアンネゲルトの耳に、どこかで聞いた事のある声が入ってきた。

「アンネゲルト様、落ち着いてください」

ザンドラに耳元でそう囁《ささや》かれた事もあり、アンネゲルトは抵抗をやめて目の前の人影を見上げる。

そこには、いつぞやオッタースシュタットで二人を助けてくれた男性がいた。

「あなたは……」

「君、その格好は一体……そちらの君は、どこかで見た覚えがあるが……いや、それよりどうしてこんな場所に？　先程の笛は君達が？」

相手の男は何故か眉をひそめてアンネゲルトを見下ろしている。何かおかしなところでもあるのだろうか。

「それにしても、何の騒ぎなんだ？　あれは」

二人が来た方を見やりながら、男性は上着を脱いでアンネゲルトに着せた。彼の言葉で、現実に引き戻される。そうだった、こんな所でのほほんとしている場合ではない。

何故、あの港街で出会った人物がここに、この島にいるのか。冷静に考えれば、王宮から遣わされた護衛隊とわかっただろう。だが今のアンネゲルトは、いきなり不審者が島に現れた事で混乱している。

彼女の混乱をさらに深くしたのは、ザンドラの一言だった。

「スイーオネースの伯爵様ですね。今、私達は追われています。ご助力願えませんでしょうか？」

――伯爵？　そんな身分の人が、何故この迷路の奥にいるの？

ザンドラと男性の顔を交互に見るアンネゲルトの前で、伯爵とザンドラのやりとりは続く。

「何故私の事を？」

「私は、王太子妃殿下の側仕えです」

「ああ」

ザンドラの言葉を聞いて、伯爵は納得したらしい。一体どういう事なのだろう。

――何でザンドラはこの人が伯爵だって知ってるの？　この人だって、ザンドラの言葉に何だか納得してるし！

「それよりも、追われていると言っていたな？」

そうだった。いつあの男達に追いつかれるかわからないのだ。ぐずぐずしている暇はない。

ようやくアンネゲルトの頭が動き出した。

「あの、逃げてください！　島に不審者が入り込んでしまって――」

「もう遅い。そこまで来ているようだ」

そう言うと、伯爵は腰に佩《は》いていた剣を抜く。

「それに残念ながら、職務上、逃げる訳にもいかない」

剣を構えた彼の目の前に、とうとうあの男達がやってきた。通路が狭いせいで横に広がる事が出来ないらしく、縦一列になって走ってくる。

「下がっていろ」

そう言って二人を背後に押しやり、伯爵は男達と対峙した。男達はぎらついた目で、伯爵の後ろにいるアンネゲルトを睨《にら》みつける。

「その女を渡せ。そうすりゃ見逃してやる」

「誰に向かって言っている?」

先頭にいる男に対して、伯爵は挑発的に答えた。

アンネゲルトからはその顔が見えなかったが、声の感じから、きっとにやりと笑っているのだろう。

「てめえ!」

いきり立った男達が、一斉に襲いかかってきた。伯爵は怯《ひる》む事なく、先頭の男ののど元を一突きにする。さらに次の男の両目を横一線に切り裂いてから、頸動脈《けいどうみゃく》を切り裂いた。

それらは、アンネゲルトのすぐ目の前で行われている。彼女にとっては声も出せないほどショッキングな事だった。

首から血を噴き出して倒れる仲間を見て、後ろにいる男達は怯《ひる》んだようだ。そんな彼らを余所《よそ》に、伯爵は無言のまま一歩前に出る。

「お、おい、やべえぞ！」

「こんなのがいるなんて、聞いてねえよ‼」

男達は口々に叫ぶと、来た道を我先にと駆け出した。

危機が去ったのを見て、伯爵は剣を鞘《さや》に戻し、アンネゲルト達の方へ戻ってくる。彼が男達と斬り合っている間に、随分距離が空いてしまっていた。

一方、アンネゲルトはといえば、地面にへたり込んでいる。これほど恐ろしい場面に出くわしたのは、生まれて初めてなのだ。

体が震えて立ち上がる事が出来ない。そんな彼女を、いつものぼんやりした状態に戻ったザンドラが介抱してくれていた。

「大丈夫か？　すまない、怖い思いをさせてしまったな……」

そう言って、伯爵がアンネゲルトの肩に手を置こうとする。その途端、彼女の口から甲高い悲鳴が上がった。

◆◆◆◆

生け垣へ向かったティルラと兵士達は、そこが迷路になっていると初めて知った。

「これは厄介ですね。道が分かれていたら、姫様達を探しにくくなります」

「いいえ、大丈夫」

兵士の言葉に対し、ティルラは首を横に振る。

「ザンドラが、ちゃんと目印を残してくれているわ」

兵士達には見えないが、迷路には魔力の残滓《ざんし》が足跡の形で残されていた。ザンドラもティルラと同じく魔力を持っている。しかも彼女の場合、単純な術式ならば発動が可能なのだ。

ティルラは兵士を伴《ともな》ったまま、その足跡を追いかけて迷路を走り続ける。だが、どれだけ進んでも一向にアンネゲルトを見つけられない。

焦るティルラ達の前に、ひどく慌てた様子の男達が現れた。彼らは全部で五人。格好から判断して、侵入者の仲間だろう。

男達はティルラ達の姿を見て、さらに慌てている。こちらに向かってこようとする者、元来た道を戻ろうともがく者、生け垣を剣で切り開いて逃げようとする者で、押し合いへし合いしていた。

「何やってんだ！　先に進め！」

「ばかやろう！　こっちにも敵がいるんだよ！　元来た道を戻れ！」

「それこそばかか！　戻ったりしたら、命がいくつあっても足らねえよ!!」

侵入者達の事情など、斟酌《しんしゃく》するつもりはない。ティルラは無言のまま彼らに襲いかかった。冷静に容赦なく敵を屠《ほふ》っていく。

一人目の首を剣で切り裂くと、二人目の片腕を切り落とし、倒れて膝をついた彼の首を、後ろから剣で叩き落とした。三人目は袈裟《けさ》懸《が》けに切り捨て、四人目は心臓を一突きにする。

通常の剣では、首など簡単に叩き落とせない。それが出来るのは、剣自体も魔力で強化されているからだ。これも帝国の魔導技術の一端である。

もちろん、ティルラはここでも身体能力を強化していた。動作速度の向上に加えて、体中の筋肉や骨にかかる負担を軽減させている。

通常の人間では、彼女の速さについてこられない。不審者達は為《な》す術《すべ》もなく倒されていった。

最後の一人は大腿《ふともも》を横一線になぎ払い、生かしたままにしておく。全ては、わずか数秒の間の出来事だった。

ティルラの後ろにいる兵士達が、その素早さに息を呑む。流れるような剣さばきを前に、加勢する暇すらなかったのだろう。彼らも魔力で身体能力を上げる事は出来るが、ティルラほどの結果は出せない。

両足を深く傷つけられ、地べたに這《は》いつくばる男に、ティルラは剣先を突きつける。

「アンナ様はどこです？」

冷たく見下ろしながらそう聞いた直後、前方からアンネゲルトの悲鳴が響く。

「アンナ様!!」

ティルラは声のした方へと、すぐさま駆け出した。

◆◆◆◆

助け起こそうとした少女に悲鳴を上げられ、エンゲルブレクトは一瞬怯《ひる》んだ。すると、その黒髪の少女は、はっとした表情で彼を見上げる。

「あ、あの、すみません。悲鳴など上げてしまって……」

助けてくれた相手に対して失礼な事をしてしまったと、恥じ入っている。真っ赤に染まった頬が初々《ういうい》しい。自力で立ち上がろうとしているが、うまくいかないようだ。

エンゲルブレクトは再び手を貸そうとしたが、藁色《わらいろ》の髪の小柄な少女が先に手を貸す。

その手に縋《すが》る黒髪の少女を見て、そっちには素直に頼るのかと、エンゲルブレクトは少しだけ不満に思った。無論、表には出していないが。

どうにか立ち上がった黒髪の少女は、それでもまだ足が震えているようだ。支えてやらねば、また座り込んでしまうのではないだろうか。

そうは思ったものの、先程叫ばれたショックが尾を引いているのか、エンゲルブレクトはためらってしまう。

そんな彼に向かって、黒髪の少女が何か言おうとした時、生け垣の向こうから女性の声が聞こえた。

「アンナ様⁉　どちらにおいでですか⁉」

「ティルラ！　ここよ！」

黒髪の少女が即座に答える。どちらも帝国公用語で、しかも結構な早口だったので、エンゲルブレクトにはうまく聞き取れなかった。

程なく生け垣の向こうから姿を現したのは、王太子妃の侍女だ。

——名前は、確かティルラといったか。何故、彼女がここに？

混乱するエンゲルブレクトを余所《よそ》に、ティルラは黒髪の少女に駆け寄る。

「お怪我はありませんか？」

「大丈夫……ありがとう」

少女が無事だと知って、ティルラは安堵した様子だ。二人は姉妹か何かなのだろうか。ティルラは背後にいる兵士達を振り返り、きびきびと指示を出していく。王太子妃付きに選ばれるだけあって、かなり有能そうだ。

「一人は船に連絡して、襲撃者達を回収するよう伝えなさい。もう一人はアンナ様を船までお連れするように」

今度は早口でなかった為、エンゲルブレクトにも聞き取る事が出来た。兵士の一人が返事をして、その場から走り出す。残る一人はティルラと共に、黒髪の少女に近づいた。

――待て。今、ティルラは彼女を何と呼んだ？

王太子妃付きの侍女が敬称つきで呼ぶ相手など、そういる訳ではない。

ティルラの方は、その場にエンゲルブレクトがいる事に、ここに来てようやく気が付いたようだ。

「まあ、サムエルソン伯爵。どうしてここに？」

それはエンゲルブレクトの方が聞きたかった。どう考えても、黒髪の少女を助けに来たように見えるのだが……一体、少女は何者なんだ？

いや、予測はついたが、その通りだとするならば、自分はとんでもない不敬を働いた事になる。

とりあえず、エンゲルブレクトはティルラの質問に答える事にした。

「……今日は非番でね。散歩のつもりで、この迷路に入ったんだが――」

散歩をしていたら笛の音が聞こえた事。その後、少女達と出くわした事。二人を追ってきた男達を切り伏せた事などを説明した。

説明し終えた彼に、黒髪の少女がおずおずと声をかけてくる。

「あの、まだお礼も言っていませんでしたわね。助けていただいて、ありがとうございました」

少女は、はにかみながら礼を述べた。その様子を見て、エンゲルブレクトの記憶が刺激される。いつかどこかで、似たような状況にならなかっただろうか。

エンゲルブレクトが急に考え込んだので、少女は首を傾げている。

「あの……？」

その声を聞いて、エンゲルブレクトは帝国の港街での出来事を思い出す。

あの時も二人の少女を助けた。そして、そこにいる小柄な少女は、あの時の一人ではないか。では、一緒にいるこの黒髪の少女は……

エンゲルブレクトは黒髪の少女をじっと見つめる。髪の色や髪型は違うが、顔立ちや瞳の色は、あの時の少女と同じだ。

「君も、あの場にいなかったか？」

「は？」

黒髪の少女とティルラの声が重なった。怪訝《けげん》な表情をする彼女達に、エンゲルブレクトは慌てて説明する。

「いや、そこのおさげの子を、どこかで見た事があると思ったんだ。君達は帝国の北方にある港街で、酔っ払い共に絡まれていなかったか？　君の方は、あの時とは少し違うように見えるんだが……」

黒髪の少女はティルラと目を見合わせた。しばらくすると、もじもじしながらも、小さな声で「はい……」と答える。その頰は真っ赤だった。

以前あったそばかすは見当たらないので、今は化粧で誤魔化《ごまか》しているのだろうか。それとも、こちらが素《す》か。いずれにしても、眼鏡とそばかすがないので気付かなかったのだと、エンゲルブレクトは今更ながら理解した。

その赤い頰を見ながら、こちらが素《す》ならいいのにとエンゲルブレクトは思う。そばかすが悪いという訳ではないが、ない方が綺麗に見える。

不躾《ぶしつけ》なほど見つめていると、少女の方もそっと視線を合わせてきた。榛色《はしばみ》の大きな瞳が印象的だ。

何とも言えない空気が、その場に漂う。ティルラの咳払いがなければ、そのまま二人で見つめ合っていたかもしれない。

はっとする二人の前で、ティルラは愛想笑いを浮かべ、エンゲルブレクトに礼を述べる。

「伯爵、この方を二度もお助けいただき、ありがとうございます。ですが、今は急いでおりますので、正式な礼は後でもよろしいでしょうか？」

「あ、ああ」

ティルラの言葉は丁寧だったが、有無を言わせぬ迫力があった。それに呑まれたエンゲルブレクトは、申し出に応じる以外ない。

側《そば》にいた兵士が黒髪の少女を抱き上げようとしたが、彼女はそれを断る。

「いいの、一人で歩けるわ」

強がりだというのは、誰の目にも明らかだった。足は震えていて、使い物になりそうにない。この迷路から無事に出られるとは思えなかった。

「いけません。この先には、お目に入れたくないものもありますし。目を閉じて、おとなしくしていてくださいませ」

ティルラの言葉を聞いて少女は抵抗をやめ、おとなしく兵士に抱き上げられる。

そんな彼女が男物の上着を羽織《はお》っている事に、ティルラは気付いたようだ。

「あ、あの、そこの人……いえ、伯爵が……」

少女とティルラの視線がエンゲルブレクトに向けられる。ティルラの方は、何とも言えない笑みを浮かべていた。人が悪い笑みとでもいうのだろうか。

「そうでしたか。さあ、早くアンナ様を船へ。戻ったら船医に看《み》てもらうように。ザンドラ、一緒に行ってちょうだい」

「はい、ティルラ様」

黒髪の少女を抱き上げた兵士と、小柄な少女がその場を離れた。二人きりになると、ティルラはエンゲルブレクトの方に向き直る。

「伯爵、上着は洗濯をしてから、責任を持ってお返しいたします。それまで、お預け願えますか?」

「……ああ」

「それでは、我々はこれで。……ああ、正式な面会は明日ですから、お忘れなきように。こちらから案内役を出しますので、狩猟館でお待ちください」

そう言って去ろうとしたティルラを、エンゲルブレクトは呼び止めた。

「待て」

「この上着は?」

「……何か？」

「その、先程の少女は……」

エンゲルブレクトの疑問に、ティルラは凄みのある笑みを浮かべる。

「もうお気付きなのでしょう？　あの方が王太子妃殿下、アンネゲルト・リーゼロッテ様です」

エンゲルブレクトの目は、限界まで見開かれた。

◆◆◆◆

迷路から出たティルラの耳に、何やら言い争う声が聞こえてくる。

「ああ、そんなに声を張り上げるなら、口も塞いでしまいますよ？」

「や、やめろー!!　近寄るなー!!」

「化け物め!!」

「リリー殿ー。全員拘束し終わりました！」

不審に思ってそちらに向かうと、そこにはリリーがいた。その前には、例の不審者達が転がっている。しかも、全員後ろ手に縛り上げられていた。

彼らの周囲を、護衛船団の兵士達が囲んでいる。船から応援に駆けつけたのだろう。

「一体、何事？」

「あ、ティルラ様！　この人達、私にくださるんですよね!?　今考えている実験に、丁度いい人材ですわ!!」

リリーが側仕えとして同行する条件の中に、「襲撃者がいた場合は払い下げる」というものがある。しかも今回は、捕縛もリリーに丸投げしてしまったのだ。全員を払い下げてくれと言われても、ティルラには断る事など出来ない。

「構いません。でも、くれぐれも逃げられないように注意してちょうだい。それと、首謀者の情報を知りたいの。その件についても頼んでいいかしら？」

「お任せくださいませ、抜かりはありませんわ！　その事も含めて、実験させていただきます」

「ちょっと待て、おまえら！　何勝手な事を……むぐう」

不審者の一人が抗議しようとしたが、何やら光る紐のようなもので口を塞がれる。これもリリーが自ら開発した技術の一つなのだろう。

「うるさい人ですねえ。もう面倒だから、全員口を封じてしまいましょう。大丈夫、実験が計算通りにいけば死にはしませんよ」

明るく言うリリーの背後で、兵士達は青ざめていた。それは計算通りにいかなければ、死ぬという事なんだろうかと。

どのみち襲撃者に命はない。王族の命を狙えば、確実に極刑が下る。それが今か、先かの違いだった。

「何だ、もう全部終わったのか」

ティルラの背後からかけられた声は、エーレ団長のものだ。どうやら配下の者を引き連れて、船から応援に来てくれたらしい。

「一歩間に合いませんでしたね」

「そのようだ」

ティルラの言葉に苦笑しながら、団長は彼女と共に船へと引き上げた。

船に戻ったアンネゲルトは、船医であるドロテー・コンスタンツェ・メービウスの診察を受けていた。彼女も帝国の出身で、アンネゲルトの父アルトゥルが統治する公爵領初の女医でもある。

ティルラが部屋に入った時には、既に診察が終わっていた。彼女はメービウスから診断結果を聞く。

「怪我はしていないようですが、精神的なショックが強かったみたいですね。様子を見て、必要なら精神治療を行いましょう。念の為、鎮静剤を出してあります」

アンネゲルト本人は、寝台に横になっている。側《そば》にいる小間使いが水差しとグラスを持っているところを見ると、早速鎮静剤を飲まされたようだ。

ティルラは寝台に歩み寄り、アンネゲルトに優しく囁《ささや》く。

「ゆっくりお休みください、アンナ様」

「……ティルラ」

いつになく弱々しい声が、アンネゲルトの口から漏れた。

「はい？」

「勝手に船を下りて、ごめんなさい。衛兵達に怪我はなかった？」

船へ戻る事を提案した衛兵達に、もう少しだけと言ったのは、アンネゲルト自身だという。ティルラはザンドラから、そう報告を受けていた。自分のせいで衛兵らが怪我をしたのではないかと、アンネゲルトは心配しているのだろう。

「大丈夫ですよ。護衛は全員無事です。それに、エーレ団長から許可はいただいたのでしょう？」

「でも……」

「お気になさらず。下船してからの事は、ザンドラから全て聞いております」

ティルラは安心させる為にそう言ったのだが、何故かアンネゲルトはげんなりした顔をした。これは説教を覚悟した時に見せる表情だ。

なるほど、船外に出た事を自分の我《わ》が儘《まま》だと認識してはいるらしい。その辺りについては、後ほどよく言い聞かせるとしよう。

早くも薬が効いてきたのか、アンネゲルトのまぶたは落ちかけている。

「あの人……」

「はい？」

ティルラが優しく先を促《うなが》すと、アンネゲルトは少し考えた後に、ぽつりとこぼす。

「あそこで助けてくれた人、オッタースシュタットでも私達を助けてくれたわ」

そう言うと、アンネゲルトはくすくすと笑い出した。何かを思い出しているらしい。

「あの人、ザンドラの事はすぐ思い出したのに、私の事はなかなか思い出さなかったのよ。ひどいわよね。でも、あの時の私は変装していたから、しょうがないかな……でも、どうしてあの人、あそこにいたのかしら……」

「彼がアンナ様の護衛隊の隊長ですよ」

鎮静剤のせいで眠いだろうに、アンネゲルトは目を大きく見開いた。余程驚いたのだろう。

「港街で迷子になってしまって、変な人達に絡まれたの。そこを、あの人が助けてくれたのよ。妙な縁ね……」

でも嬉しい。半分寝かかっているからか、素直な心情が出たようだ。どうやらあの伯爵は、図らずも護衛対象の心証をよくする事に成功したらしい。ティルラは思わず苦笑した。


アンネゲルトが寝入ったのを確認すると、ティルラは部屋を出た。その手には、伯爵ことエンゲルブレクトの上着がある。このままクリーニングに出す予定だ。船のスタッフは優秀だから、綺麗に仕上げてくれるだろう。

廊下を歩きながら、ティルラは携帯端末を取り出し、甲板で哨戒《しょうかい》中の兵士に連絡した。

「護衛部隊の様子は？」

「島中に散らばっています。他に不審者がいないかどうか、調べているようです」

護衛隊隊長は、早速動いているという訳か。こちらからも人員を出そうかと思ったが、ティルラはすぐに考えを改める。ここで出張れば、あちらのメンツをつぶす事になりかねない。今は静観するのが得策だろう。

ティルラは警備体制を強化する為の会議に出席するべく、会場となるシアターへと向かった。

◆◆◆◆

狩猟館に戻ったエンゲルブレクトは、すぐに護衛隊を動かし、島の探索に乗り出した。不審者が入り込んだという事実は、彼らにとっても衝撃だ。早急に侵入経路を割り出し、今後の警護体制を見直さなくてはならない。

探索は夕刻に打ち切られた。他に不審者は見当たらず、既に捕縛されている者達で全部のようだ。

彼らは島の北西、つまり離宮があるのとは反対側の崖から侵入したらしい。今後は、そこにも歩哨《ほしょう》を置かなくてはならないだろう。

警備の範囲を島全体に広げなくてはならないので、その為の計画が必要になる。つい先程まで、その事について護衛隊の幹部達と話し合っていたところだ。

エンゲルブレクトが執務室に戻って一息入れた時には、既に夜も更けていた。従卒《じゅうそつ》にお茶を淹《い》れさせたヨーンは、それをエンゲルブレクトの前のテーブルに置き、無言のまま向かいの椅子に腰を下ろす。

ここに戻ってからのエンゲルブレクトは、自分でもわかるほどに溜息が多い。周囲も気付いているのだろうが、あえて何も聞いてこなかった。正直、ありがたい事だ。

何がこうも自分の気を滅入《めい》らせているのか、エンゲルブレクトにもよくわからない。あの時助けた少女が王太子妃だった。ただ、それだけだというのに。

「オッタースシュタットで、私が少女達を助けた話を覚えているか？」

いきなり出てきた話題に、ヨーンは一瞬、目を見張った。だが、すぐに思い出したようだ。

「オッタースシュタットというと、隊長が船から降りて街をほっつき歩いている途中、酔っ払いに絡まれていた少女達を助けたという話ですね」

ヨーンは丁寧に説明までしてくれた。だが、その中に含まれた嫌みに、気付かないエンゲルブレクトではない。ぎろりとヨーンを睨《にら》みつけたが、彼はまったく動じなかった。

「それが、どうかしましたか？」

もっともな一言を突きつけられ、エンゲルブレクトは目線を逸らしながら呟《つぶや》く。

「……彼女だった」

「は？」

さすがのヨーンにも話が見えないらしい。それはそうだろう。今の言い方で理解出来たら、こちらの考えを読める人間と言ってもいいくらいだ。

観念したエンゲルブレクトは、確実にわかってもらえる言い方に変えた。

「オッタースシュタットで助けた少女の一人が、王太子妃だったのだ」

ヨーンの様子を窺《うかが》うと、さすがの彼でも驚きを隠せないらしく、呆けた顔をしている。

そんな彼の様子に構わず、エンゲルブレクトは今日一日の出来事を詳しく説明した。

その説明を聞いた後も、ヨーンはたっぷり十秒は固まっていただろうか。

「……王太子妃殿下は、御年《おんとし》二十二と聞いておりますが」

「俺も、そう聞いている」

気付けば、エンゲルブレクトの一人称が「私」ではなく「俺」になっていた。それほど、彼にとっても衝撃だったという事だ。

普通、二十二歳の女性を「少女」とは呼ばない。だが、あの時も今日も、彼女は少女にしか見えなかった。

しばらく沈黙が続いた後、ヨーンが声を絞り出すように質問してくる。

「……それほど王太子妃殿下は、その、お若く見えるので？」

ヨーンが言い淀《よど》んだのは、「幼い」と言いそうになったからだろう。実際、エンゲルブレクトも同じ事を思った。

だが改めて聞かれると、本当にそう言えるかは疑問だ。

「いや、見た目がと言うより、その仕草というか、振る舞いがおさ……そう見えるというか」

言いながら、ようやく納得がいった。容姿の問題ではない。

彼女の振る舞いは、どう見ても身分の高い貴婦人のそれではなかった。かといって、作法から大きく外れていた訳でもない。

大体、皇帝の姪姫《めいひめ》が、自国とはいえ侍女一人を伴《ともな》っただけで、港街に出かける辺りが既におかしいのだ。普通、そんな場所に姫君がいるなどと誰が思うのか。

しかも、あの時の彼女は明らかに変装していた。婚礼前とはいえ王太子妃になる姫が、そんな姿で街に出るなど、普通はあり得ない。

考えれば考えるほど、エンゲルブレクトは頭が痛くなりそうだった。そんな彼に、ヨーンがぼやくように言う。

「明日の目通り、一体どうなるでしょうね?」

「……侍女は、明日迎えを寄越すと言っていたが」

という事は、予定通り行われると思っていいのだろう。ティルラがあの場で嘘を吐《つ》く理由はない。本当に大丈夫なのかとエンゲルブレクトも思うが、今は動きようがなかった。

不意に、エンゲルブレクトは今日の王太子妃の格好を改めて思い出す。普通の街娘でも、あのようなあられもない姿を見られるのは恥だろう。見てしまったエンゲルブレクトよりも、見られた王太子妃の方が傷ついているのではないか。

「一体どうして、あんな格好でいたのか……」

「は？　どういう意味ですか？」

ヨーンが怪訝《けげん》な顔で尋ねてくる。エンゲルブレクトとしては心の中だけで呟《つぶや》いたつもりが、口に出てしまっていたらしい。誤魔化《ごまか》そうかとも思ったが、ヨーンは存外しつこい性格だ。聞き出すまで絶対食い下がる。

結局、エンゲルブレクトは白旗を振る羽目になった。

「……下着姿だったんだ」

「は？」

「通常のものとは違ったが、あれは下着にしか見えなかった」

スイーオネースの王太子妃ともあろう者が、外を下着姿で出歩いていたのだ。しかも、エンゲルブレクトに見られても、特に狼狽《うろた》える素振りはなかった。一体どういう事なのか。

無論、女性のそういった格好を見た事がない訳ではない。むしろ、もっときわどい姿だって見慣れている。

だが、さすがにあんな真っ昼間に、しかも身分の高い貴婦人の下着姿など見た事がない。おかげで、目のやり場に困ってしまった。すぐに自分が着ていた上着を羽織《はお》らせたが、記憶までは消去出来ない。これも不敬罪に当たるのだろうか。

「何故、王太子妃殿下が、外で、そのような格好を？」

ぶつ切りの言葉は、ヨーンの動揺を表していた。さすがの彼も衝撃を受けたのだろう。

「隊長、まさかご自身の手で……」

「ばかを言うな」

引き気味に聞いてきた副官を、エンゲルブレクトは不機嫌な声で黙らせる。

だが待てよ、と彼は考えた。

あの時、彼女は侵入者達に追われていたはずだ。もしかして、あの格好は侵入者達に襲われた結果なのではないか。だとすると……

「隊長？」

ヨーンの声で、エンゲルブレクトは我に返った。どうやら無言のまま考え込んでしまっていたらしい。

一人で抱え込むより他人に話した方が、また違う考えが出てくる。エンゲルブレクトは迷いつつも、あの時の状況から導き出した答えを口にした。

「いや……あってはならない事だが、あの時、妃殿下は侵入者達に追われていたんだ……」

「では奴らが？」

全てを言わずとも、ヨーンは察したようだ。彼の表情が曇るのも無理はない。王宮を追放された王太子妃が追放先の離宮の側《そば》で、ならず者達に襲われた。しかも、彼女はその時下着姿だったのだ。これが何を意味するかを考えれば、誰しも今のヨーンのような顔になるだろう。

部屋には沈黙が下りた。内容が内容だけに、男二人でどう対処すべきか悩む。

「……敵の目的は妃殿下のお命ばかりでなく、その名誉を傷つける事でもあるという事でしょうか？」

絞り出すようなヨーンの言葉に、エンゲルブレクトは唸《うな》った。女性の衣服をはぎ取る理由など、そう多くない。しかも、侵入者達は全員男で、しかも複数だった。もし王太子妃が彼らに陵辱《りょうじょく》された後に殺されていたとしたら、とんでもない醜聞《しゅうぶん》だ。

それどころか、今度こそ帝国との開戦は免《まぬが》れない。既にこちらには王太子の失態という手痛い事情がある。この上、王太子妃に何事かあれば、言い訳すら許されないはずだ。

今回の首謀者は、そこまで考えていたのだろうか。無論、誰が指示を出したのかは、まだ判明していない。実行犯達を、帝国側が全て連行してしまったからだ。

彼らがここにいれば、拷問してでも吐かせたものを。

「敵の狙いは、妃殿下の醜聞《しゅうぶん》と命の両方か。一体、誰がこんな事を企《たくら》んだのか……」

考えるだけで反吐《へど》が出そうになる。エンゲルブレクトは薄汚いものを見るような目でテーブルを睨《にら》んでいた。

彼らはまだ知らない。アンネゲルトの格好が、本人にとってはごく普通のものだという事を。それを二人が知るのは、ほんの少し後の事だった。

王太子妃アンネゲルトとの面会は、翌日の午後に行われた。

「お迎えに上がりました」

護衛隊の執務室が設けられている狩猟館にやってきたのは、アンネゲルトと共に帝国から来た兵士だ。

既に用意を整えていたエンゲルブレクトとヨーンは、騎馬で彼の後に続く。さほどの距離ではないが、いつ緊急でこちらに戻る事になるかわからないからだ。

夏のヒュランダル離宮周辺は美しい。手入れがされていなくとも、自然は季節ごとに美しい姿を見せてくれるようだ。

いくつもの野の花が、短い夏を謳歌《おうか》するかのように咲き誇っている。その姿を横目に眺めながら、三人は船へと向かった。

船に到着すると、一度甲板へ上がり、後方にある船尾楼《せんびろう》へと入る。入ってすぐの部屋は、何の変哲もない船室だった。

その奥にある扉を開けて、兵士が二人を先に通し、最後に彼自身も入って扉を閉める。

そこは何もない、物置のような小部屋だった。一体、どこで王太子妃に会えるというのか。エンゲルブレクトが兵士の方を見ると、彼は一度閉めたはずの扉を再び開ける。

「どうぞ、こちらです」

そう言って彼が指し示した扉の向こうには、先程通ってきたはずの部屋ではなく、見た事もない光景が広がっていた。

やや狭い感じのする廊下が、ずっと奥まで伸びている。その奥には、明るい空間が広がっているようだ。とてもじゃないが、木造の船の中とは思えない。

先導する兵士の後ろを、エンゲルブレクトとヨーンは目を白黒させながら続く。その廊下の先にあるのは広大な空間だった。

五階分をぶち抜いた吹き抜けになっており、何だかよくわからない物体があちこちにある。二階に当たる場所には手すりがあり、その向こうには椅子とテーブルが置かれていた。

重厚な手すりのついた階段、硝子《ガラス》をふんだんに使った照明や窓、床の材質も船に使うようなものではない。まるでどこかの屋敷に入ったようだ。

ここは、本当に船の中なのだろうか。いや、その前に現実の光景なのだろうか。そんな共通の疑問が、上官と副官の心に同時によぎった。

あっけにとられる二人に構いもせず、案内の兵士は先を急ぐ。慌ててその後を追う二人の目の前に、またしてもよくわからないものが現れた。

一見、木製の扉のようだが、取っ手がどこにもない。だが兵士が扉の脇にある丸いボタンを押すと、扉は音もなくスライドして開いた。

「どうぞ」

そう促《うなが》されて中に入ると、そこは随分狭い部屋だった。すぐに兵士も入ってきて、扉の脇にある、丸いボタンが並んだ部分に触れる。すると、再び扉がスライドして閉じた。

「最初は不快に感じられるかもしれませんが、慣れれば便利ですよ」

兵士はそう言ったが、特に何も起こらない。兵士は扉の前に立ったまま黙り込んでいる。何をしているのかとエンゲルブレクトが問いただそうとした時、軽い音と共に扉が開いた。そこには先程の光景はなく、絨毯《じゅうたん》の敷かれた廊下が伸びている。

エンゲルブレクトとヨーンは、我が目を疑った。

「ここは……先程の部屋はどこにいったんだ？」

呆然としながらもエンゲルブレクトが問うと、兵士は何でもない事のように答えた。

「あそこは一階になります。ここは六階です」

エンゲルブレクトとヨーンは目を見合わせる。自分達は、あの小さな部屋にいただけで、階段を上《のぼ》った覚えなどない。しかも六階？　船の中なのに？

驚愕の表情で固まる彼らを、兵士は苦笑しながら先導し、二人は無言のまま、それに従う。

程なく、落ち着いた調度品でまとめられた、広い空間が現れた。

兵士はその中を、まっすぐ奥へと進んでいく。いくつも置かれている椅子とテーブルのセットには、誰も座っていない。まるで飲食店のようだった。

――船の中に店？　ばかな。

エンゲルブレクトは心の中で呟《つぶや》く。だが、既に彼の常識をはるかに超える光景を、いくつも目にしている。船の中に店があっても、おかしくないのではないか。

「お連れしました」

部屋の一番奥、窓際に置かれた椅子に王太子妃は座っていた。今日は先日見たようなきわどい格好ではなく、淑女《しゅくじょ》然としたドレスを身につけている。顔の半分を扇《おうぎ》で隠し、榛色《はしばみ》の瞳だけをこちらに向けていた。

こうしていると、年相応に見えるから不思議だ。どちらが本当の姿なのだろうか。

彼女の背後に控えるティルラが、先に口を開いた。

「ようこそ、サムエルソン伯。足をお運びいただき感謝します。改めまして、こちらにいらっしゃるのが王太子妃アンネゲルト・リーゼロッテ様です」

王太子妃――アンネゲルトに向かって、エンゲルブレクトとヨーンはその場で礼を執《と》る。

「改めまして、この度王太子妃殿下の護衛を任ぜられました、サムエルソン伯エンゲルブレクトと申します。後ろにいるのは副官のグルブランソンです。以後、お見知りおきを。また、過日の件ですが、ご身分を知らぬとはいえ無礼を働きました事、お許しいただきたく」

エンゲルブレクトは軍人らしく直立不動で名乗った。先程船内を見て受けた衝撃は、微塵《みじん》も表に出していない。

彼への応対は、侍女であるティルラが担《にな》う。それが王族女性のマナーだ。

「その事については不問になさるそうです。それより、先日はアンネゲルト様をお救いくださり、心より感謝いたします」

「いえ、職責を全《まっと》うしたまでです」

もっとも、あの時は王太子妃とは知らなかったのだが。相手の身分がどうであれ、不審者に追われる少女を放っておくなど、軍人としてあってはならない事だ。

エンゲルブレクトは改めて、椅子に座るアンネゲルトを見た。国内の女性に比べると、やはり小柄だ。そのせいで幼く見えたのだろうか。

図らずも、じっと見つめてしまった。口元は扇《おうぎ》で隠されているとはいえ、彼女の目に戸惑いの色が見える。

——しまった。

エンゲルブレクトが慌てて視線を外そうとしたその時、アンネゲルトが、か細い声で言う。

「あの」

おかげで、再び彼女の目を見つめてしまう結果になった。エンゲルブレクトが無言のまま待つと、しばらくして、アンネゲルトがようやく言葉を紡ぎ始める。

「先日と昨日は、助けてくれてありがとう」

昨日とは違い、王族らしい言い方だった。おかげでエンゲルブレクトも、型通りの挨《あい》拶《さつ》を口にする事が出来る。

「もったいないお言葉、歓喜に堪《た》えません。お体の方、その後不調はございませんか？」

あの場では、随分動揺していたようだった。男でも凄惨な現場を目の当《ま》たりにすると、体の不調を訴える場合がある。軍に在籍しているエンゲルブレクトは、そうした者達を多く目にしてきた。

彼の問いに、アンネゲルトは目元を緩《ゆる》ませて答える。

「不調は治りました。もう大丈夫です」

虚勢を張っているようには見えない。あの後、側《そば》に付いている侍女達が奮闘したのだろう。

「それはようございました」

エンゲルブレクトが一礼すると、ティルラが再び口を開いた。

「お二人には本日以降、自由に船内へ立ち入る事を許可します。いつでもおいでください」

エンゲルブレクトは少しだけ目を見張る。これまで頑なに拒んでいたというのに、いきなりの展開だった。これも先日の礼という事なのだろうか。

もっとも、このような船では、やたらな者を入れる訳にはいくまい。特にこの国には、魔導技術を病的なまでに嫌う者もいる。

「では、船内の護衛も許可するという事でよろしいか？」

「それはまた別の話です。船内の警備はこちらが担当しますので、護衛隊の方々には、引き続き離宮周辺の警護をお願いしたいのです。特に、アンネゲルト様が下船している時は」

護衛を完全拒否するのではなく、船の外は任せるという辺りに、駆け引きの巧《うま》さが窺《うかが》える。王太子妃の側仕えともなれば、これまで帝国の宮廷を泳いできた猛者《もさ》と見るべきなのだろう。エンゲルブレクトは、そんなティルラに一筋縄ではいかないものを感じた。

「なるほど。だが、今日のような事があった後で、妃殿下は船から下りるつもりがおありかな？」

「いずれは望むと望まざるとに関係なく、下船しなくてはならない時が来るでしょう。その時は、護衛隊の方々のお力が必要かと」

ものは言いようだな、とエンゲルブレクトは内心苦笑する。船の外は任せるという事は、いずれ社交の為に王都に向かう際の護衛も、こちらに任せるという事だ。その代わり、船の中に関しては干渉するなという訳か。なるほど、しっかりと線引きしている。

だが、王宮を追われた王太子妃が社交界に出られるのだろうか。

そこまで考えて、エンゲルブレクトは自分の考えを打ち消した。少なくとも、国王がこのまま放っておくとは思えない。いくら王太子が騒ごうと、国王は王太子妃を厚遇するだろう。

「妃殿下は、それでよろしいのですね？」

護衛対象の意向も聞いておきたい。そう思って尋ねると、アンネゲルトは一瞬びくっとすくんだように見えた。……怖がらせてしまっただろうか。

昨日は彼女の目の前で剣を使ったのだ。貴婦人なら驚いて当然だし、嫌悪感を持たれても致し方ない。

だが、怯《おび》えられたのは本当に一瞬だった。王太子妃は昨日と同じくはにかんだ様子で、扇《おうぎ》で口元を隠したまま答える。

「ええと……それで、お願い」

別に脅して言わせた訳ではないのだが、何となく罪悪感が残るエンゲルブレクトだった。

◆◆◆◆

同じ頃、王宮では王太子ルードヴィグが、一人私室でむくれていた。

「何故私が……」

本日の朝、国王からいきなり謹慎命令が出されたのだ。いや、ルードヴィグにとってはいきなりだが、実は水面下でずっと処罰についての話し合いが持たれていたという。本来ならば結婚式の夜に処罰が下っていたはずだとも言われた。

仮にも王太子だ。あまり重い処罰を与える訳にはいかないが、それでも何もお咎めなしでは、帝国に対する言い訳が立たないらしい。

結婚祝いの舞踏会という場で、面と向かって帝国の姫を侮辱《ぶじょく》したのだ。そうでなくとも嫁いだばかりの新妻に、いきなり別居を言い渡す夫がいていいはずがない。そう言われたが、ルードヴィグは理解出来ないでいる。気にくわない相手を遠ざけて、何が悪いというのか。

今回処罰が下されたのは、彼だけではない。諸悪の根源とされた愛人ダグニーも、彼より先に王宮を追い出されている。宮廷から追放された訳ではないから王宮に出てくる事は出来るが、今まで住んでいた部屋も、与えられていた家具もドレスも宝石も、全て取り上げられたという。

それでも、彼女は文句一つ言わずに王宮を去ったらしい。らしいというのは、ルードヴィグがその場に立ち会えなかったからだ。せめて見送りぐらいはしたかったと、今まさにむくれている最中だった。

謹慎中の私室には誰も訪れない。王太子として、常に周囲に人がいるのが当たり前だったルードヴィグにとって、これは初めての経験だ。

「頭を冷やして反省せよ……か。一体何を反省するというのだ」

謹慎を申しつけられた時の、父アルベルトの言葉を思い出す。王太子としての立場を自覚しろとも言われた。

自覚はしている。次期国王としての勉強も政務も怠《なま》けた事はない。確かに妃を遠ざけはしたが、元々望んで一緒になった相手ではなかった。

王宮も帝国にすり寄ろうとする派閥と、これまで通りつかず離れずの関係でいた方がいいと考える派閥とが対立し、荒れに荒れているそうだ。

父王とてその事は知っているはずなのに、どうして帝国から妃をもらい受けたのか。王太子たる自分の妃は未来の王妃だ。当然、帝国から距離を置きたい派閥からの反発はあるとわかっていたはずなのに。

「父上は何を考えておられるのか……」

決して良好な親子関係ではない。王家に生まれた子は親元から離されて、乳母と教育係のもとで育てられるから、関係が希薄なのは当然だ。

だが国の事に関しては、団結していると思っている。いや、思っていた。ついこの間までは。

国王として信頼していた父は、知らぬ間に自分の結婚相手を勝手に決め、話を進めてしまった。当事者である自分に一言もなくだ。そんな一方的に押しつけられた相手を、妻として受け入れられる訳がない。

だから遠ざけた。確かに、ヒュランダル離宮が人の住める状態ではないというのは知っている。それを目にすれば彼女も自分の置かれた立場を自覚して、帝国に帰ると思ったのだ。

それなのに、王太子妃は今も離宮の側《そば》に滞在していて、一方の自分はこうして謹慎させられている。挙げ句の果てには、ダグニーまでもが王宮から追い出された。一体どうしてこうなったのか。

「ダグニーもダグニーだ」

彼女は王宮から去った後、手紙一つ寄越さない。どこかで握りつぶされている可能性もあるが、彼女には王宮の侍従を通さないやりとりの方法を教えてあった。手紙くらい、届けようと思えば出来るはずなのに。

だが、とルードヴィグは思う。彼女が王宮から追い出されたのは自分のせいなのだ。その彼女が連絡をくれないからといって、怒るのは筋違いではないだろうか。

もしかしたら、父親のホーカンソン男爵に止められているのかもしれない。今は確かめる手段がないものの、彼女が苦しんでいないといいのだが。

誰も来ない部屋に一人でいると、どうしても思考が後ろ向きになりがちなので、ルードヴィグは窓から外を眺めた。彼の私室は庭に面していて、美しく整えられた庭園が一望出来る。

賑やかな声が聞こえてくるので、誰かが庭園で茶会でも開いているのだろう。

ついこの間までは、ダグニーもああして茶会を開いていた。出席するのは、主に成り上がり組の貴族の娘達だ。彼女は、そうした女性達の中心的存在になりつつあった。

それをやっかむ者達もいたが、ダグニーの後ろにはルードヴィグがついている。誰も表だって彼女を批判する事は出来なかった。

ルードヴィグは、カーテンを閉めて窓から離れる。そして薄暗くなった部屋の中で、カールシュテイン島にいる王太子妃に、見当違いの恨みを向けた。

「それもこれも、あの女がこの国に来たからだ」

きちんと顔を見たのは、舞踏会の時だけだ。この国では珍しい黒い髪に、榛色《はしばみ》の瞳。顔立ちはまあまあだったが、所詮は帝国の姫だ。国内の頭が空っぽな貴族の娘と大差ないだろう。

自分に厄災を運んできた女。この後しばらく、ルードヴィグはアンネゲルトの事をそう呼ぶようになった。

エピローグ

本日は離宮改造に関する、第一回目の会議が行われる日である。会議室代わりのシアターには、多くの人間が詰めかけていた。

そのほとんどが、船で働く従業員だ。彼らのうち半数以上は、離宮の改造が終了次第、そこで勤務する事が決定している。本来、船の従業員はそのまま船で過ごす契約だったが、アンネゲルトが離宮に住む事が決まった時点で希望者を募り、契約変更したらしい。

「では、これより第一回離宮改造会議を開きます！」

アンネゲルトの宣言により、会議は始まった。ティルラからは以前、何故修繕《しゅうぜん》ではなく改造なのかと聞かれた事がある。

「だって、外側だけそのままで、中身はまるっきり違うものに造り替えるつもりなんだもの。だったら、改造の方がいいでしょ？」

そう言って笑うアンネゲルトに、ティルラは苦笑を漏らした。多分彼女は、名称などどうでもいいと思っているのだろう。

——でも、名前って大事よね！

古いものをただ直すのではなく、新しい要素を取り入れて、住み心地や使い勝手のいい離宮を目指す。あそこは王室の宮殿の一つであると同時に、アンネゲルトの家でもあるのだ。

「掲示板にも書いたように、みんなの発想で離宮をよりよくしていきたいと思います。だから力を貸してちょうだい」

会場内からは指笛や拍手、「おーっ」という地響きのような声が聞こえてくる。どうやら反対意見はないようだ。

壇上にはアンネゲルトだけが立っている。本日の会議の司会進行は彼女だ。他の人間がやるという案も出たのだが、進行役を務めた方が会議を好きに動かせるとティルラに言われ、それならとアンネゲルトが立候補した。

彼女にしては珍しいほど積極的だ。それだけ、離宮の改造を楽しみにしているのである。

「ではまず、これまでに掲示板に上がっていた要望を提示します。イェシカ、使えそうな案は全部取り入れてちょうだい」

「わかった」

建築士イェシカは神妙に頷く。少し顔が赤いようだが、会議の前にアンネゲルトが体調が悪いのかと聞いたら、イェシカはそうではないと答えていた。

「単純に、興奮しているだけのようですよ」

そうアンネゲルトに耳打ちしたのはティルラだ。イェシカも、この離宮改造を心待ちにしているという事か。仲間が増えて、嬉しく思うアンネゲルトだった。

「まずは……これは離宮の内部の話ではないけれど、『畑が欲しい』です」

「これ出したの、総料理長だろ？」

「うるせー」

参加者達の方から、そんな声が聞こえてくる。掲示板に要望を書いた本人達も、もちろん会議に参加しているのだ。

「次もそれに近いものだけれど、『温室を作って、南の花を育ててはいかがでしょう？』。いいわね、うまく栽培出来れば売り物にもなるし」

アンネゲルトの言葉に、会場がどっと沸いた。奈々の言動に慣れている帝国民は、王侯貴族が庶民的な面を見せても特に驚かない。特に、アンネゲルトは奈々の娘なのだから、なおさらだった。

「次は……『エレベーターが欲しい』です。これは当然だわ。絶対に造りましょう！」

これには会場中から拍手が起こる。主に下働きの女性達からだ。彼女達は、仕事の為に建物の上から下まで毎日動き回る。エレベーターがあれば、階段の上り下りから解放されるのだ。

「さて次は……これも女性の要望ね。『洗濯乾燥室が欲しい』です。必要なものよね、特に冬は」

これもまた拍手で迎えられる。帝国も冬は天候が崩れがちで、洗濯物が乾かない事が多い。部屋に干すと、嫌な臭《にお》いがつくのが困りものだ。

壇上から見える場所に座ったイェシカは、黙々とペンを動かしている。会議で上がった案をメモしているらしい。

それをちらりと見て、アンネゲルトは続けた。

「次は……『自転車を置いてほしい』？　理由を聞いてもいいかしら？」

「俺です！　あの、庭園が出来上がれば、俺は庭師として働く予定なんですが、庭園が広いと移動だけでかなり時間がかかってしまうんです。それで……」

「時間短縮の為に欲しいという事ね。自転車置き場を造ればいいかしら？」

「ぜひ！」

発案者の男性は、満面の笑みを浮かべる。まだあどけなさの残る彼は、今は船の清掃員として働きながら、船の公園を管理している庭師に弟子入りしているらしい。

自転車そのものは、帝国から輸入する事になる。日本製のものとほぼ性能が変わらないものが、ごく少数だが帝国でも生産されていた。

その自転車工場を持っているのはアンネゲルトの父、フォルクヴァルツ公爵アルトゥルだ。頼めば融通《ゆうずう》してくれるだろう。

「では次。あら、これはフィリップの案ね。『暖房器具を充実させてほしい』。それと、こっちはリリーね。『地下室が欲しいです』。……用途まで書かなくていいんですって、リリー」

その意見の下には地下実験室の用途がびっしりと書かれていたようだ。アンネゲルトの手元に来た時点でその部分は削除されているが、代わりに「理由は長かったので省略しました」というメモが残されていた。

イェシカが怪訝《けげん》な顔で口を開く。

「地下室？　離宮はもう建っているのだろう？　そこに地下室など——」

「出来ます！　上物を移動させて、その間に地下の基礎を造ればいいんです。その技術も、ちゃんとあります！」

リリーの反論に、イェシカは気を悪くするかと思ったが、逆に目を輝かせる。

「何⁉　そんな方法があるのか⁉　ぜひ教えてくれ」

建築士として、未知の技術には興味があるようだ。

「もちろんですよ。その代わり、地下室の方はお願いしますね」

「わかった」

どうやら交渉は成立したらしい。

この他にも、屋上の設置やカードキーの採用、男女別のトイレの設置、同じく男女別の風呂場の設置などの意見が上がった。

「さて、話を戻して暖房の事なんだけれど、私はその前に、壁と窓硝子《ガラス》の断熱を推奨《すいしょう》します」

「断熱？」

アンネゲルトの言葉に首を傾げたのは、フィリップとイェシカのスイーオネース組だ。帝国の人間は、半分ほどは納得している。

「そう、断熱。これは壁や屋根に断熱材を使って、外の熱が中に伝わらないようにする事なの。外気温を遮断すれば、暖房に使う力を軽減出来るわ」

つまり、エコという訳だ。

帝国側で納得している人間が多いのは、祖国で断熱の恩恵にあずかっていたからだろう。帝国内では、公共の建物には大体断熱処理が施《ほどこ》されているし、裕福な家庭なら個人で断熱処理を施《ほどこ》している場合もあった。

「その、熱を遮断する程度で、本当に薪《まき》を減らす事が出来るのか？」

イェシカの疑問を受け、アンネゲルトは人差し指を立てて、ちっちっちと横に振る。

「それだけじゃないわ。暖房に薪《まき》は使わないの。壁の中と床下に温水を流す、温水暖房というものを考えているのよ」

「はあ？」

「壁や床に水を流すなど、無理に決まっているじゃないか！」

フィリップとイェシカは同時に反論した。確かに、彼らの常識ではそうだろう。

「出来るのよ。帝国経由で、母の母国から資材を取り寄せる事になるかもしれないけれど」

フィリップもイェシカも、アンネゲルトの母親が異世界出身である事を知らない。それもあってか、二人はまだ首を傾げている。

「とにかく、その辺りはうちの工兵がよく知っているから、後で聞くといいわ。それと、その温水を作るのに、地下の熱を利用しようと思います」

「地下の熱？　地下って、そんなに温かいのか？」

フィリップは、さらに首を傾げた。その疑問を解消したのはリリーである。

「地下の温度は通年、一定に保たれているんです。その温度は、摂氏《せっし》十五度前後。フィリップ、真冬のスイーオネースで普通に水を汲むと、温度はどれくらいになりますか？」

「……下手したら、凍っている時もあるな」

「それに比べたら、地下で十五度前後にした水は、十分温かいと思いませんか？　それに、摂氏一度の水を摂氏二十五度にする熱量と、摂氏十五度の水を摂氏二十五度にする熱量とではどちらが少ないか、すぐにわかるでしょう？」

さすがにこの説明で、フィリップは納得した。イェシカはまだ首をひねっているが、最悪その原理を知らなくても、彼女にとって支障はないだろう。

「さて、今回の会議はこんなところかしら。みんなも、今日の話を聞いてまた何か思いついたら、掲示板の方に書き込んでちょうだい」

アンネゲルトがそう言って締めると、再び野太い声と共に拍手が湧き起こった。

こうして、無事に第一回離宮改造会議は終了する。イェシカに質問攻めされたフィリップが音《ね》を上げ、リリーを巻き込む事になったが、それはもう少し後の話だった。

王太子が謹慎しているという話が、見舞いと称して船に来たエーベルハルト伯爵からもたらされた。エンゲルブレクト達と会った時に使った店にいるのは、アンネゲルトとティルラ、エーベルハルト伯爵の三人だ。

「謹慎？　それだけですか？」

そう確認したのは、アンネゲルトの隣に座るティルラである。もしかしたら、あの舞踏会の件で一番怒っているのは彼女かもしれない。

「文句を言いたい気持ちはわかるが、さすがに相手が王太子ではね。まあ、この後もちくちく言っていくつもりではあるから、それで溜飲《りゅういん》を下げてくれ」

向かいに座る伯爵にそう取りなされては、さすがのティルラも矛を収めざるを得ないらしい。

その後、話題はカールシュテイン島襲撃事件に及んだ。あの事件は、王宮でも問題になっているという。

「秘密裏にではありますが、王宮も犯人探しに動くそうです。まあ、実行犯として雇われたのが街のごろつきでは、首謀者にまではたどり着けないでしょうが」

王宮が動くのに、秘密裏とはこれいかに。それは単純にアンネゲルトの外聞を憚《はばか》って、事件そのものをなかった事として処理するからだ。もし表だって動けば、不審人物が島に入った事が公《おおやけ》になり、どんな醜聞《しゅうぶん》が飛ぶか知れたものではない。

捜査に関する伯爵の言葉は正しかった。実際、リリーが襲撃犯達から情報を聞き出したそうだが、首謀者に繋がるようなものは得られなかったという。

彼ら曰《いわ》く、帽子で顔を隠した男に金で依頼されたそうだ。前金はその場で支払われ、残金は成功報酬となっていたという。その額は、王都の一般家庭の年収に等しい。

「依頼人が貴族ならば、はした金ですけどね」

そう言い放ったのはティルラである。その一言は、別の意味でアンネゲルトを落ち込ませた。そうか、自分ははした金程度の価値か。

「依頼人が貴族と決まった訳ではないが……まあ、可能性は高いだろうね」

まさか一般庶民が、他国から来た王太子妃を害そうとはしないだろう。というより、そういった発想を持つ事自体ないというところか。庶民にとって王族というのは、雲の上の存在なのだ。

「貴族以外だと、どういった人達が私を狙うのかしら……」

「可能性としては、教会関連の者達が考えられますね。後は商人の一部でしょうか」

伯爵の予想に、アンネゲルトは首を傾げた。帝国でハイディが殺された事を考えれば、今回の結婚に反対する貴族が襲撃してくるのはわかる。だが、何故教会と商人まで含まれるのか。

そんな彼女に、ティルラがかみ砕いて説明した。

「フィリップの一件の時にも申しましたが、スイーオネースの教会は魔導を認めていません。アンナ様はこの国に魔導技術を持ってお嫁にいらしたようなものですよね。教会としては目障《めざわ》りと感じるのではないでしょうか」

「目障《めざわ》りだから、殺してしまえっていうの？」

神の教えを説く教会の者が、随分と即物的で短絡的な考えをするものだ。

「そこまでは考えていなかった可能性もあります。本気で命を取るつもりなら、街のごろつきなどを使わず、専門の人間を雇うはずですよ」

「専門の人間って？」

「暗殺者です」

何でもない事のように言ったティルラの言葉で、アンネゲルトはザンドラを思い出す。彼女の実家は暗殺業を生業《なりわい》にしていたと言っていた。

「帝国にもあったな。確か一族でやっていたと記憶しているが……」

伯爵も知っていたのか。だが、考えてみれば当然かもしれない。彼は外交に携《たずさ》わる人間で、ひいては帝国の政治に関わる人間でもある。

エーベルハルト伯爵の言葉に、ティルラは頷いた。

「ええ、ゼッキンゲン家です。ザンドラはそこの娘ですよ」

「ああ、あの……。確か、先代が百年に一人の逸材だと言っていたらしいな」

これは初耳だ。あれだけ小柄で子供のように見える彼女が、まさか百年に一人の逸材とは。

「だからこそ、陛下がアンナ様の側仕え兼護衛にお決めになったんですよ」

ティルラの言葉に、アンネゲルトは伯爵と一緒に納得した。船といい、側仕えといい、皇帝ライナーの心づくしが感じられる。もっとも、それを差し引いても、いきなり嫁がされた事については恨んでいるが。

「そうした事情から考えて、今回の依頼主はアンナ様を怖がらせるのが目的だったんじゃないでしょうか。まあ、あわよくば命を、とも思ったのかもしれませんが」

怖がらせて帝国に逃げ帰るでもよし、島から出ずに震えて過ごすでもよし、という事か。本当に、人を何だと思っているのだろう。

「ちなみに、商人が犯人候補に挙がっているのは、スイーオネースが帝国と手を組む事によって既得権益《きとくけんえき》を失う可能性のある者達がいるからです」

「そういう者達は、保守派の貴族の中にもいますよ。彼らは一枚岩ではなく、教会寄りの派閥と商人寄りの派閥に別れているんです。そこに革新派がつけ入る隙《すき》があると見ています。革新派は結束力が強いですからね」

ティルラの言葉を受けて、伯爵が補足説明を入れてくれた。一口に保守派と言っても、中身はまちまちらしい。

教会の教えに狂信的に従っている者と、貪欲《どんよく》に利益を追求している者。方向性の違いはあっても、どちらも自分達の事だけを優先し、国民の生活など少しも考えていないという共通点がある。

「だったら、余計に帝国に帰る訳にはいかないわね！　そんな連中に屈するのは嫌だわ」

アンネゲルトは自覚していないが、彼女は怒ると頭の回転が速くなり、行動力も増す。今回の島への襲撃者侵入は、そんな彼女の怒りに火をつけたようだ。

まずは離宮の改造をし、そしてこの国で迫害されている全ての魔導士達の救済と後援を。それらの行動は結果的に、一部の商人と教会、教会寄りの貴族達の鼻を明かす事になるだろう。既得権益《きとくけんえき》にしがみつく貴族と商人達にも鉄槌《てっつい》を下してやりたい。

「見てらっしゃい。保守派も教会も商人達も、全員ぎゃふんと言わせてやるんだから！」

アンネゲルトは決意も新たに宣言する。もっとも、日本語で言った為、伯爵には意味が通じていなかったが。

アンネゲルトの今後の方向性が決まったのは、この瞬間だった。

書き下ろし番外編

悪戯《いたずら》の結末

これはまだ、アンネゲルトが日本で就活に励んでいた頃のお話。

「いい加減になさい！　何回目ですか!!」

ノルトマルク帝国帝都、クレーエスブルクにある麗《うるわ》しの皇宮《こうぐう》、メヒティルト宮。そこに、女性の大声が響いていた。

怒り狂っている女性は、帝国の皇后シャルロッテ。彼女の前で神妙な振りをしている二人は、彼女の息子達で、第三皇子ヒルデベルト・エッカルトと第四皇子ジークハルト・ディートリヒ・グンターだ。

「何か言う事はないのですか！」

「母上、あまり怒ると皺《しわ》が増えますすよ？」

「そうそう、ルートヴィヒ叔父上が教えてくれました」

「黙らっしゃい!!!」

二人の皇子は、母皇后をさらに怒らせる事に成功したらしい。

何故この二人が母シャルロッテに怒られているかと言えば、度重なる悪戯《いたずら》の結果だった。特に、今回はシャルロッテお気に入りの侍女の寝室に、大量のカエルを仕込むという悪辣《あくらつ》な悪戯《いたずら》を仕掛けた為、シャルロッテから直々に雷を落とされている。

「私の侍女といえど、皇宮《こうぐう》で預かっている貴族の令嬢です！　その彼女に対し、なんと言う――」

「お言葉ですが母上。あの女は母上の信愛をいい事に、皇宮《こうぐう》内で威張り散らしているんですよ？　それをご存じですか？」

「そうそう、俺らの事も、いっつもばかにした目で見て――」

「ばかにされるような事ばかりしているからでしょう!!」

ぴしゃりと言われては、ヒルデベルトもジークハルトも何も言えない。黙った二人に、シャルロッテは深い溜息を吐《つ》いた。

「これ以上悪戯《いたずら》をするようなら、覚悟しなさいと以前言いましたが、憶えているでしょうね？」

「「憶えてます」」

二人の息子は、声を揃えて答える。二才差と年が近く仲のいい二人は、息がぴったりなのだ。そんな二人を眺めつつ、シャルロッテは最後通牒《さいごつうちょう》を叩きつける。

「次、悪戯《いたずら》をしたら、国の外に放り出します。いいですね!?」

「「はい」」

背筋を伸ばして答える二人に、シャルロッテは再び溜息を吐《つ》いた。


母シャルロッテから逃げ延びた二人の皇子は、兄ヒルデベルトの部屋にいた。

「どう思う?」

弟ジークハルトの問いに、何の事かと尋ねる事もせずにヒルデベルトは答える。

「あの女、母上に取り入って、最終的にはヴィンフリート兄上の妃を狙ってるんだぜ」

あの女とは、二人がカエルを仕込んだ母の侍女の事だ。キルシュ伯爵家の娘で、名はロスヴィータ。

典型的な猫かぶりの彼女は、自身が仕える皇后シャルロッテや皇太子ヴィンフリートにはおとなしく従順な顔を見せているが、ヒルデベルトやジークハルトに対してはぞんざいな扱いをしてくるのだ。

ヒルデベルトの返答に、ジークハルトは身震いした。

「本当かよ。俺、やだぜ? あんな性悪《しょうわる》が皇太子妃になるとか」

言葉遣いの悪い弟を窘《たしな》める事なく、兄も同様に顔をしかめる。

「俺だってやだよ。ヴィンフリート兄上だって、正体を知れば絶対に妃にしたりするもんか」

「でも、母上は騙《だま》されてるぜ？」

「そこが問題だ」

ヒルデベルトはジークハルトと一緒に頭を抱えた。どういう訳か、シャルロッテはロスヴィータがお気に入りらしい。何故あんな見え見えの態度に気づかないのか。


母に怒られた数日後、二人は母の衣装部屋にいた。皇后として数多くのドレスやアクセサリー、小物類を持っている彼女の為だけの部屋で、専属の管理者もいるほどだ。

「これは国の危機を救う行為なのだ」

「傍目《はため》にはただの悪戯《いたずら》に見えるかもしれないが、そうではないのだ」

誰に対しての言い訳なのか、わからない事をブツブツと唱えながら、二人はせっせと悪戯《いたずら》の仕込みをしていく。

二人は今回、さる筋から手に入れた、最新の魔導関連の道具を悪戯《いたずら》に使おうとしている。正直、ろくな試用試験もしていないという危険極まりない代物だが、爆発しなければば大丈夫というのが二人の一致した意見だ。

二人がここに悪戯《いたずら》を仕掛けるのは、小耳に挟んだ情報があったからだ。曰《いわ》く、皇后陛下のアクセサリーの数が減っている。誰かが無断で持ち出しているのではないか。

二人は、すぐにロスヴィータの犯行だと睨《にら》んだ。これはその決定的証拠を掴む為の仕込みであり、彼らにとっては悪戯《いたずら》ではない。

「ふっふっふ、これであの女の化けの皮をはがしてやるぜ」

大事な機材の準備を終えたヒルデベルトが、人が悪い顔で笑う。その脇で、ジークハルトが何気ない一言を呟《つぶや》いた。

「そういや、あの女、厚化粧だって知ってたか？」

「そうなのか？　よし、じゃあこれに加えて……」

二人とも、弱くはあるが魔力を持っていて、術式を起動出来る。

全ての仕掛けを終えた丁度その時、部屋に向かってくる気配があった。母の侍女であり、彼らが嫌うロスヴィータだ。

「しめしめ、何も知らずに獲物が来るぞ」

気配がまっすぐこの部屋に向かっているのを確認しながら、ヒルデベルトは悪い顔で笑う。彼同様、黒い笑みを浮かべたジークハルトが呟《つぶや》いた。

「トンデヒニイル……何だっけ？」

「何だよそれ」

「アンナ姉様に聞いたんだけど、忘れた」

どこまでも締まらない二人だが、今はそれどころではない。獲物はもう部屋の前まで来ている。

ロスヴィータは辺りを見回して、部屋の周囲に誰もいない事を確認しているらしい。二人も、ドレスの陰に隠れた。

「ふう……」

部屋に侵入したロスヴィータは、軽い溜息を吐《つ》いている。ドレスの陰から観察していると、彼女は真っ先にアクセサリー類が入った箱に近づいた。

「ふふふ、これを一回しか使わないとか、本当皇族ってお金持ちよねえ」

そう言いつつ、箱の中からアクセサリーを鷲づかみにし、ドレスの隠しポケットに突っ込む。貴婦人のドレスはスカートが広がっているので、隠しポケットに物を入れても外からは何が入っているか判別しづらい。

それを知った上で、皇后のアクセサリーを盗んでいるのだ。

「あ！　これも宝石が大きい！　素敵よね……こういうのは、若くて美しい女がつけるべきものなのよ」

そんな独り言を言いながら、次から次へとポケットへアクセサリーを入れていく。

「どんだけ欲張りなんだよ」

思わず口を突いたヒルデベルトのぼやきが、ロスヴィータに聞こえたらしい。

「誰!?」

「あ、やべ」

ロスヴィータの誰何《すいか》の声に、今度はしっかり意識して声を出した。ジークハルトが兄の潔《いさぎよ》さに笑う。

「ダメじゃないか、兄弟」

「悪いな、兄弟」

「あんた達……」

ドレスの陰から姿を現した二人の皇子に、一瞬怯《ひる》んだロスヴィータだったが、すぐに醜悪な笑みを浮かべる。

「あらあら、お母様の衣装部屋で何をしているのかしらあ?」

ばかにした言い方に、ヒルデベルトはしれっと返した。

「お前こそ、そのポケットに突っ込んだものは何だよ。この泥棒」

「何ですって⁉」

一瞬で煽《あお》り返されたロスヴィータに、ジークハルトも突っ込む。

「そのスカート、母上のアクセサリーで膨《ふく》らんでるんじゃないよな？」

「お黙り！　ふん！　ここで私が大声を出したら、どうなるかしらねえ？」

「「お前が泥棒で捕まる」」

「お黙り‼　さっきから、何なのよあんたら！　いい？　私は皇后陛下の寵愛《ちょうあい》深ーい侍女なのよ？　皇宮《こうぐう》の鼻つまみ者の悪戯《いたずら》小僧共とは、信頼の度合いが違うのよ！」

「へー？　果たしてそうかな？」

ヒルデベルトのその一言で、腕を組みふんぞり返っていたロスヴィータの頭上から、バケツ三杯分くらいの水が降ってきた。

「ひぎゃあああ‼」

図らずも、ロスヴィータは大声を上げる羽目になったようだ。ずぶ濡れの彼女は、何が起こったのか理解出来ないでいる。

「おお‼　厚化粧ってのは、本当なんだな」

「うっわ、崩れた化粧がひどい」

二人の皇子は、ずぶ濡れの泥棒侍女を前に言いたい放題だ。そして、程なく扉の向こうに人が集まる気配がした。

「何事です⁉」

入ってきたのは、背後に近衛兵を連れた年配の女性だ。彼女は皇后シャルロッテの腹心の部下で、侍女達を監督する立場のラインマル侯爵夫人である。

彼女の目の前には、ずぶ濡れの皇后の侍女、そして二人の悪戯《いたずら》皇子。この構図だけで、あらかたの次第を読み取った侯爵夫人は、深い溜息を吐《つ》く。

「殿下方……またですか？　次はないと、母君に言われたのではありませんか？」

「それはそれ」

「これはこれ。あ、母上のところに行くよね？　みんなも一緒に行こうよ。面白いものを見せてあげるから」

ジークハルトは、それはそれはいい笑顔でそう言った。

着いた先は、何と公式の謁見《えっけん》の間である。さすがに話が大きくなってないか？　と思わなくもないが、悪女の化けの皮をはがすにはいい舞台だ。

「いくぜ、兄弟」

「おうよ、兄弟」

小声で言い合う二人の前に、渋い顔をした父と、怒れる母がいる。今回の進行役は、何と皇太子である長兄ヴィンフリートだ。

「さて、二人の弟の悪戯《いたずら》は毎度の事だが、今回は少し行きすぎているようなので、このような場を設けた。まずはロスヴィータ。何があったか説明出来るか？」

「はい、殿下。私は、皇后陛下から衣装部屋に入る許可を得ておりますので、次の夜会に使うアクセサリーを選んでおりました。そこに、部屋に忍んでいたお二人の殿下が現れて、いきなり私に水を……」

彼女はハンカチで顔の下半分を覆いながら、泣き崩れた。端《はた》から見れば、か弱い貴婦人に見える事だろう。

だが、ここには悪戯《いたずら》小僧二人がいるし、彼らが仕掛けた「あるもの」がある。

「では、ヒルデベルトとジークハルト。言いたい事はあるか？」

ロスヴィータが切々と訴えるのを黙って聞いていた二人は、長兄からの言葉を聞いて、待ってましたと言わんばかりに声を張り上げた。

「もちろん！」

「任せてくれよ！」

場をわきまえない態度に、母の怒りがさらに増しているように思うが、二人は気にする事もない。さっさと手に持っている道具をセットしていく。

「それは、何だ？」

「よくぞ聞いてくれました、兄上。これは、魔導研究所から借りてきた最新の道具です！」

「何でも、『かめら』とかいうものを再現したそうですよ」

「ほう……」

二人の弟の言い分を、面白そうに聞く長兄。彼の背後では、今にも頭から角を生やしそうな母と、心なしか青い顔の父がいる。

そんな中、二人はセットした道具を起動させた。空中に描き出される、衣装室での一件。特に、ロスヴィータが皇后のアクセサリーをポケットに入れる場面には、集まった貴族達がざわついた。

やがて場面は二人の皇子が出現して、頭の上から水をかけられるロスヴィータが映し出される。無論、その前の彼女のふてぶてしい態度も全て映し出されていた。音声も記録されているので、彼女の暴言までバッチリだ。

「……これは、真実か？」

低い長兄の声に、弟二人は無言で頷き、先程まで悲劇のヒロイン気取りだった侍女はきょときょとと辺りを見回している。誰の目にも、事実が判明した瞬間だった。

「ロスヴィータ嬢を、別室へ。ラインマル侯爵夫人、彼女の身体検査を。特に、ドレスのポケットは念入りに。それと、皇宮《こうぐう》内にある彼女の私室、及び帝都内にある実家も捜索するように」

「承知いたしました」

既にラインマル侯爵夫人も、目尻がつり上がっている。夫人の背後にいる侍女達も、彼女と同じだ。

そのまま引きずられるようにして退室したロスヴィータを見送りながら、その場は解散となった。


ヒルデベルトとジークハルトは、両親と長兄に連行される形で、皇帝一家のプライベートエリアに入る。

部屋に入った途端、母の雷が落ちた。

「何をやっているの！　二人共！　あれほど悪戯《いたずら》はやめなさいと言ったでしょう‼」

「でも母上」

「でもはなし！」

とりつく島がないとはこの事か。うなだれる二人の息子達に、父が助け船を出した。

「まあそう怒るなカーラ。やんちゃ坊主達も、カーラの事を思って――」

「私を思っているのなら、どうしてこんな！」

「おそらく、我々の計画を二人が知らなかったからでしょう」

父の言葉に激高《げきこう》する母に対して、長兄の冷静さは鎮静効果があったようだ。

「ヒルデベルト、ジークハルト、お前達は母上がロスヴィータに欺《だま》されていると思って、あんな行動に出たのではないか？」

「「そうです」」

声を揃えて返事をする二人に、何故か両親だけが頭を抱えている。

「だから、二人にもきちんと話しておいた方がいいと言ったのですよ」

「でも！」

「その結果がこれです。まあ、ある意味公開処刑でよかったのではありませんか？」

「それでは、キルシュ伯爵家が――」

「致し方ありません。あの娘の手癖の悪さを知りながら、放置していたのですから。共に沈んでもらいましょう。善良なだけで無害ならともかく、娘が有害では始末が悪い」

長兄の厳しい言葉に、母は何も言い返せない。ヒルデベルトとジークハルトは、お互いに顔を見合わせた。

「彼女の事は、父上も母上も薄々勘づいていたんだ。だが、決定的な証拠がない。なので、泳がせる事にしたんだが……」

長兄がヒルデベルト達をちらりと見る。それに気づかない彼らではない。ヒルデベルトは、長兄が濁《にご》した部分を言い当てた。

「それを、俺達が悪戯《いたずら》で煽《あお》ったら、あの女が自滅したってところ？」

「まあ、そんなものだな」

その一言を聞いて、再びヒルデベルトとジークハルトは顔を見合わせる。次いで、満面の笑みを両親に向けた。

「なーんだ、じゃあ俺達、悪くないじゃん」

「悪者の証拠を押さえた、英雄じゃね？」

「お、いいねえそれ。今度から英雄ヒルデベルトと名乗ろうかな？」

「んじゃあ、俺は英雄ジークハルトで」

キャッキャと騒ぐ二人の皇子に、再び母の雷が落ちた。

「いい加減になさあああああああい!!」

この後、二人は宣言通り、別々の国に留学という名で放り出される事になる。彼らが国を出て少し後、皇族の娘が暗殺されたり、従姉妹《いとこ》であるアンネゲルトが帝国に戻されたりするのだが、彼らがそれを知るのは大分後の事である。

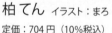

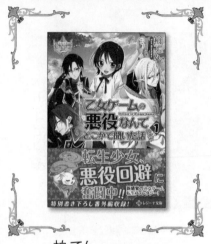

本書は、2016年1月当社より単行本として刊行されたものに書き下ろしを加えて文庫化したものです。


この作品に対する皆様のご意見・ご感想をお待ちしております。

おハガキ・お手紙は以下の宛先にお送りください。

【宛先】

〒150-6008 東京都渋谷区恵比寿4-20-3 恵比寿ガーデンプレイスタワー 8F
（株）アルファポリス　書籍感想係

メールフォームでのご意見・ご感想は右のＱＲコードから、
あるいは以下のワードで検索をかけてください。

アルファポリス　書籍の感想　検索

ご感想はこちらから

レジーナ文庫

王太《おうたい》子《し》妃《ひ》殿《でん》下《か》の離宮改造計画《りきゅうかいぞうけいかく》 1

斎木《さいき》リコ

2021年6月20日初版発行

文庫編集－斧木悠子・篠木歩
編集長－太田鉄平
発行者－梶本雄介
発行所－株式会社アルファポリス
〒150-6008 東京都渋谷区恵比寿4-20-3 恵比寿ガーデンプレイスタワー8階
TEL 03-6277-1601（営業）　03-6277-1602（編集）
URL https://www.alphapolis.co.jp/
発売元－株式会社星雲社（共同出版社・流通責任出版社）
〒112-0005 東京都文京区水道1-3-30
TEL 03-3868-3275
装丁・本文イラスト－日向ろこ
装丁デザイン－ansyyqdesign
印刷－中央精版印刷株式会社

価格はカバーに表示されてあります。

落丁乱丁の場合はアルファポリスまでご連絡ください。

送料は小社負担でお取り替えします。


ISBN978-4-434-28979-8 C0193